Natale Ghent

LIFE SUCKS
oder wie ich Miss Mabel entführte

Deutsch von Christian Dreller

Verlag Friedrich Oetinger · Hamburg

*Für meine Schwestern Rita, Cindy und Monika –
und für Mom*

Without true love we just exist, Alfie.
           (BURT BACHARACH/HAL DAVID: Alfie)

© Verlag Friedrich Oetinger GmbH, Hamburg 2011
© Natale Ghent 2009
Die kanadische Originalausgabe erschien bei Doubleday
Canada, Toronto, a division of Random House of Canada
Limited, unter dem Titel »Gravity Brings Me Down«
Liedzeile von Bacharach/David aus »Alfie«
© Sony/ATV Harmony
mit freundlicher Genehmigung von
Famous Music Publishing Germany GmbH & KG
Alle Rechte für die deutschsprachige Ausgabe vorbehalten
Deutsch von Christian Dreller
Einband und Vignetten von Kerstin Schürmann
Druck und Bindung: CPI – Clausen & Bosse, Leck
Printed 2011
ISBN 978-3-7891-3614-6

www.oetinger.de

Tiefe Gedanken

Ein typischer Tag mit den üblichen Schlussfolgerungen: Das Leben ist zum Kotzen und einziger Ausweg ist der finale Ausstieg, das unendliche blaue Nichts auf der anderen Seite. Ich denke nicht wirklich darüber nach, mich umzubringen. Ich wäge nur die Möglichkeiten ab. Denn ich bin mir gern über meine Optionen im Klaren. Insbesondere, wenn die Dinge so unerträglich trist werden – was gern mal der Fall ist. Es ist so eine Art Schnick-Schnack-Schnuck, das ich mit mir selbst spiele: Tabletten, Pistole oder Zug.

Die Leute halten es für morbid, dass man darüber redet, den Löffel abzugeben. Ich persönlich finde es sehr befreiend. Es hat was von freier Wahl und individuellem Ausdruck. Außerdem ist es das größte »Fuck you«, das man der Welt entgegenschleudern kann. Was ich sehr tröstlich finde. Ich bin überzeugt, dass es jede Menge besorgte Gremien und Legionen von Highschool-Direktoren gibt, die über meine Einstellung entsetzt wären. Mit selbstgerechtem Zeigefinger würden sie auf meine Eltern zeigen und zum Schluss kommen, dass sie mich nicht genug geliebt oder mir zu viel Zucker oder Cholesterin oder was auch immer verabreicht hätten. Aber das ist schlicht und einfach Schwachsinn. Was soll ich sagen? Ich wurde halt an einem Mittwoch geboren und bin voller Kummer.

In Wahrheit sind meine Eltern gar nicht so daneben. Es sei denn, man würde Leute, die absolut naiv sind, als daneben bezeichnen.

Sie sind einfach nur ein Hippiepärchen, das die Erde liebt und jeden, der auf ihr wandelt. Im Bestreben, die Umwelt zu retten, haben sie sich allen möglichen Organisationen und Gruppen angeschlossen. Was Zeitverschwendung ist, wenn man mich fragt, weil das sowieso nie was bringt. Menschen jagen weiterhin Wale, hören nicht auf, das Wasser zu verschmutzen, und fahren immer größere und beknacktere Autos, als wäre die globale Erwärmung bloß ein Gerücht. Und das ist nur die Spitze des schmelzenden Eisbergs. Trotzdem versuchen meine Eltern, alles ins Lot zu bringen. Es scheint, als wäre ich die Einzige auf diesem Planeten, die in der Lage ist, die Dinge zu sehen, wie sie wirklich sind. Und es ist keineswegs so, dass das eine neue Offenbarung oder so was für mich wäre. Schließlich trage ich schon schwarze Klamotten, seit ich drei bin. Ich meine, mein Lieblingsbuch war »Der Lorax« von Dr. Seuss. Und das hat er schon in den Siebzigerjahren geschrieben. Als Kind muss ich es so an die fünftausend Mal gelesen haben und irgendwann kannte ich es auswendig. Schon damals wurde mir klar, dass die Menschen schlecht sind und die Welt verdammt ist. Aber niemand sonst scheint das zu kapieren. Vor allem meine Eltern nicht.

Hier ein paar Fakten:

- Mom ist Englischlehrerin und arbeitet in Teilzeit. An ihren freien Tagen gibt sie Schülern mit fremder Muttersprache umsonst Unterricht.

- An der Uni hat sie im Hauptfach irgendwas über tote weiße Typen studiert.
- Sie denkt, es sei witzig, wie Shakespeare zu reden. (Dabei ist das so was von peinlich. Vor allem, wenn sie das vor meinen Freundinnen macht. Ich glaube, sie wollte furchtbar gern Schriftstellerin werden. Stattdessen hat sie den Fehler gemacht, Kinder zu kriegen. Sie setzt große Hoffnungen in mich, weil ich viel lese und meine Zeit damit verbringe, in Tagebücher zu schreiben.)

Dad dagegen wäre es lieber, wenn aus mir etwas »Vernünftiges« werden würde. Er ist als Rechtsanwalt für Wohlfahrtsorganisationen tätig und berät Leute, die sich keinen richtigen Anwalt leisten können. Auf jede Person, der er hilft, kommen mindestens tausend andere, die schon in der Schlange warten. Es ist einfach so sinnlos.

In jedem Fall sind meine Eltern ziemlich harmlos im Vergleich zu den meisten anderen. Das Einzige, was ich ihnen wirklich vorwerfen kann, ist, dass sie mir den langweiligsten Namen des Universums verpasst haben. Sue Smith. Es kommt einem fast so vor, als ob sie derart besorgt über die Umwelt und alles Mögliche gewesen wären, dass sie sich nicht auch noch damit befassen konnten, sich einen originelleren Vornamen einfallen zu lassen. Meiner Meinung nach ist der Welt Mühsal (um es mal mit Moms geliebtem Shakespeare auszudrücken) auch ohne die zusätzliche Bürde eines so öden Namens schon schwer genug zu ertragen. Und um die Sache noch schlimmer zu machen, haben sie meine Schwester Peggy genannt. Zusammen sind wir also Peggy-Sue. Wie traurig ist das denn bitte? Natürlich fühlte ich mich verpflichtet, meinen Namen zu ändern, sobald ich ein eigenes Bewusstsein entwickelt hatte. Ich nannte mich Sioux. Auf diese Weise sind alle glücklich. Das ist eben das Tolle an Homonymen.

Wie auch immer. Über den finalen Ausstieg nachzudenken, ist eine faszinierende, soziologische Studie, wenn man sich einmal entschieden hat, es von dieser Seite aus zu betrachten. Und das habe ich, weil ich nämlich eine Hausarbeit in Sozialkunde an der Backe habe und ein Thema brauche, das mich interessiert. Denn sonst könnte ich die Highschool genauso gut ganz hinschmeißen. Was absolut okay für mich wäre. Obwohl ich von der Kindergartenzeit bis jetzt in der Elften immer eine stramme Einserschülerin gewesen bin, erschließt sich mir der Nutzen von Schule in keiner Weise. Es ist nicht so, dass ich nicht gern lerne. Aber die Highschool ist einfach nur ein Zoo voller Primaten. Eine Riesenversion des Spiels »Affen fassen«. Mit kompliziert ausbalancierten Ketten, die alle unabhängig voneinander vor sich hin schwingen.

Selten, wenn überhaupt jemals, kreuzen sich die Ketten. Es gibt die Kette der Sporthohlbratzen und die Kette der PIB, bestehend aus Leuten, die wie ich nur Schwarz tragen und deshalb gern »People in Black« genannt werden. Die Grufti-Kette, die Kiffer-Kette und die Streber-Kette. Die Skater-Kette und die Loser-Kette. Und dann sind da noch die Heimatlosen: Affen, die so unbedeutend sind, dass sie es nicht einmal aus dem Fass herausschaffen.

Mit den Lehrern ist es eine ganz andere Geschichte. Die Hälfte von ihnen schlägt einfach nur die Zeit tot, während die andere Hälfte unzurechnungsfähig ist.

Mein Philosophielehrer Mr Chocko fällt in die zweite Kategorie. Meiner Überzeugung nach ist er echt abartig. Er tut immer so »locker-lässig« und macht einen auf nett, wenn er im Unterricht Mucke auflegt und sich unter dem Vorwand, uns zu »unkonventionellem Denken« anzuregen, endlos über gar nichts auslässt. Er trägt ein Ziegenbärtchen und redet mit den Sporthohlbratzen ständig über Football und Hockey. Aber ich bin sicher, dass er – unter Garantie – weder das eine noch das andere jemals in seinem Leben selbst gespielt hat, wenn man sich einmal seine Couch-Potato-Figur anschaut. Er ist bekannt dafür, dass er bei sich zu Hause Partys mit Schülern feiert, was die Eltern sicherlich brennend interessieren würde. Er hält alle Leute zum Narren, indem er sie glauben lässt, dass er ganz toll und fantastisch ist. Die Einzige, bei der das nicht zieht, bin ich. Außerdem glaube ich, dass er vollkommen verrückt ist. Ich meine, welcher Lehrer trägt schon eine Sonnenbrille im Unterricht?

Also habe ich es auf mich genommen, als seine persönliche Nemesis zu fungieren. Hauptsächlich, weil's eines meiner

Lieblingswörter ist. Wenn man es in einem Lexikon nachschlägt, stößt man auf so etwas wie das hier:

> Nemesis ('nemesis) *f.* **1.** aus Griech. *Myth.:* die Göttin der Rache und der Strafe **2.** jedwede Instanz der Vergeltung und der Rache, die dafür sorgt, dass die zu Beurteilenden das bekommen, was ihnen zusteht/sie verdient haben {Ursprung: via dem Lateinischen aus dem Griechischen: gerechter Zorn, abgeleitet vom griechischen *nemein*: **jemandem das Zustehende/das Verdiente zuteilwerden lassen**}

Somit ist diese Göttin entschlossen, Chocko das zuteilwerden zu lassen, was er verdient. Weshalb er immer wieder versucht, mich festzunageln. Was wiederum ein Problem darstellen würde, wenn ich ein Affe so wie alle anderen wäre. Aber das bin ich nicht. Ich bin ein Vogel, der hoch über allem fliegt.

Ich stell mir häufig vor, dass ich Flügel statt Arme hätte und Federn dort, wo meine Finger sein sollten. Manchmal habe ich das Gefühl, dass ich wirklich fliegen könnte, wenn ich mich nur hart genug konzentriere. Aber das würde ich natürlich niemals jemandem erzählen. Die glauben, ich wäre ein Affe wie jeder andere auch. Also spiele ich mit, um den Schein zu wahren.

Meine Freundin Sharon gehört definitiv zu den Primaten, obwohl sie nicht wirklich eine hundertprozentige Knöchelgeherin ist. Meistens zeigt sie durchaus Anzeichen von intelligentem Denken, auch wenn mich diesbezüglich hin und wieder doch Zweifel befallen. Ich glaube, dass sie insgeheim gern in Sunnyview lebt, was meiner Ansicht nach auf eine psychotische Störung schließen lässt.

Demjenigen, der die Wahrheit wissen will, kann ich sagen, dass ich – abgesehen von den Affen – tatsächlich an nichts glaube. Sieht man einmal von der Gravitation ab. Das mit der Gravitation ist das einzig Nützliche, das ich in der Schule gelernt habe. Unsichtbare Kräfte, die alles beeinflussen! Das ist das größte Geheimnis aller Zeiten! Und niemand hat bisher herausgefunden, wie das Ganze funktioniert. Weder Newton noch Einstein, noch sonst irgendjemand. Leute, die es versucht haben, sind einst sogar auf dem Scheiterhaufen verbrannt worden.

Natürlich habe ich hier meine eigenen Ideen: Irgendwo im Universum existiert eine teuflische Maschine, die schwarze Gravitationswolken ausstößt. Und je nachdem, wie der Tag so ist oder wessen Hand den Hebel bedient, schwankt der Stärkelevel beträchtlich.

Es ist klar, dass ich auch das niemals jemandem erzählen würde. Vor allem nicht meinem Physiklehrer Dr. Armstrong, der einen banaleren Zugang zur Welt hat. Das hier hat er einmal an die Tafel geschrieben:

Gravitation ist die allgemeine Anziehungskraft zwischen zwei Körpern mit Masse, die unabhängig von anderen Kräften ist. Nicht nur die Erde übt Gravitationskräfte aus, sondern auch der Mond, die Planeten, die Sterne und alle anderen Objekte im Universum, die eine Masse besitzen. Je größer die Masse, desto größer ist die Gravitationskraft. Gewicht ist eine Maßeinheit der Gravitation. Selbst Licht und Zeit sind der Gravitationskraft unterworfen.

Also übt alles Einfluss auf alles andere aus. Was müsste man darüber hinaus sonst noch wissen? Meiner Meinung nach gar nichts. Aber wenn ich diesem beschissenen Kaff jemals entkommen will, sollte ich besser meinen Abschluss machen. Was bedeutet, dass ich die Sozialkundearbeit für meine Lehrerin Miss B. erledigen muss. Und Sterben ist, finde ich, ein guter thematischer Ansatzpunkt. Vor allem, weil es in dieser Beziehung relevante geschlechtsspezifische Unterschiede gibt.

Zum Beispiel: Frauen hinterlassen gern einen schönen Körper, wohingegen Männer sich nicht die Bohne darum kümmern, wer ihr Gehacktes vorfindet. Mit anderen Worten: Frauen sind von der Venus, Männer vom Mars. Selbst wenn es darum geht, sich um die Ecke zu bringen. Nur ein paar Beispiele:

- Marilyn Monroe nahm Pillen; Hunter S. Thompson blies sich die Birne weg.
- Lupe Vélez nahm Pillen; Kurt Cobain blies sich die Birne weg.
- Anna Karenina nahm den Zug; Ernest Hemingway blies sich die Birne weg. (Obwohl Karenina nicht wirklich zählt, weil sie fiktiv ist.)

Virginia Woolf watete in einen Fluss – was für literarisch veranlagte Typen (vor allem Dichter) überall auf der Welt der bevorzugte Abgang zu sein scheint. Ich glaube, sich zu ertränken erfordert den größten Mut – einmal ganz abgesehen davon, dass ich Wasser weiß Gott ziemlich unwiderstehlich finde. Weswegen ich auch gerade am Rand des Sunnydale-Dammes stehe und zusehe, wie die hypnotischen Ströme grauen Wassers zwischen den Betonzähnen des Dammes hindurchschießen. Das Wasser sieht so dickflüssig aus wie Gelatine und ist hier und da mit kleinen Zweigen und Blättern gesprenkelt. Das Ganze ist so hypnotisierend, dass mir ganz leicht und schwindelig wird.

Ich nehme mein Tagebuch zur Hand, um meine Eindrücke festzuhalten: **dunkel, unendlich, das Nichts,** <u>die leere und endlose Weite</u>. Ich unterstreiche diese letzten Worte, während ich über eine der großen und unbeantwortbaren Fragen des Universums brüte:

Bereuen Selbstmörder ihre Entscheidung im letzten Moment? Wie können wir das jemals wissen?

Ich füge diese Gedanken meinen übrigen Aufzeichnungen hinzu und setze meine Untersuchung fort. Noch einen Schritt an den Rand des Dammes, und ich spüre, wie die Gischt in mein Gesicht sprüht. Die Wassermassen donnern in meinen Ohren. Ich kann kaum meine eigenen Gedanken hören. Die Luft riecht seltsam. Meine Wimperntusche fängt an zu verlaufen. Ich muss schrecklich tragisch aussehen. Um mich in die richtige Gemütsverfassung zu versetzen, grübele ich über weitere Fragen nach.

Warum sind wir hier?
Worin liegt der Sinn des Lebens?
Worin liegt der Sinn der Highschool?
Kann man jemand anders wirklich kennen?
Können wir uns selbst überhaupt jemals kennen?
Wann muss ich meine Sozialkundearbeit abgeben?

Okay, das gibt mir so ziemlich den Rest. Ich bin so weit, mich runterzustürzen.

Aber über dieses Zeugs so nachzudenken ist echt hart und macht Hunger. Ich ziehe es in Erwägung, später zu sterben, und beschließe, mir vor der dritten Stunde etwas zu essen zu besorgen. Als ich mich umdrehe, um zu gehen, nehme ich zwei Dinge wahr: eine alte Frau, die wie Miss Marple aussieht und auf mich zusteuert, und an die sieben Streifenwagen, die sich mit heulenden Sirenen auf der Straße nähern. Die alte Frau lächelt, als wenn sie mich kennen würde, obwohl ich mir sicher bin, dass ich sie nie zuvor in meinem Leben gesehen habe. Die Streifenwagen halten neben dem Damm und eine Horde Cops kommt wie eine verrückte Clowntruppe herausgestolpert. Einer hat ein Megafon. Er kniet nieder, als wenn er eine Katze unter einem Wagen hervorlocken wollte, und all die anderen Cops machen es ihm nach.

»Tu's nicht!«, dröhnt es aus dem Megafon.

Allmählich bildet sich eine Menge. Ein paar Streber aus meiner Schule tauchen auf, um zu gaffen. Unter ihnen Todd Cummings, oberster Affe der Loserkette. Er denkt, er ist in mich verliebt, und lässt mich ums Verrecken nicht in Ruhe – egal, wie oft ich auch versuche, ihn loszuwerden. Es ist, als ob eine Zielsuchautomatik oder so was in seinem Kopf installiert wäre. Denn wohin ich auch gehe, stets wartet er schon mit seinem blöden Moped und seinem riesigen Goldhelm auf mich, der seinen Kopf aussehen lässt wie einen Daumen, der in einer Bowlingkugel feststeckt.

Allerdings ist es nicht so, dass er sich besonders Mühe geben müsste, um mich aufzustöbern. Selbst wenn das Leben davon abhängen würde, ist es in Sunnyview einfach unmöglich, jemandem aus dem Weg zu gehen. Sunnyview ist keine richtige Stadt wie Paris, New York oder Toronto, wo es all diese coolen Viertel, Sehenswürdigkeiten und Läden gibt. Wir sind nur für die Riesenstatue einer Kuh berühmt, die mal irgendeinen Preis gewonnen hat. Jedes Jahr zu Halloween malen irgendwelche Idioten sie lila an, als wär das der größte Gag aller Zeiten.

Alles, aber auch alles in Sunnyview ist nur ein paar Blocks voneinander entfernt. Außerdem haben wir nur eine Hauptstraße, die – aus naheliegendem Grund – von allen bloß »Ödstreifen« genannt wird. Ich meine, von mir zu Hause bis zur Stadtgrenze benötige ich nicht einmal eine halbe Stunde zu Fuß. Ein Moped ist alles, was man wirklich braucht, um von einem Ende zum anderen zu kommen. Einmal abgesehen davon, dass Mopeds die lahmsten und uncoolsten Transportmittel der Welt sind. Doch offensichtlich hat das niemand Todd erzählt.

Nur ein Loser kann so fehlgeleitet sein, eines zu fahren – ganz zu schweigen davon, eines zu besitzen. Aber Todd ist auch noch stolz darauf. Er hat sogar einen passenden Goldhelm auf dem Rücksitz festgeschnallt. Vermutlich für den Fall, dass er irgendeinen anderen Loser dazu überredet, eine Fahrt mit ihm zu machen.

Er ist Redakteur unserer Schulzeitung *Der Motzer*, die von allen nur »Der Kotzer« genannt wird, weil sie so beschissen ist. Und er fragt mich dauernd, ob ich nicht was zur Zeitung beitragen will. Er ist die Art von Typ, der von Eltern als »nett« bezeichnet wird. Tatsächlich stellt er jedoch den Todeskuss für alle dar, die sich Hoffnung auf irgendeine Art von Sozialleben machen. Ich würde ja netter zu ihm sein, wenn es möglich wäre. Aber ich kann noch nicht mal in seine Richtung schauen, ohne dass er mich nicht gleich bitten würde, ihn zu heiraten. Es ist so nervig. Trotzdem tut er mir auch leid, weil er sogar einen noch schlimmeren Namen hat als ich. Für den gibt es noch nicht einmal coole Homonyme.

Die Cops kommen Zentimeter für Zentimeter näher.

»Wir können dir helfen«, dröhnt es aus dem Megafon. »Das Leben ist lebenswert.«

Ich versuche zu erklären, dass es bloß um eine Sozialkundearbeit geht. Aber eine Windböe erfasst mich und ich verliere das Gleichgewicht. Das Tagebuch fliegt mir aus der Hand und fällt in die rauschenden Wassermassen. Ein unwiederbringliches Opfer der Gravitationsmaschine. Die Cops schnappen nach Luft. Die alte Dame rückt näher. Ich schlage mit meinen Flügeln um mich wie ein Idiot, der gegen unsichtbare Kräfte kämpft, als Miss Marple mich packt und dem sicheren Tod entreißt.

»Marie! Ich habe überall nach dir gesucht«, sagt sie mit diesem typisch britischen Akzent und versucht, die verlaufende Wimperntusche unter meinen Augen mit einem verrotzten alten Taschentuch wegzuwischen.

Ich bin so baff, dass ich sie einfach nur anstarren kann. Ich wäre fast gestorben! Ich zittere am ganzen Körper und wünschte, ich hätte mein Tagebuch noch, um diese Gefühle festzuhalten.

»Liebes, du wolltest dich doch mittags mit mir in der Bücherei treffen«, sagt Miss Marple. »Und jetzt ist es schon weit nach eins. Hast du es vergessen?«

»Ich bin nicht Marie«, erwidere ich.

Die Cops umzingeln uns.

»Liebes, Liebes, Liebes«, sagt die alte Dame und betupft meine Augen mit ihrem Taschentuch. »Hast du geweint?«

»Wo liegt das Problem?«, fragt der Polizist durchs Megafon, obwohl er direkt neben mir steht.

»Officer«, schaltet sich Miss Marple ein. »Das ist meine Tochter Marie. Sie sollte mich heute Mittag in der Bücherei treffen. Das Ganze ist nur ein Missverständnis.«

Der Cop blickt mich fragend an. Ich öffne den Mund, um ihm zu sagen, dass ich die alte Frau noch nie in meinem Leben gesehen habe, als mir plötzlich klar wird, dass Miss Marple mir einen Ausweg ermöglicht hat. Also lächele ich und neige meinen Kopf vor und zurück in einer unverbindlichen Ich-lüge-nicht-sage-aber-auch-nicht-die-Wahrheit-Manier.

Der Officer richtet das Megafon auf die Menge. »Geht nach Hause, Leute! Hier gibt's nichts mehr zu sehen.«

Ich frage mich unfreiwillig, ob diese Redewendung in so einer Art Handbuch steht, das an Cop-Schulen ausgeteilt wird, oder ob sie die aus alten Fernsehserien wie »Polizeibericht« haben. Auch diesen Gedanken würde ich gern aufschreiben. Aber unglücklicherweise liegt mein Tagebuch am Grund des Sunnydale-Dammes.

Die Menge sieht geradezu enttäuscht aus, dass ich heute nicht in den Tod springen werde. Sie zucken die Achseln und kicken Kieselsteine weg, während sie sich langsam verziehen.

Bloß ein paar Streber und kleinere Kids hängen noch herum. Nur für den Fall, dass ich meine Meinung doch wieder ändere, vermute ich mal.

Todd schmeißt sein Moped an und kommt auf mich zugepöttert. Ich drehe mich um und mache einen Abgang über die linke Bühnenseite.

»Kommst du nicht zum Mittagessen, Marie?«, fragt Miss Marple.

»Ich bin nicht Marie«, stelle ich noch einmal klar.

»Ich habe mich so darauf gefreut, dich zu sehen, Liebes.« Sie greift nach meiner Hand. Aber ich ziehe sie weg.

»Tut mir leid«, sage ich und lasse sie auf dem Damm stehen. Ich blicke nicht zurück, weil ich sie nicht ermutigen will und weil ich weiß, dass alle mich anstarren. Beim Weggehen hole ich meine Gauloises heraus, die bevorzugten Zigaretten von Jean-Paul Sartre. Die sind das einzig Gute, was man in dieser öden Stadt bekommt. Mit einem Streichholz zünde ich mir eine an und inhaliere tief. Ich benutze immer Streichhölzer. Kein Feuerzeug und *niemals* Einwegfeuerzeuge. Einwegfeuerzeuge sind echt prollig. Außerdem gab es zu Jean-Pauls Zeiten keine Einwegfeuerzeuge.

Knatternd taucht Todd neben mir auf. »War das deine Großmutter?«

»Ja, klar doch«, erwidere ich und schnippe etwas Asche in seine Richtung.

Er macht eine Lenkbewegung, um einem Stein auf der Straße auszuweichen. »Wolltest du wirklich springen?«

»Was glaubst du denn, Todd?«

»Ich weiß nicht. Aber es gibt Menschen, die dir helfen können. Hotlines und so. Und du solltest auch nicht rauchen, weißt du.«

Ich bin kurz davor, auszurasten und ihm gehörig den Kopf zu waschen, aber als ich mich zur Seite drehe und auf ihn hinabblicke, nehme ich nur die Spucke wahr, die sich in seinen Mundwinkeln sammelt. Er schiebt seine Clark-Kent-Brille die Nase hoch.

»Im Cineplex läuft gerade ein Superhelden-Festival.«
»Kein Interesse.«

Die meisten Menschen hätten nach dieser Antwort genug und würden verduften. Nicht aber Todd. Er sagt einfach nur »Okay« und tuckert weiter neben mir her. Es ist völlig egal, wie gemein ich zu ihm bin. Er versucht es einfach weiter. Es reicht, um einen in den Wahnsinn zu treiben.

»Hast du mal darüber nachgedacht, einen Artikel für den *Motzer* zu schreiben?«, fährt er fort.

Ich seufze und blase ihm eine besonders große Schadstofffahne ins Gesicht. »Ich bin heute fast gestorben, Todd.«

Wir kommen der Schule bedenklich näher, und ich will ihm gerade sagen, dass er weitertuckern soll, als ich sehe, wie er auf einen kaputten Gullydeckel zusteuert, bei dem auf einer Seite ein großes Stück fehlt. Bevor ich etwas sagen kann, ist es auch schon zu spät. Er erwischt das Loch und die Fahrt ist zu Ende. Das Ganze ist mir so peinlich, dass ich einfach nur die Straße überquere und ihn – wie ein Fisch auf dem Trockenen zappelnd – zurücklasse.

Vor der Schule haben die Skater mal wieder ihren üblichen Platz in Beschlag genommen. Unermüdlich versuchen sie, auf der Böschungsmauer vor dem Schulgebäude ihre unausführbaren Figuren und Manöver zu performen. Die zahlreichen Verbote des Direktors lassen sie kalt. Ihre beharrliche Gleichgültigkeit muss man einfach bewundern. Ich nicke den PIBs zu, die ihre strategische Stellung auf der anderen Straßenseite bezogen haben. Dann geht es im Spießrutenlauf an den Gruppen der Kiffer und Sportler vorbei, die den Gehweg zur Eingangstreppe an der Gebäudevorderseite säumen. Einer der Kiffer pfeift, als ich vorbeigehe, während einer von den

Sportlern mich eine Missbildung nennt. Dabei ist es mir so was von egal, was sie denken. Ich hoffe nur, sie haben mich nicht mit Todd gesehen.

Ich habe die Treppe noch nicht einmal erreicht, als Chocko aus der Schule stürmt und gleich den ersten Treffer landet.

»Smith! Du kennst die Regeln, was das Rauchen auf dem Schulgelände anbelangt!«

Ich werfe meine Zigarette auf den Boden und trete sie mit dem Schuh aus.

»Heb deinen Müll auf«, fordert er mich auf und zeigt auf die abgebrannte Kippe.

Ich nehme sie auf und schnipse sie in den Abfall.

»Besser für dich, wenn das kein Feuer fängt«, sagt er, um eine Reaktion zu provozieren.

Aber damit verschwendet er seine Zeit, und ich ignoriere ihn einfach, als ich – cool, wie eine Rachegöttin nur sein kann – an ihm vorbeistolziere.

Noch in der gleichen Sekunde, in der ich durch die Eingangstüren trete, fängt mich meine Freundin Sharon ab.

»Oh mein Gott, ich hab gehört, was am Damm passiert ist. Steve Ryan hat erzählt, dass du fast gesprungen wärst. Hey, deine Wimperntusche sieht super aus. Irgendwie so nach Marilyn Manson.«

Ich bemerke sofort, dass sie einen lila Nylonstreifen um ihr Handgelenk gewickelt hat. Manchmal wundere ich mich wirklich über sie.

»Steve Ryan ist ein Idiot. Warum trägst du Nylons an deinem Arm?«

Sharon hält ihre Hand hoch. »Meine Tante hat mir all ihre Netzstrümpfe aus den Siebzigern geschenkt. Ich trage sie zu

Ehren unserer ehrwürdigen Schwestern, die damals ihre BHs verbrannt haben. Ich hab dir auch ein Band mitgebracht.«

Sie fördert das verschlissene Bein einer alten Strumpfhose aus ihrer Handtasche hervor, wickelt es um mein Handgelenk und befestigt es mit einem Knoten, als die Schulglocke ertönt. Die Zombies ergießen sich in die Schule und wir müssen uns den Weg zu unseren Spinden bahnen.

Als ich meinen Spind erreiche, sehe ich etwas in einem der Lüftungsschlitze stecken. Es ist die Ecke eines kleinen Briefumschlages. Ich ziehe ihn heraus. Jemand hat mit goldfarbener Glitzertinte in sorgfältigen Buchstaben meinen Namen draufgeschrieben.

Schwarze Löcher

Sharon reißt mir den Umschlag aus der Hand. »Von wem ist der?«

Ich habe keinen Schimmer, woher der mysteriöse Umschlag kommt. Aber insgeheim möchte ich, dass Darren Walker der Absender ist. Darren ist groß und dunkel und wirkt mit seinem langen Haar und den Tattoos so hoffnungslos tragisch. Definitiv der Topaffe der Gothic-Kette! Im Unterricht sitzt er stets ganz hinten und spricht nie mit jemandem. Er trägt sogar bei achtzig Grad im Schatten einen Trenchcoat, und irgendwie hat er es fertiggebracht, ausnahmslos jede Sportstunde seit Beginn der Highschool zu schwänzen. Gott, ich liebe ihn!

Sharon gibt mir den Umschlag zurück. Ich öffne ihn. Drinnen steckt eine kleine Popcorntüte mit einem Gedicht, das jemand doch tatsächlich mit einer alten Schreibmaschine oder so geschrieben hat.

```
       Traurig,
   Es ist einfach so traurig,
    Traurig, traurig, traurig,
   Und es wird immer trauriger.
```

»Was ist das denn für eine Scheiße?«, höre ich Sharon, die mir über die Schulter guckt.

Meinem Gefühl nach muss es von Darren sein. Er ist die traurigste Person, die ich jemals in meinem Leben kennengelernt habe.

»Ist das nicht aus einem Elton-John-Song?«, überlegt Sharon laut.

»Ich denke nicht.«

»Doch, ist es. Ich muss es wissen. Mein Vater hat mich seit meiner Geburt mit diesem schwuchteligen Zeugs traktiert – wenn nicht sogar noch früher.«

»Nein, ist es nicht.«

»Ich schwöre bei Gott, es ist von Elton John.«

»Okay, schön. Vielleicht ist es aus einem Elton-John-Song. Na und?«

»Warum sollte dir jemand so etwas geben? Es ist so … ähm … alt.«

»Vielleicht ist das der Punkt«, erwidere ich und versuche, das Beste aus der Tatsache zu machen, dass jemand mir eine Popcorntüte mit einem Liedtext geschenkt hat, der von irgendeinem alten Kerl, der keine Frauen mag, gesungen wurde. »Wer kennt sich mit so einer Musik wohl aus?«

»Ein Lehrer …«, sagt Sharon. »… oder vielleicht einer von den Hausmeistern.«

»Du bist echt krank.« Ich knülle die Popcorntüte zusammen und schmeiße sie in meinen Spind. Es hat mir gerade noch gefehlt, wenn es die Runde macht, dass mir ein Hausmeister nachstellt, der Elton John liebt. Aber als Sharon nicht hinguckt, streiche ich das Papier wieder glatt und stecke es zwischen die Seiten meines *Große-Denker*-Textbuches. Denn ich hoffe, dass es wirklich von Darren ist. Wer sonst würde etwas so himmelschreiend Bizarres machen? Ich meine, auf eine schräge Art und Weise ist es doch irre brillant, jemandem etwas so Altes und Abgefahrenes zu schenken ... oder?

Sharon und ich machen uns auf den Weg in die Philosophiestunde. Dort angekommen, beschließe ich, dem Geheimnis auf den Grund zu gehen, und setze mich nach hinten auf den Stuhl neben Darren. Todd kommt herein und setzt sich vor mich. Ich pikse ihn leicht mit meinem Stift. Er dreht sich gelassen um, als wäre das alles ganz normal.

»Ja?«

»Äh ... was machst du da?«

»Sitzen.«

»Ach was ... Und warum setzt du dich vor mich?«

»Ist ein freies Land, oder?«

Kaum hat er das gesagt, kommt Ober-Sporthohlbratze Biff Johnson herein. Er verpasst Todd eine Kopfnuss, befördert ihn zu Boden und nimmt den Sitz für sich in Anspruch. Sein Sportkumpel Steve Ryan nimmt auf dem Stuhl daneben Platz. Da die beiden normalerweise sonst auf der anderen Seite des Raumes sitzen, weiß ich nicht so recht, was los ist, und ich habe auch nicht vor, danach zu fragen. Meiner Ansicht nach ist Biff der eindeutige Beweis dafür, dass Gott nicht existiert. Würde er es sonst zulassen, dass jemand wie Biff sich frei auf der Erde bewegen darf? Die Antwort lautet definitiv »NEIN«. Biff dreht sich um und schielt zu mir herüber, während Steve mir einen Blick zuwirft, der an einen schuldbewussten Hundewelpen erinnert.

Glücklicherweise folgt Sharon meinem Beispiel und nimmt an meiner anderen Seite Platz – dort, wo sonst immer April

Showers sitzt. Ich schwöre, dass das ihr wirklicher Name ist. Wie müssen ihre Eltern sie hassen, dass sie sie für den Rest ihres Lebens zu solch einem Namen verurteilt haben. Und was noch schlimmer ist: Sie ist das unscheinbarste und bestübersehene Mädchen der ganzen Schule. Aber sie scheint das gar nicht zu kapieren. Ständig versucht sie, sich an die Topaffen ranzuhängen, selbst wenn die sie völlig ignorieren.

Es ist so peinlich, das mit anzusehen. Ich wünschte, sie würde es begreifen und aufhören, sich Freunde außerhalb ihrer Kette zu suchen, da man sich einfach immer nur über sie lustig macht. Als sie Sharon auf ihrem Stuhl sieht, guckt sie ganz verwirrt aus der Wäsche, wackelt mit dem Kopf hin und her und macht dabei den Mund auf und zu wie ein Goldfisch. Sharon bringt ihren berühmten Todesblick zur Anwendung, woraufhin April sich eine Reihe weiter auf den nächstverfügbaren Platz verkrümelt. Die ganze Zeit über kleben Aprils Augen an unseren Lila-Nylon-Handgelenk-Dingern.

»Seid ihr in so was wie 'ner Sekte?«, fragt sie.

»Ja. Eine Zweiersekte«, schnaubt Sharon.

April glotzt weiter, bis ich sie zur Kenntnis nehme. »Ja, April?«

»Was?«, sagt sie.

»Du siehst aus, als hättest du eine Frage.«

»Ich sehe so aus, als hätte ich eine Frage?«, erwidert sie. Dann wendet sie sich an Todd und sagt: »Sehe ich so aus, als hätte ich eine Frage?« Sie fährt fort und fragt jeden um sie herum – einschließlich Biff und Darren, die so tun, als wäre sie nicht vorhanden –, ob sie so aussehe, als hätte sie eine Frage. Das geht so lange, bis sie sich schließlich wieder an Sharon wendet. »Sehe ich so aus, als hätte ich eine Frage?«

»Du siehst aus, als wärst du durchgeknallt«, antwortet Sharon.

Das bringt Darren zum Lächeln und ich liebe ihn sogar noch mehr.

Nachdem wir schon fünfzehn Minuten in der Klasse herumgehangen haben, taucht Chocko endlich auf. Er trägt wieder seine Sonnenbrille und glotzt im Klassenraum umher, als ob er uns zum ersten Mal sehen würde. Er legt »Black in Black« von AC/DC in die Stereoanlage ein und beginnt dann über irgendein großes Konzert zu quatschen, das irgendwann irgendwo einmal stattgefunden hat.

Normalerweise bringe ich mein Missfallen zum Ausdruck, indem ich einen Roman rashole und lese. Aber heute bin ich sogar richtig froh darüber. Denn ich weiß, dass er die meiste Zeit des Unterrichts vor sich hin blubbern wird, womit ich jede Menge Zeit habe, um meine Ermittlungen durchzuführen. Ich beginne mit der Dokumentation:

13h24 – Beweisstück A: die Notiz

Ich justiere die Popcorntüte so, dass die Ecke aus dem *Große-Denker*-Textbuch hervorlugt – gerade weit genug, dass sie erkennbar ist. Ich versuche, Darrens Reaktion abzufangen, indem ich ihn aus den Augenwinkeln anstarre, ohne meinen Kopf mehr zu bewegen als nötig.

13h29 – Bis jetzt nichts. Es scheint, als hätte Darren weder die Popcorntüte noch sonst überhaupt etwas wahrgenommen. Er ist so was von cool!

13h34 – Immer noch nichts.

13h45 – Nichts. Chocko blubbert weiter vor sich hin. Ich glaube wirklich, dass ich gleich den Verstand verliere.

Es ist schon schlimm genug, dass der Unterricht eineinhalb

Stunden dauert. Aber durch Chocko scheint er sich sogar noch mehr in die Länge zu ziehen. Es ist, als hätte er seine »lockerlässigen« Finger überall auf der Schwerkraft-Fernbedienung, um den Gravitationslevel hochzujagen. Das erinnert mich an das, was Dr. Armstrong ausgeführt hat: Alles wird von der Schwerkraft beeinflusst, selbst das Licht und die Zeit. Er hat gesagt, dass bei beträchtlichem Schwerkraftanstieg – zum Beispiel, wenn plötzlich ein schwarzes Loch auftauche – die Zeit buchstäblich langsamer vergehen würde. Schwarze Löcher haben eine so große Dichte und üben so viel Anziehungskraft aus, dass, wenn man einen Astronauten von sicherer Position aus beobachten könnte, wie er in eines hineinfällt, die Zeit so langsam verginge, dass man den Astronauten nie wirklich hineinfallen sehen würde. Als Konsequenz würde die Zeit stillzustehen scheinen. Genau wie jetzt gerade im Unterricht.

Die einzig logische Erklärung hierfür: Chockos Mund ist in Wirklichkeit ein schwarzes Loch. Und wo ich schon mal dabei bin: Wer hat es eigentlich für eine gute Idee gehalten, die Unterrichtszeiten für die jeweiligen Fächer während der Woche ständig zu ändern? Angeblich soll es das Lernen stimulieren. Dabei verwirrt es uns bloß. Als wenn es einen Unterschied machen würde, ob man morgens zuerst Philosophie hat oder aber gleich nach dem Mittagessen. Soweit ich es beurteilen kann, ist und bleibt es eine Eineinhalb-Stunden-Folter – die auch länger dauern kann, wenn Chockos Mund im Raum ist.

Um also nicht vollständig verrückt zu werden, beschließe ich, umzuschalten und mich auf meine Sozialkundearbeit zu konzentrieren (fortan meine SKA genannt). Ich frage mich, wie es wohl ist, tot zu sein. Ich denke, es wäre klasse, wenn man als Geist zurückkommen und alle Menschen heimsuchen könnte, die einen zu Lebzeiten genervt haben. Chocko würde definitiv ganz oben auf meiner Liste stehen.

Ich wäre gern einer dieser sexy Vampirtyp-Geister, die erst umwerfend aussehen, bis man sie wütend macht, und dann hässlich werden und austicken. Ich glaube, es würden mehr Menschen früher auschecken, wenn sie wüssten, dass sie dadurch so eine Art Unsterblichkeit erlangen könnten – sei es nun eine dämonische oder eine andere. Ehrlich, man muss sich wirklich fragen, was die Leute überhaupt weitermachen lässt. Das Leben besteht einfach nur aus Leid und Pflicht und Schmerz und dann stirbt man allein an irgendeiner schlimmen Krankheit. Was soll das Ganze also? Ich meine, wenn man die Angelegenheit selbst in die Hand nimmt, kann man zumindest über das Wann und Wo entscheiden. Ich denke eine Weile darüber nach. Dann ertappe ich mich unerklärlicherweise dabei, dass ich an die alte Dame am Damm denke. Wer ist sie? Warum hat sie mich die ganze Zeit Marie genannt? Ich kann die Tatsache nicht leugnen, dass sie mir heute das Leben gerettet hat. Vermutlich bedeutet das, dass ich ihr etwas schulde ... oder auch nicht.

Ich check meine Uhr. 14h05. Ob Chocko wohl jemals die Klappe hält? Er kann heute wirklich nicht genug kriegen. Darren ist offensichtlich eingeschlafen. Ich fahre fort, mit den tiefgründigsten Rätseln des Lebens zu ringen. Nach intensiver Erforschung kann ich mit einer grafischen Darstellung des Todes aufwarten. So sieht er meiner Meinung nach aus:

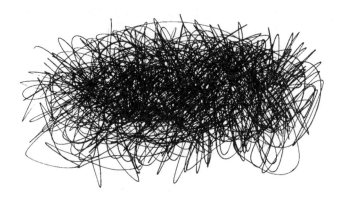

Endlich! Die Stunde ist vorbei. Darren hat nicht einmal einen Blick auf die Popcorntüte geworfen. Ich komm zu dem Schluss, dass er eine unvorstellbare Willenskraft besitzen muss, was in meinen Augen eine sehr reizvolle Eigenschaft ist. Er steht von seinem Platz auf, ohne mich wahrzunehmen. Ich beobachte ihn, wie er aus der Klasse schlendert, als sich plötzlich Biff Johnson auf seinem Sitz zu mir umdreht und ein Lächeln präsentiert, mit dem er für ein Magazin posieren könnte. Er schiebt mir einen Zettel zu, als hätte er ein Schweigegelübde oder so etwas abgelegt und könnte wirklich nicht sprechen. Ich entfalte den Zettel, auf dem in seinem Drittklässlergekritzel folgende Worte geschrieben stehen:

Wie wär's?

Ich habe keinen blassen Schimmer, was er damit meint. Also starre ich einfach nur ausdruckslos zurück, bis er aufsteht und geht – allerdings nicht ohne zuvor wie ein Schimpanse mit den Knöcheln auf meinen Tisch zu klopfen.

Steve steht ebenfalls auf, folgt ihm und schaut mich wieder mit dem gleichen schuldbewussten Hundewelpenblick an. Ich kapiere einfach nicht, was los ist.

Ich reiche Sharon den Zettel, als wir die Klasse verlassen.

»Frag mich nicht, was das bedeutet. Ich habe keine Ahnung.«

»Was ist heute eigentlich? Der Schreib-doch-Sioux-mal-wieder-Tag?«

»Keine Ahnung«, erwidere ich.

»Meinst du, Biff hat den anderen Zettel auch geschrieben? Vielleicht ist das so 'ne Art Sporthohlbratzen-Komplott.«

»Was auch immer.«

»Glaubst du, er mag dich? So übel ist er gar nicht.«

»Hast du den Verstand verloren?«

»Irgendwie ist er süß ... auf so eine sportliche Art und Weise. Er hat einen tollen Körper. Vielleicht solltest du einfach mal mit ihm ausgehen, um festzustellen, wie er wirklich ist. Du könntest darüber schreiben.«

»Lieber würde ich mein eigenes Erbrochenes essen.«

»Okay, okay.«

Dann lassen wir eineinhalb Stunden Englisch über uns ergehen. Genauer gesagt, ein paar fesselnde Diskussionen über *Gullivers Reisen*, in deren Verlauf Todd jede Frage beantwortet, die Mr Farrel stellt. Bis zu dem Moment, an dem er dazu übergeht, Todds Hand völlig zu ignorieren. Ich habe keine Ahnung, warum er denkt, dass ihm sonst irgendjemand Aufmerksamkeit schenken könnte. Denn außer Todd hat *niemand jemals* eine seiner Fragen beantwortet. Er sieht sogar in meine Richtung. Aber ich lasse ihn unter meinem eisigsten Blick erstarren und er schaut rechts an mir vorbei. Ich glaube, ich mache ihm Angst. Sharon hingegen denkt, er steht auf mich. Aber mal ehrlich: Mr Farrel sieht aus, als wär er dem Auenland entsprungen.

Nach einer endlos langen Zeit ist die Stunde endlich vorbei. Zwei Gauloises und einige ausführliche Überlegungen später – von denen keine mit Biff oder Gullivers Reisen zu tun haben – beschließen Sharon und ich, ins *Coffee Tip* zu gehen. Eigentlich ist es eine alte *Coffee-Time*-Filiale. Aber der neue Besitzer hat sie in *Tip* umbenannt, indem er mit Klebeband die letzten beiden Buchstaben von »Time« abgeklebt und dann ein »p« mit schwarzem Filzstift draufgemalt hat.

Ich schätze mal, er wollte nichts für das Franchise zahlen. Aber man sollte doch meinen, dass er sich was Besseres als *Coffee Tip* hätte ausdenken können.

Ich muss gestehen, dass ich ein heimliches Faible für den Namen von Örtlichkeiten habe. Ich mache mir ständig Gedanken über die Menschen, die hinter den Namen stehen, und frage mich, wie sie dazu gekommen sind. Ein paar meiner Favoriten sind:

Kampfsportstudio SEGENSREICH
Restaurant GLIBBERSUPPEN
Pizzeria SUPERMODEL

Sharon und ich finden es witzig, neue und bessere Namen für Örtlichkeiten zu erfinden. Wir spielen dieses Spiel auf dem Weg ins *Tip*. Sie schlägt *Coffee Heim* und *Schleim* vor, was passend scheint, angesichts der Schlammbrühe, die sie da zusammenbrauen. Ich schlage *Coffee Reim* vor und stelle mir die gesamte Bedienung in Theaterkostümen vor, wie sie den Gästen Verse deklamierend Kaffee vorsetzt. Am Ende entscheiden wir, dass *Tip* der beste Name von allen ist, denn wir mögen die Ironie, die darin liegt: Das *Tip* ist in keinerlei Hinsicht spitze und infolgedessen geben wir auch selten jemandem den Tipp, dorthin zu gehen.

In einem Abstand von etwa hundertfünfzig Metern folgt Todd uns den gesamten Weg zum *Tip* mit seinem Moped. Er denkt, ich merke es nicht. Aber sein goldener Helm leuchtet so hell, dass ich ihn vom Weltraum aus erkennen könnte. Sharon erträgt Todd einfach nicht. Was bedeutet, dass ich es auch nicht kann. Obwohl ihre Intoleranz wenig Sinn für mich macht. Ich meine, auf einer entsprechenden Skala ist Todd weitaus akzeptabler als Biff. Trotzdem hat sie doch tatsächlich vorgeschlagen, dass ich mit diesem Tier ausgehen könne. Als ich Todd gerade verklickern will, dass er verduften soll, fällt mir etwas Merkwürdiges auf. Es ist Miss Marple. Umgeben von Autos, die ihr hektisch ausweichen, steht sie mitten auf der Straße. Sie scheint verwirrt und verängstigt zu sein. Aber niemand wird langsamer oder hält an, um ihr zu helfen. Sie hupen nur, als sie an ihr vorbeifahren, und ein Fahrer schreit sie sogar an, sie solle von der Straße verschwinden.

Sharon deutet auf sie. »Oh mein Gott! Schau dir diese dumme alte Oma an.«

Miss Marple ist auf dem besten Wege, überfahren zu werden. Also bleibt mir nichts anderes übrig, als mich in den Verkehr zu wagen und sie da rauszuholen. Vermutlich ist das die Gelegenheit, mich dafür zu revanchieren, dass sie mir heute Morgen das Leben gerettet hat. Auf diese Weise schulde ich ihr dann nichts mehr, karmatechnisch gesehen.

Ihr Gesicht hellt sich auf, als sie mich sieht. »Oh, Marie, Liebes! Ich habe nach dir gesucht.«

Ich nehme sie am Arm. »Kommen Sie!«

Die Autos rasen vorbei. Schließlich hält ein Fahrer an, um uns hinüberzulassen, und ich begleite Miss Marple, so schnell ich kann, zurück zum Bürgersteig. Als wir es geschafft haben, blickt sie lächelnd zu mir auf, als wäre alles ganz normal und in Ordnung.

»Ich habe dich fast nicht wiedererkannt, Marie. Was hast du mit deinen Haaren gemacht?«

Sie langt nach meinem Haar, aber ich ziehe den Kopf weg. Sharon glotzt uns an wie ein Auto.

»Wie hat sie dich gerade genannt?«, sagt sie.

»Kommst du nach Hause?«, fragt Miss Marple.

Sharon blickt zwischen Miss Marple und mir hin und her, als ob sie Zuschauerin bei einer Art sonderbarem Tennisspiel wäre. Aus den Augenwinkeln kann ich Todd erkennen, der sein Moped hinter Giovannis Friseursalon im Leerlauf tuckern lässt.

»Sie sollten von der Straße wegbleiben«, sage ich zu Miss Marple und gehe dann.

Sharon trottet hinter mir her. »Kennst du die? Warum hat sie dich Marie genannt?«

Ich zucke mit den Achseln.

Sharon schüttelt den Kopf. »Schräg.«

Im *Tip* schlürfen Sharon und ich ein paar Becher Schlammbrühe, während Todd draußen herumhängt, nur um einfach in meiner Nähe zu sein. Ich frage mich wirklich, ob es schon den Tatbestand des Stalkings erfüllt, wenn jemand einen mit dem Moped verfolgt.

Trotz Todd versuche ich, meinen der Brühe beigelegten Keks zu genießen, während Sharon ein Hühnchen-Wrap seziert. Ich finde es ekelhaft, tote Tiere zu essen. Bei uns in der Familie sind alle Vegetarier. Aber Sharons Vater ist Schlachter, sodass sie mit Fleisch als Hauptnahrungsmittel groß geworden ist.

Es macht mich krank, an süße kleine Küken zu denken, die für etwas so Ekelhaftes wie einen *Coffee-Tip*-Wrap in grobe Würfel zerhackt werden. Es ist einfach so ... falsch.

»Ich kann's nicht fassen, dass mich meine Eltern zwingen, heute Abend Verwandte zu besuchen«, sagt Sharon und pickt an ihrem Wrap herum. »Mein Gott, es ist Freitag! Und dann leben sie ja nicht einmal an einem coolen Ort wie zum Beispiel Toronto. Die wohnen in Eastdale!« Sharon schiebt weiter eifrig ihren Wrap auf dem Teller herum, bis ich es nicht länger ertrage.

»Iss ihn oder schmeiß ihn weg!«

Sie seufzt und schiebt den Wrap zur Seite. Ich versuche, nicht mehr an die Kükenwürfel zu denken, und rede lieber über meine SKA.

»Ich will ein paar grafische Elemente einbauen«, erkläre ich.

Sharon pustet auf ihren Kaffee, als wäre der nicht schon kalt gewesen, als er serviert wurde. »Was denn?«

»Ein paar Fotos vom Friedhof vielleicht.«
»Cool.«
»Und welches Thema nimmst du?«
»Ich weiß nicht. Vielleicht was mit Frauen in der Pornografie.«
»Hast du das mit Miss B. abgeklärt?«
»Nein. Hast du dein Thema abgeklärt?«
»Nein. Aber ich glaube nicht, dass es ein Problem damit gibt«, erwidere ich.
Sharon zieht die Augenbrauen hoch.
»Was? Du meinst, es könnte ein Problem geben?«
»Nein, nein.«
Sharon beginnt, wieder an ihrem Hühnchen-Wrap herumzupicken. Ich schmeiße meine Serviette auf den Tisch.
»Ich muss los.«

Die Sünden des früheren Lebens

Sobald ich aus dem *Tip* komme, schmeißt Todd seine Bestie an. Langsam rollt er hinter mir her und denkt offenbar, er wäre getarnt.

»Ich kann dich sehen, Todd.«
»Was ist mit nächstem Freitag?«
»Nein.«
Er eiert knatternd mit dem Moped neben mir her.
»Versuch ja nicht, dich im Unterricht noch mal neben mich zu setzen, okay?«
»Okay. Es war nett von dir, der alten Frau zu helfen.«
»Ja. Und?«
Ich setze meine Kopfhörer auf und mache meinen MP3-Player an. Todds Mund bewegt sich weiter. Aber ich kann kein einziges Wort hören von dem, was er sagt.

So bewegen wir uns nebeneinander her. Vorbei an *Harvey's*, am Eiscafé und am Hanfshop, in dem die Cops immer so gern Razzien machen. Dort ist ein durstig aussehender Hund an der Tür angeleint. Ich hasse es, wenn Hunde so behandelt werden. Ich hoffe, sie geben ihm Wasser.

Todd platziert sein Gesicht genau vor meines. »Ich hoffe, sie geben dem Hund Wasser«, schreit er über die Musik hinweg.

Jetzt liest er auch noch meine Gedanken. Das ist völlig inakzeptabel! Ich nehme meine Ohrstöpsel heraus. »Ich möchte wirklich gern allein sein, Todd. Okay?«

»Okay.«

Er folgt mir weiter. Also bleibe ich stehen und schaue seitlich an seinem Goldhelm vorbei in die Ferne. Ich stehe einfach nur da, ohne etwas zu fixieren, bis er es begriffen hat und endlich geht. Ich warte noch ein wenig, und als ich sicher bin, dass er abgehauen ist, setze ich meinen Heimweg fort. Als ich um die Straßenecke biege, bin ich überrascht, Miss Marple an der gleichen Stelle stehen zu sehen, an der ich sie verlassen habe. Es ist Stunden her, seit ich sie gerettet habe. Was hat sie die ganze Zeit gemacht? Ich versuche, mich in eine andere Straße zu verdrücken. Aber zu spät. Sie hat mich bereits gesehen.

»Oh, Marie!«

Es hat keinen Sinn, ihr zu erzählen, dass ich nicht Marie bin, denn es scheint keinen Unterschied zu machen. Ich blicke sie ausdruckslos an, wie ich es immer mit Todd mache, da ich nicht weiß, was ich sonst tun soll.

»Ich hab versucht, nach Hause zu kommen«, sagt sie. »Könntest du mir helfen, Liebes?«

Warum passiert das ausgerechnet mir? Die einzige Erklärung: …

… In meinem früheren Leben muss ich eine Axtmörderin gewesen sein …

»Wissen Sie nicht, wo Sie wohnen?«, frage ich.

Miss Marple blickt zu Boden und runzelt die Stirn. »Sonst hab ich es immer gewusst … Aber ja, natürlich weiß ich es.« Sie beginnt, wild in ihrem Täschchen herumzukramen, als läge die Antwort irgendwo dort im Durcheinander auf dem Boden, und holt schließlich ihre Schlüssel hervor. Sie stecken auf einem Schlüsselring, an dem ein blaues Gummiarmband befestigt ist.

»Da sind sie!«, sagt sie und hält sie für mich hoch, damit ich sie sehe.

»Okay. Gibt es eine Tür, in die diese Schlüssel passen?«

Ihr Mund öffnet und schließt sich. Ich kann sehen, wie sie in Gedanken nach Worten sucht, ohne dass sie auf das richtige kommt. Aber dann zeigt sie auf das Gebäude direkt vor uns.

»Hier ist es«, sagt sie. »Komm mit, Liebes, ich mache dir eine Tasse Tee.«

Miss Marple schlüpft durch die Glastüren an der Gebäudevorderseite. Ich spiele mit dem Gedanken, wegzurennen. Doch aus irgendeinem verrückten Grund tue ich es nicht. Ich folge ihr ins Foyer und beobachte, wie sie mit den Schlüsseln herumklimpert, bis sie es schließlich irgendwie geschafft hat, die Tür aufzuschließen.

»Du kommst doch mit rein, oder?«

Ich wäge meine Möglichkeiten ab. Ich möchte wirklich einfach nur nach Hause. Es ist fast Abendbrotzeit, und das Letzte, was ich will, ist, noch mehr Zeit mit Miss Marple zu verbringen. Aber sie sieht mich so hoffnungsvoll an.

Als wir zu den Fahrstühlen kommen, scheint sie vergessen zu haben, warum wir hier sind. Also drücke ich auf den Knopf. Minuten vergehen und der Fahrstuhl kommt und kommt nicht. Es dauert so lange, bis sich die Türen endlich öffnen, dass ich fast schon glaube, es muss ein schwarzes Loch im Fahrstuhlschacht geben. Wir gehen hinein. Die Wände sind voller Graffiti. Es stinkt ganz ekelhaft nach frittiertem Fisch oder Millionen Jahre alten Pommes. Ich halt mir die Nase zu, um nicht zu kotzen. »Welcher Stock?«

»Vierzehn«, sagt sie. »Nummer 1404.«

Als ich den Knopf vom vierzehnten Stock drücke, frage ich mich, ob Miss Marple mich nicht vielleicht verarscht. In der einen Minute weiß sie nicht, in welchem Gebäude sie wohnt, und in der nächsten leiert sie problemlos ihre Apartmentnummer runter.

Gerade als die Türen anfangen, sich zu schließen, flitzt noch ein Blauschopf in den Fahrstuhl.

»Hallo«, sagt die alte Dame.

»Hallo«, antwortet Miss Marple. »Kennen Sie meine Tochter Marie schon?«

Ich will sie korrigieren. Aber der Blauschopf lächelt mich an.

»Wie jung!«, sagt sie.

»Mein Nesthäkchen«, erklärt Miss Marple.

Oh mein Gott!

Unter Ächzen und Quietschen seiner verrosteten Kabel kämpft der Fahrstuhl gegen die unsichtbaren Kräfte an, bis er ruckelnd im siebten Stock stehen bleibt. Die Türen öffnen sich mit einem nervtötenden Geräusch und der Blauschopf steigt aus. Wir warten ewig, bis sich die Türen wieder schließen, und dann dauert es noch eine weitere gefühlte Stunde, bis wir den vierzehnten Stock erreichen. Dort erwarten uns neue wundervolle Gerüche. Ich rümpfe die Nase und folge Miss Marple wie ein Schatten zu ihrem Apartment.

»Das ist meins«, erklärt sie und weist auf eine gelbe Tür, die wie alle anderen auf dem Flur aussieht – abgesehen davon, dass an ihrer ein Strohkranz hängt, an dem an einem Zahnseidefaden noch ein Engel aus dem Ein-Dollar-Laden als Dekoration baumelt.

»Da sind wir«, sagt sie und stochert mit dem Schlüssel im Schloss herum. In Anbetracht der Umgebung erwarte ich, dass es auch in ihrer Wohnung eher grottig aussieht. Aber ich habe mich geirrt. Drinnen ist es sauber, ordentlich und schön. Sie bugsiert mich hinein und schließt rasch die Tür.

»Ich mag die Gerüche nicht«, erklärt sie und zeigt mit der Hand auf den Flur.

Mein Reden.

Miss Marple besitzt nicht viel. Doch das, was sie hat, scheint allererste Sahne zu sein. An den Wänden sehe ich Originalbilder und in einer Ecke steht ein großer Flügel. Mit den leuchtend weißen und blauen Geschirrtüchern und der Reihe von glänzenden Kupfertöpfen über dem Herd sieht ihre Küche ordentlicher aus als der Hauswirtschaftsraum in unserer Schule und auf dem Fußboden kann man praktisch sein Spiegelbild sehen. Die Wände sind größtenteils mit Regalen voller Bücher zugestellt. Überall stehen Gruppen von Grünpflanzen herum und über einem kleinen Telefontisch hängt ein Wandkalender. Als würde sie eine Gefängnisstrafe abbrummen, hat Miss Marple die vergangenen Tage mit einem schnörkeligen »X« durchgestrichen. Neben dem Telefon befindet sich ein zierlicher Holztisch, der mit gerahmten Fotos bedeckt ist. Eine ganze Wand besteht ausschließlich aus Fenstern, durch die sich unsere Stadt wie ein großes Wandgemälde präsentiert. Gleich vorn in der Mitte erhebt sich die große katholische Kirche »Our Lady Immaculate« auf der Spitze des Sunnydale-Hügels, während sich das Dächer- und Baumwipfel-Patchwork der übrigen Stadt darunter ausbreitet.

Ich kann nicht fassen, dass ich das jetzt sage, aber so aus der Vogelperspektive sieht unsere beschissene Stadt doch tatsächlich schön aus.

»Ist es nicht herrlich?«, sagt Miss Marple und öffnet die Balkontür. Sie macht sich daran, den Teekessel mit Wasser zu füllen, und ich mustere die Fotos.

Wie es aussieht, hat Miss Marple eine Familie. Ich sehe Fotos von kleinen Babys – wahrscheinlich ihre Enkel – und von diversen Männern und Frauen in verschiedenen Abschnitten ihres Lebens. Es gibt eine Menge Fotos von Miss Marple und – so vermute ich mal – von ihrem Ehemann, und ich kann zusehen, wie sie alt werden, indem ich einfach meinen Blick über den Tisch entlang von einem Bilderrahmen zum nächsten gleiten lasse. Es gibt sogar ein altes Schwarz-Weiß-Bild von ihrer Hochzeit. In ihrem weißen Kleid sieht Miss Marple ziemlich scharf aus. Sie ist ganz dünn und ernst und trägt das Haar zu einem Knoten zurückgebunden. Sie hält die Hand ihres Ehemannes und umklammert einen kleinen Rosenstrauß vor ihrer Hüfte. Sie wirkt nicht viel älter als ich. Ich frage mich, wo in England sie geboren wurde, wie alt sie bei ihrer Auswanderung war und wo sie ihren Ehemann kennengelernt hat. Der hat eine Nase wie eine Kartoffel und sieht aus, als würde er den Anzug eines anderen tragen. Aber er lächelt stolz auf sie hinab, wohingegen sie direkt in die Kamera blickt. Ich halte das Foto hoch.

»Wer ist das?«

Miss Marple nimmt mir das Bild behutsam aus der Hand.

»Das ist dein Vater, Liebes. Erinnerst du dich denn nicht? Wir waren achtundfünfzig Jahre zusammen.« Mit ihrem Ärmel wischt sie behutsam irgendwelchen nicht existierenden Staub vom Rahmenglas. »Es war nicht immer leicht. Aber ich habe ihn geliebt. Das habe ich wirklich. Wir haben in ›Our Lady Immaculate‹ geheiratet.« Sie deutet mit einem Nicken zur Kirche im Fenster, lächelt dann und stellt das Foto vorsichtig an seinen Platz auf dem zierlichen Tisch zurück. Sie hat Tränen in den Augen, und ich fühle mich plötzlich furchtbar, dass ich einfach so in ihrem Leben herumschnüffele.

Ich will ihr gerade sagen, dass ich gehen muss, als der Kessel in der Küche pfeift und Miss Marple davoneilt.

Ich nehme ein anderes Foto, das die ganze Familie zeigt. Es ist eines dieser Fotos, auf denen die Leute wie auf Kommando glücklich aussehen, es in Wirklichkeit aber nicht sind. Miss Marple steht neben zwei arrogant aussehenden Männern, die geradewegs einem Lacoste-Katalog entsprungen zu sein scheinen. Sie haben Kartoffelnasen genauso wie ihr Vater. Auf Miss Marples anderer Seite sind drei Frauen zu sehen. Die beiden, die Miss Marple am nächsten stehen, gehören auch zu den Kartoffelnasen und scheinen ähnlich drauf zu sein wie die Männer – irgendwie großkotzig und eingebildet. Aber die dritte Frau, die etwas abseits von den anderen steht, wirkt nicht so arrogant wie der Rest. Sie sieht ziemlich jung aus und ist die Einzige mit langen, dunklen Haaren und einer Nase, die nicht an irgendein Gemüse erinnert. Sie lächelt nicht, aber trotzdem ist sie auf eine unheimliche Weise schön.

Ich starre auf das Bild, bis Miss Marple wiederauftaucht. Sie trägt ein Tablett mit einer Teekanne, zwei geblümten chinesischen Teetassen und einem Teller mit Keksen. Ich zeige ihr das Foto.

»Wessen Kinder sind das?«

»Meine natürlich, Liebes. Du bist doch auch drauf.«

Miss Marple nimmt das Bild und beginnt, die verschiedenen Personen mit Namen zu benennen. Ihr Finger verharrt auf dem letzten Gesicht – dem der jungen Frau, die sie Marie genannt hat. Sie zögert und starrt zu mir hinüber, als würde sie gerade in ihrem Kopf ein Rätsel lösen. Aber dann stellt sie das Foto wieder an seinen Platz und greift nach der Kanne. Sie schenkt den Tee ein und versieht meinen wie selbstverständlich mit Sahne und Zucker, ganz automatisch, vermute ich mal. Sie reicht mir die Tasse. »Also, was hast du denn so gemacht, mein liebes Kind?«

Ich zucke die Achseln. »Nicht viel.«

»Komm schon, Liebes. Es wird doch wenigstens ein bisschen Tratsch geben.«

Ich lache. »Nein, es sei denn, man interessiert sich für meinen verrückten Lehrer.«

»Du hast einen verrückten Lehrer? Wie aufregend.«

»Nicht wirklich. Man muss Mr Chocko einmal erlebt haben. Er ist ein astreiner Psychopath. Jedenfalls meiner Meinung nach.«

»Wirklich? Wie kommt er damit durch?«

»Es scheint niemand sonst zu merken.«

Miss Marple kichert. »Ist das nicht immer so?«

Sie führt ihre Tasse an die Lippen und nimmt einen Schluck. Ich mache das Gleiche und nippe ein paarmal aus Höflichkeit daran. Die Uhr tickt laut an der Wand. Plötzlich kriege ich Platzangst und komm mir komplett verrückt vor. Also nehme ich meinen ganzen Mut zusammen und sage Miss Marple, dass ich gehen muss.

»Und wann kommst du wieder?«, fragt sie und sieht ganz deprimiert und traurig aus. »Ich bin so einsam hier, Marie. Ich vermiss dich so sehr.«

Ich zeige auf das Foto mit ihren Kindern. »Was ist mit denen?«

Sie schüttelt den Kopf.

Ich blicke hinunter auf den Tisch, weil ich nicht weiß, was ich noch sagen soll.

Miss Marple erwacht wieder zum Leben. »Nun sieh dir das an! Ich hab dich durcheinandergebracht. Mach dir keine Gedanken, Liebes. Denk nicht drüber nach. Hier, nimm einen Keks.«

Ich stelle meine Tasse behutsam auf die Untertasse, nehme den Keks und lasse ihn in meiner Jackentasche verschwinden. Die Uhr an der Wand zeigt 18h45. Ich muss jetzt wirklich los. Zu Hause sitzen sie bestimmt schon beim Abendessen.

»Lass mich dir noch was vorspielen«, sagt Miss Marple. »Ich habe dieses Stück geübt, damit ich es mit dem Chor singen kann.«

Sie steht vom Tisch auf und geht hinüber zum Klavier, während ich unbehaglich an der Tür stehe. Sie sortiert die Notenblätter, setzt sich auf den Stuhl und beginnt zu spielen und zu singen. Es ist irgendein Kirchenlied über Gott und den Himmel und lauter gute Menschen, die auf den Weg ins Gelobte Land sind. Aber auf dem Flügel klingt es tatsächlich nicht übel. Miss Marples Stimme ist dünn, obwohl ich hören kann, dass sie einst kräftig gewesen sein muss. Sie scheint glücklich zu sein und völlig normal zu singen, während sie so versunken vor sich hin klimpert. Was ich echt nicht kapiere. Unmittelbar vor ihrer eigenen Wohnungstür verliert sie die Orientierung, ist aber geistig noch fit genug, um so ein kompliziertes Lied zu spielen.

Als sie zu Ende gespielt hat, sage ich rasch Auf Wiedersehen. Ich schlüpfe hinaus und lasse sie allein am Klavier zurück.

verflucht

Ich spüre, wie die Kräfte ihren Griff in der Sekunde lockern, in der ich auf die Straße trete. Es ist wirklich schade, dass Miss Marples Leben so traurig ist. Aber es ist nicht meine Aufgabe, für altersschwache Härtefälle die Babysitterin zu spielen, oder? Ich meine, wenn sie so allein ist, warum holt sie sich nicht einfach eine Katze oder einen kleinen Schoßhund oder so was in der Art? Ich bin so glücklich, frei zu sein, dass ich mich sogar auf zu Hause freue. Doch dieses Gefühl verpufft in dem Moment, als ich zur Tür reinkomme. Peggy probt ihre Cheerleader-Schritte im Wohnzimmer.

Wenn es eine Messskala des Lebens gibt, befinden sich Peggy und ich an deren gegenüberliegenden Seiten. Ihre Lieblingsfarbe ist Pink. Noch Fragen? Sie schüttelt ihre Pompons und schmeißt die Beine in die Luft. Ihr blonder Pferdeschwanz hüpft auf und ab, während sie – von ihrer Zahnspange gehandicapt – aus vollen Lungen schreit.

»Wir werden K-Ä-M-C-H-E-N!«

»Wir werden kämchen? Oh mein Gott.«

»Halt die Klappe!«, kreischt sie und lässt dabei ihre Zahnspange aufblitzen.

»Beiß mich doch, Stahlfresse.«

»Mom!«

»Das Abendessen ist schon kalt, Sioux«, ruft Mom aus der

Küche, als würde die ganze Welt zusammenbrechen, weil ich das Abendessen verpasst habe.

In meinem ganzen Leben habe ich noch nie eine kalte Mahlzeit bekommen, da meine Mom sie dann einfach immer aufwärmt, wenn ich nach Hause komme. Trotzdem wird sie nicht müde, mir zu drohen. Im Gegensatz zu mir erscheint Peggy tatsächlich stets zum Essen – allerdings ohne jemals wirklich etwas zu sich zu nehmen, da sie Angst hat, nicht mehr in ihr beknacktes Cheerleader-Kostüm zu passen. Ich esse meistens auch nichts. Hauptsächlich, weil mir nicht danach ist. Und weil ich nur mit Federn und Knochen als Ballast dicht an der Maschine vorbeifliegen will. Natürlich erwischt es am Ende jeden, selbst Vögel. Aber wenn alle Stricke reißen und wir auf einen größeren Planeten mit höherer Schwerkraft umsiedeln müssen, wie zum Beispiel den Jupiter, werden wir alle um einiges schwerer werden. So viel steht mal fest. Und dann sehen wir so aus:

Auf jeden Fall treiben Peggy und ich Mom in den Wahnsinn – aber das nur unter uns.

Sie holt meinen Teller aus dem Ofen (sie weigert sich, eine Mikrowelle zu kaufen, weil ihrer Meinung nach die Strahlen unser Hirn grillen) und stellt ihn vor mir auf den Tisch.

Ich pikse mit der Gabel in den grauen Kloß. »Was ist das?«

»Ich hab's *Wie es euch gefällt* getauft. Probier's ruhig.«

»*Wie es euch gefällt?* Sieht aus wie Kotze.«

Dad steckt seinen Kopf zum Esszimmer herein. Er trocknet in der Küche das Geschirr ab, da Mom sich weigert, einen Geschirrspüler zu kaufen. (Sie verbrauchen zu viel Wasser und Energie.)

»Hey, Alice Cooper, deine Mutter hat sich den ganzen Tag am heißen Herd abgeschuftet, um diese Kotze zu machen.«

Ich nehme einen kleinen Bissen. Es ist tatsächlich gut.

»Nein, mir deucht, es mundet ihr!«, macht sich meine Mutter über mich lustig. Dad schnappt sich Mom, und sie beginnen, wie die Wahnsinnigen durch die Küche zu tanzen. Dann kommt Peggy rein und fängt mit ihrem bekloppten Cheerleader-Geschrei an. Ich lebe in einem Irrenhaus.

Nach einer halben Stunde Herumgestochere auf dem Teller habe ich es irgendwie geschafft, Mom davon zu überzeugen, dass ich genug gegessen habe, und entschuldige mich in meine heiligen Räume. Aber dann in meinem Zimmer passiert was echt Schräges: Ich kann nicht aufhören, an Miss Marple zu denken! Es ist, als hätte sie mich mit einem Fluch belegt. Ich kriege sie nicht aus meinem Kopf. Ich finde es wirklich unfair, dass ich an sie denken muss, wo es doch jede Menge andere Dinge gibt, über die ich mir Gedanken machen müsste. Zum Beispiel über meine SKA und Darren und über das James-Joyce-Buch *Die Toten*. Aber nein. Miss Marples Gravitationskräfte sind zu stark, und plötzlich ist sie da, in meinem Kopf, und sitzt ganz allein und verloren an ihrem Klavier. Ein Paradebeispiel für Vereinsamung und Vernachlässigung im

Alter. Ich versuche, sie loszuwerden, und surfe im Internet. Vielleicht kann ich die Popcorntüten-Verse finden und herausbekommen, ob sie wirklich aus einem Elton-John-Song sind.

Ich setze meine Schreibflügel auf. Die, die hinten immer an der Rückenlehne meines Schreibtischstuhls hängen. Ich nenne sie meine »Inspiration«, weil sie mir beim Denken helfen. Sie stammen von einem alten Engelskostüm, das mir meine Mutter gekauft hat, als ich klein war. Nur dass sie jetzt schwarz sind, da ich sie angemalt habe.

Als ich mich hinsetze, springt meine Katze, Little Morta, zu mir hoch, um mich zu begrüßen. Sie ist das einzige Geschöpf auf dem Planeten, für das ich keine Mühe scheue, um Zeit mit ihm zu verbringen. Sie ist mein absoluter Maßstab für cool: wählerisch, gleichmütig, launisch. Jede Wette, dass sie keine schlaflosen Nächte wegen alter Damen oder unsichtbarer Kräfte hat. Sie ist zu 100 % gewissensfrei. Mit lautem Schnurren rollt sie sich auf meinem Schoß zu einem Ball zusammen. Es fasziniert mich jedes Mal, wie ein Vogel und eine Katze so friedlich zusammenleben können.

Schließlich finde ich den Elton-John-Song. Aber der Liedtext entspricht nicht den Versen. Es ist, als wäre die Person, die es geschrieben hat, betrunken gewesen oder legasthenisch veranlagt, sodass sie den Text nicht richtig zusammenbekommen hat. Trotzdem sind die Worte aber so nah am Text dran, dass es unheimlich ist. Am Ende komme ich zu dem Schluss, dass nicht Darren den Zettel geschrieben hat. Ich glaube, er würde sichergehen, dass der Text stimmt. Vielmehr vermute ich, dass Biff dahintersteckt, der mich zum Ausflippen bringen will. Oder vielleicht war es tatsächlich ein Hausmeister oder ein Lehrer, wie Sharon gesagt hat. Mann, wie krank wäre das denn? Ich stopfe die Popcorntüte zwischen die Seiten meines *Große-Denker*-Textbuches zurück und erledige ein paar Recherchen für meine SKA.

Wie es aussieht, gilt der Herbst als »Selbstmordjahreszeit«, denn die Anzahl der Selbstmorde erhöht sich bei Schulbeginn. Was mich nicht wundert. Welchen Anreiz bräuchten Schüler denn noch, um auszuchecken, angesichts von Lehrern wie Chocko.

Nachdem ich stundenlang im Netz gesurft habe, bin ich immer noch nicht müde genug, um ins Bett zu gehen. Aber ich möchte nicht über Miss Marple nachdenken. Also beschließe ich, ein wenig reale Feldforschung für mein Hausaufgabenprojekt zu betreiben. Ich mache das Licht in meinem Zimmer aus, krieche mit meiner Inspiration in den Wandschrank und stülpe mir eine Decke über den Kopf, um tiefschürfende Gedanken zu fördern. Wie fühlt es sich an, zu sterben? Kann die Gravitation die Seele beeinflussen, wenn sie den Körper verlässt? Ich habe einmal gehört, dass Seelen einundzwanzig Gramm wiegen. Mich würde interessieren, wie sich das auf dem Jupiter auswirkt. Diese Gedanken wirbeln mir im Kopf herum, bis ich endlich einschlafe.

Das Erste, was ich sehe, als ich am nächsten Morgen aus dem Wandschrank krabbele, ist Todd, der auf seinem Moped sitzt und zu meinem Schlafzimmerfenster hochstarrt. Ist er jetzt völlig durchgeknallt? Die Antwort lautet definitiv »JA«. Denn welcher normale Typ verbringt seinen Samstag schon als Stalker?! Ich lasse die Rollos herunter, um ihn um die Show zu bringen, wenn ich mich umziehe. Ich checke meinen Wecker. Es ist 11h25. Ich kann nicht fassen, dass ich so lange geschlafen habe. Für halb drei habe ich mich mit Sharon auf dem Friedhof verabredet, um Fotos zu schießen.

Ich bin gerade dabei, mich umzuziehen, als Peggy in mein Zimmer stürmt und von mir wissen will, wo ihr bescheuertes Glücks-Cheerleader-T-Shirt abgeblieben ist.

»Du weißt schon … Das T-Shirt, das ich letztes Jahr bei den Total-Motion-Sommerspielen gewonnen hab … Das pinkfarbene, mit den glitzernden roten Sternen vorne!«

Ich ignoriere sie einfach, bis sie angepisst abzieht und die Tür zuknallt. Wäre ihr Shirt in meinem Zimmer, würde es wie Phosphor leuchten und sich entsprechend von selbst entzünden, da ich ausnahmslos Schwarz trage … und hin und wieder das uralte lila Nylonband.

Ich wühle in meinem Wandschrank herum, um etwas zum Anziehen zu finden, als Miss Marple plötzlich wieder in meinem Kopf auftaucht. Ein normales Mädchen kann hier einfach keine Ruhe finden. Ich schmeiße Black Sabbaths *Paranoid* in die Stereoanlage und drehe sie auf, bis die Zimmerwände vibrieren und mein Vater schreiend gegen die Tür donnert.

»Hey, Ozzy Osborne! Dämpf mal das Gedröhne!«

Er hat eindeutig keine Ahnung, wie es ist, von einer einsamen alten Dame gequält zu werden.

Ich entscheide mich für mein mittelalterliches langärmliges Überkleid und den schwarzen Bauernrock. Ich ziehe mich an, schnappe mir eine Schale mit Cornflakes und schreibe in mein Tagebuch, bis es Zeit wird, zu gehen.

Ich brauche ungefähr zwanzig Minuten, um zu Fuß zum Friedhof zu kommen. Dort wartet Sharon schon mit ihrer Kamera auf mich. Sie zeigt auf ein verwahrlostes Grab.

»Leg dich auf die Steinplatte da.«

Ich lege mich hin und sie arrangiert meine Ärmel und den Rock.

»Dreh deinen Kopf mehr nach rechts.« Sie pflückt eine einzelne rote Rose und legt sie in meine Hände. »Okay. Das ist gut. Und jetzt sieh tot aus.«

Ich versuche, an nichts anderes mehr zu denken und in Stimmung zu kommen. Aber es bringt nichts. Miss Marple will mich einfach nicht in Ruhe lassen, und ich fange an, richtig genervt zu werden.

Sharon seufzt. »Zerknautsch dein Gesicht nicht so.«

Okay, okay, ich gebe zu, ich fühl mich schuldig. Warum, weiß ich nicht. Es ist ja nicht so, dass Miss Marple meine Mutter oder so wäre. Sie hat fünf eigene Kinder. Warum besuchen *die* sie nicht? Es ist traurig, dass sie sich Fremde von der Straße schnappen muss, nur damit sie jemanden zum Reden hat. Und ich liege hier und mach mir Sorgen, dass sie von einem Auto angefahren werden oder vor Einsamkeit sterben könnte, während ihre Kinder sich ein tolles Leben machen und bei Lacoste shoppen gehen.

»Das wär's«, sagt Sharon.

Ich hab nicht genau hingehört und irgendwie nur »Wrap« verstanden, was mich sofort an die Hühnerwürfel im *Tip* denken lässt, sodass mir plötzlich wieder schlecht wird. Ich bin echt verflucht. Sharon packt ihre Sachen.

»Wo möchtest du die Bilder ausdrucken?«

»Bei mir.«

Wir überqueren den großen Platz, als ich Miss Marple erblicke. Sie sitzt allein auf einer Bank vor der Sparkasse. Wie kommt es, dass ich sie früher nie wahrgenommen habe und sie jetzt überall sehe? Plötzlich überfällt mich so eine Ahnung, dass sie vielleicht ein Geist ist und mich wegen vergangener Sünden heimsucht. Aber dann bemerkt Sharon sie auch.

»Ist das nicht die alte Frau, die gestern beinahe auf der Straße zu Brei gefahren worden wäre?«

Ich gehe schneller und nutze die Bäume, die den Bürgersteig säumen, als Deckung. Ich flitze von einem Stamm zum nächsten und hoffe, dass Miss Marple mich nicht sieht.

Sharon blickt mich an. »Was machst du denn da? Du benimmst dich echt komisch.«

»Ich? Äh, nichts.«

Wir schaffen es, unbemerkt vorbeizukommen. Aber wenn ich Miss Marple auch überlistet haben mag, so gibt es bei meinem »Moped-Hero« Todd kein Entrinnen. Als wir die Ecke erreichen, an der meine Straße abzweigt, wartet er schon auf mich. Ich habe ihm millionenfach gesagt, dass er sich mir nicht in der Öffentlichkeit nähern soll. Stattdessen linkt er mich und taucht hier einfach mit seinem Moped auf.

»Hi, Sharon«, sagt er, als wären wir alle gute Freunde.

Sharon schnaubt angewidert, als wäre sie in einen frischen Hundehaufen getreten.

»Hey, Sioux. Hast du Lust, heute Abend ins Kino zu gehen?«, fragt er mich.

Ich gehe einfach weiter, als würde ich ihn nicht hören.

Er folgt mir und bringt mich damit allmählich in Zugzwang.

»Was ist mit morgen Abend?«

Ich senke meine Stimme zu einem Flüstern. »Pass auf! Verpiss dich einfach, okay?«

»Oder den Abend darauf?«

»Niemals, Todd. Hast du's jetzt kapiert?«

»Okay.«

»Und wage es ja nicht, mir zu folgen.«

»In Ordnung.«

Hätte ich eine Strahlenkanone dabeigehabt, wäre Todd jetzt schon ein rauchender Aschehaufen.

Sharon schüttelt den Kopf. »Warum ermunterst du ihn auch noch?«

Als wir bei mir zu Hause sind, flitzen wir rasch nach oben in mein Zimmer, um einer Entdeckung und möglichen lästigen Fragen zu entgehen. Aber kaum haben wir ein paar der Aufnahmen ausgedruckt, kommt meine Mutter ins Zimmer und fragt, ob Sharon zum Abendessen bleiben möchte. Ich verstecke die Todesfotos in meinem Schreibtisch, als sie reinkommt. Ich will nicht, dass sie die sieht. Ich fürchte sonst, dass sie ausflippt und mich wieder zur psychologischen Beratung schickt. Das hat sie nämlich schon einmal gemacht, als ich acht war und all meinen Barbies den Kopf abgeschnitten habe.

Ich glaube, mir war damals einfach nur langweilig. Oder vielleicht waren die Kräfte an dem Tag auch besonders stark. Doch der Seelenklempner beschloss, dass ich an dissozialem Verhalten litt. Er wollte mich auf irgendwelche Antidepressiva für Kinder setzen. Aber Mom rastete aus und machte ihm klar, dass er das vergessen könne. Und das war dann das Ende der Geschichte.

Ich weiß, Mom wünscht sich, ich wäre mehr wie Peggy: vor Begeisterung immer völlig aus dem Häuschen wegen aller möglichen Sachen. Sie sagt das nie direkt. Nur merke ich an der Art, wie sie mich manchmal anschaut, dass ihr Leben um einiges leichter wäre, würde ich »Frieden«, »Liebe« und »Freude« mehr zu meinem Lebensmotto machen. Könnte ich ihr etwas über Maschinen und unsichtbare Kräfte erzählen, würde sie vielleicht alles verstehen. Aber ich kann es nicht, und deswegen macht es nicht mal Sinn, es zu versuchen.

Sharon ist ein Ass im Woanders-Essen. Sie tut so ganz begeistert, als meine Mutter gefüllte Zucchini serviert. Und das, obwohl sie eine Hardcore-Fleischfresserin ist.

»Was habt ihr Mädels heute Abend vor?«, fragt Dad.

»Ich habe um acht meine Cheerleader-Probe«, sagt Peggy.

In Wirklichkeit trifft sie sich mit ihrem Freund zu einer Knutsch- und Fummelsession. Ich habe sie belauscht, als sie miteinander telefoniert haben. Aber ich möchte sie jetzt nicht verpfeifen. Vielleicht kann ich diese Information ja irgendwann noch einmal gegen sie verwenden.

»Brauchst du eine Fahrgelegenheit?«, will Mom wissen.

Peggy schüttelt den Kopf.

»Und wann bist du wieder zu Hause?«

»Spät wahrscheinlich, da wir danach noch alle zu Josie gehen, um über unsere Strategie bei den Ausscheidungskämpfen diesen Sommer zu reden.« Sie lässt ihr süßestes Metalllächeln erstrahlen und seift Mom und Dad damit natürlich nach Strich und Faden ein.

»Was ist mit euch beiden?«, fragt Dad mich.

»Wir pfeifen uns Koks rein und ziehen so durch die Straßen.«

Sharon tritt mich unter dem Tisch. Mom seufzt nur.

Dad isst unbeirrt weiter. »Schön. Seid bitte nur vor Mitternacht wieder zu Hause.«

Tatsächlich gehen wir auf eine Busch-Party außerhalb der Stadt. Ich gehe sonst fast nie zu so was. Aber ich habe gehört, dass Darren eventuell auch kommt. Was Sharon anbelangt, so hat sie ein Auge auf einen Jungen namens Gus geworfen, der auf eine andere Highschool geht. Da keiner von uns einen Führerschein hat und wir definitiv nicht wollen, dass unsere Eltern uns fahren, müssen wir laufen. Ich hoffe nur, dass Darren wirklich auftaucht. »Kann ich aufstehen?«, fragt Peggy.

Sie hat ihre gefüllte Zucchini nicht mal angerührt. Dad langt hinüber und schaufelt ihr Essen auf seinen Teller.

»Umso mehr für mich«, sagt er und lächelt Sharon an.

Sharon lächelt zurück, hat ihre aber auch nicht angerührt.

Nach dem Essen bretzeln wir uns noch ein bisschen auf und machen uns dann auf den Marsch in die Pampa zur Busch-Party. Sharon quatscht pausenlos über Gus und lässt sich darüber aus, wie hinreißend, umwerfend und so weiter und so weiter er doch ist.

»Ich glaube, Chocko wohnt hier irgendwo«, unterbricht sie ihren Redefluss, als wir auf der einsamen Straße entlangtrotten.

Ich schaue mich um und kann nichts als trockenes Ackerland erkennen. »Hier ist nirgends ein Haus zu sehen. Hast du überhaupt 'ne Ahnung, wo wir hingehen?«

Sharon führt uns, weil sie die Ortsbeschreibung von Gus bekommen hat. Sie zeigt auf ein Feld. »Wir müssen da rüber, glaube ich.«

Wir verlassen die Straße und wandern eine gefühlte Stunde lang über das Feld, bevor wir den Waldrand erreichen. Sharon plappert munter weiter. Ich hab jetzt schon die Nase voll und dabei haben wir die Party noch nicht einmal erreicht. Um das Ganze noch schlimmer zu machen, ist es im Wald pechschwarz, und überall sind unheimliche und undefinierbare Geräusche zu hören. Der Boden ist irgendwie schwammig und außerdem nass, sodass ich mir richtig schön die Stiefel einsaue.

»Wenn Darren nicht da ist, will ich nicht bleiben«, sage ich.

»Er wird da sein.«

»Na ja … wenn nicht, bin ich weg.«

»Mein Gott, Sioux, er wird schon da sein.«

Ein Jahrhundert später schlagen wir uns immer noch durch das Walddickicht und versuchen verzweifelt, diese blöde Party zu finden. Sharon jammert, dass ihre Füße wehtun, und meine Frisur ist komplett im Eimer. Gerade spiele ich mit dem Gedanken, dass wir einfach aufgeben und nach Hause gehen sollten, als wir Musik hören. Wir folgen ihr. Die Musik wird lauter und vermischt sich mit dem Klang von Lachen und zerbrechendem Glas. Plötzlich öffnet sich der Wald und wir stolpern auf eine Lichtung.

Alle blicken auf. Man könnte meinen, wir wären uneingeladen in eine Dinnerparty oder so geplatzt. Ungefähr zwanzig Leute stehen um ein Feuer herum. Bei den meisten handelt es sich um B-Promi-Kiffer und keiner von ihnen ist Darren. Zwei Flittchen, die ich noch nie gesehen habe, gaffen uns an, als ob sie Lust auf eine Keilerei hätten. Aber Gus ist da und somit ist Sharon glücklich. Sie verschwinden gleich im Wald und überlassen es mir, mich mit den beiden Flittchen und den Kiffern auseinanderzusetzen. Als ich denke, dass es nicht mehr schlimmer kommen kann, höre ich, wie sich das unverkennbare Geräusch eines kleinen Motors zwischen den Bäumen nähert. Bitte, lieber Gott, lass es nicht Todd sein.

Aber er ist es. Er knattert auf die Lichtung und sein Moped kommt vor dem Feuer bockend zum Stehen. Ich kann mir nicht vorstellen, wie er es durch den Wald geschafft hat. Doch auf alle Fälle wünsche ich, er hätte es nicht. Denn die Kiffer sind überglücklich, jemanden zu haben, den sie in die Mangel nehmen können. Sie umzingeln Todd, stoßen und beschimpfen ihn.

»Wer hat dich denn eingeladen, Todd?«
»Wer hat gesagt, dass du kommen darfst?«

So, wie sie ihn herumstoßen, sind sie sogar noch schlimmer als die blöden Sportler. Und dann passiert etwas wirklich Schreckliches: Ich werde mit reingezogen.

»Hey, Smith, dein Freund ist da.«

Ich erstarre und gebe vor, Todd noch nie in meinem Leben gesehen zu haben. Ich will nicht, dass er pulverisiert wird, aber in erster Linie bin ich so was von angepisst, dass er hier aufgetaucht ist. Was hat er sich dabei gedacht? Es ist fast, als würde er darum betteln, zusammengeschlagen zu werden.

Die Kiffer nehmen Todds Helm und werfen ihn sich zu. Wann immer Todd versucht, ihn zu greifen, schubsen sie ihn. Hart. So lange, bis Todd dumm genug ist, sich zu revanchieren, und dafür prompt niedergeschlagen wird. Mit fuchtelnden Armen und Beinen und nach Luft schnappend geht er zu Boden. Ich kann es nicht eine Sekunde länger ertragen und stürze in den Wald davon. Todd der Gnade dieser Schlägertypen zu überlassen, ruft bei mir Übelkeit hervor. Aber ich habe nicht den Mut, mich für ihn einzusetzen. Außerdem habe ich hart genug gearbeitet, um da zu sein, wo ich jetzt bin. Wenn er zu blöd ist, Affenregeln zu befolgen, ist das nicht mein Problem.

Ich irre umher in der Hoffnung, den Weg zurück in die Zivilisation zu finden. Doch es ist so dunkel, dass ich keinen Schimmer habe, in welche Richtung ich gehen muss, und ich kriege richtig Angst. Dann beginnt es, in Strömen zu regnen, und innerhalb von Sekunden bin ich nass bis auf die Knochen. Ich zittere und hole mein Handy raus, um Sharon anzurufen. Es ist tot. Ich weiß, dass ich es vor unserem Aufbruch hätte aufladen sollen, aber Sharon hat gesagt, sie würde mir bei Bedarf ihres geben. Ich könnte sie auf der Stelle umbringen. Und Todd auch. Allein schon dafür, dass er aufgetaucht ist und mich gezwungen hat, abzuhauen – auch wenn ich sowieso nicht gewusst hätte, was ich allein gemacht hätte, nachdem Sharon sich zum Knutschen in den Wald verkrümelt hat. Schöne Freundin, die einen noch in der gleichen Sekunde abserviert, in der man endlich auf der Party ist. Dabei bin ich nur hingegangen, weil ich gehofft habe, Darren zu sehen. Und selbst wenn ich wollte, könnte ich jetzt nicht mehr zurück, da ich mich hoffnungslos verirrt habe.

Aus irgendeinem Grund lässt mich meine hoffnungslose Lage an Miss Marple denken. Vielleicht fühlt sie sich genau so, wenn sie verwirrt ist. Es ist furchtbar, in solch einer Situation zu sein – so ängstlich und unsicher, was man als Nächstes tun soll.

Mom und Dad würden einen hysterischen Anfall kriegen, wenn sie mich so hier draußen sehen könnten. Ich ziehe gerade in Erwägung, mich einfach hinzulegen und zu sterben, als ich auf eine Straße stolpere. Ich folge ihr, in der Hoffnung, dass sie mich irgendwo hinbringt. Wohin auch immer.

Ich bin schon ungefähr eine Stunde unterwegs, als ich am Ende eines sehr langen Feldweges ein Haus sehe. Überglücklich, endlich Lichter zu sehen, entschließe ich mich, meinen Stolz hinunterzuschlucken und die Bewohner zu fragen, ob ich ihr Telefon benutzen kann. Ich werde Dad anrufen und ihm sagen, dass er mich abholen soll. An diesem Punkt ist mir so ziemlich alles egal, selbst wenn er mich für den Rest meines Lebens zu Hausarrest verdonnert. Ich will einfach nur nach Hause.

Als ich auf dem Weg entlanggehe, sehe ich Autos und Motorräder am linken Rand parken. Led Zeppelin dröhnt aus dem Hausinneren. Wer auch immer hier lebt, muss gerade eine Party feiern. Plötzlich bin ich mir nicht mehr sicher, ob es eine gute Idee ist, nach einem Telefon zu fragen. Etwas an der ganzen Situation kommt mir auf einmal beängstigend falsch vor. Ich meine, es könnte jeder da drin sein. Schließlich hab ich *Blutgericht in Texas* gesehen und das Kettensägenmassaker darin noch eindrucksvoll in Erinnerung.

Ich stehe im Dunkeln und wäge meine Möglichkeiten ab, als Steve Ryan plötzlich aus dem Haus kommt und sich auf die Stufen setzt. Ich erstarre und hoffe, dass er mich nicht sieht. Ich frage mich gerade, ob er hier wohl wohnt, als mich jemand um die Taille fasst. Ich mache vor Schreck einen Satz und stoße einen lauten Schrei aus.

Es ist Biff.

»Hey, Steve! Sieht aus, als hätten wir 'ne Maus gefangen.«

Steve sieht völlig geschockt aus, als er mich sieht.

Biff lacht betrunken und schiebt mich auf die Tür zu.

»Komm, Maus, ab ins Haus!«

Ich habe keine andere Wahl, als mich von ihm vorwärtsschubsen zu lassen. Drinnen wummert die Musik. Der Boden ist mit Bierflaschen übersät. Das Haus ist ein völliger Saustall. Eine Gruppe Sporthohlbratzen sitzt an einem Tisch und spielt Karten. Sie schauen nicht einmal hoch, als ich reinkomme. Zu meinem größten Entsetzen sitzt Chocko, mein Philosophielehrer, am Kopf der ganzen Meute. Ich bin so baff und zugleich so in Panik, dass ich zu nichts anderem fähig bin, als einfach nur dazustehen. Von Milliarden Häusern in der Welt muss ich mir ausgerechnet das hier aussuchen. Also sind wohl alle Gerüchte über ihn wahr. Außer mir sind keine anderen Mädchen da, und irgendwie habe ich das Gefühl, dass es keine gute Idee ist, hier zu sein.

»Nimm dir ein Bier«, sagt Chocko zu seinen Karten.

Biff dreht den Verschluss von der Bierflasche und wirft sie mir zu. Ich mache nicht einmal einen Versuch, sie zu fangen. Die Flasche explodiert vor meinen Füßen in einem Meer aus Schaum und zerbrochenem Glas. Steve sieht mich entschuldigend an. Biff glaubt, dass das saukomisch ist. Lachend zeigt er auf die zerbrochene Flasche, haut einen Arm um Steves Schulter und zerrt ihn an seinen Platz. Chocko glotzt ins Leere, als würde er tiefschürfenden Gedanken nachhängen.

»Ich möchte euch etwas fragen«, sagt er zu der Luft über seiner Schulter. »Habt ihr jemals eine einzelne Hand klatschen hören?«

Biff grinst über beide Backen und gibt dann einen lauten Furz zum Besten. Die Hohlbratzen brechen in Gelächter aus. Ich nutze die Chance und schlüpfe aus der Küche, um nach einem Telefon zu suchen und Dad anzurufen.

Auf einer nach oben offenen Ekelskala würde Chockos Haus eine der Toppositionen einnehmen. Es ist so dunkel und schmuddelig – direkt wie aus einem Horrorfilm. Ich gehe nach oben, in der Hoffnung, dort ein Telefon zu finden. Doch stattdessen stoße ich irgendwo im hinteren Winkel des Hauses hinter einer kleinen Tür auf ein echt bizarres Zimmer. Es ist vollkommen leer, sieht man einmal davon ab, dass die Wände über und über mit Bildern von nackten Frauen bedeckt sind. Mit Aberhunderten von Bildern! Jedes einzelne minutiös und sorgfältig aus Magazinen ausgeschnitten und dann auf die Wände geklebt, sodass auch der letzte Quadratzentimeter bedeckt ist. Kein Zweifel, Chocko ist wirklich ein Freak! Und jetzt habe ich den Beweis.

Ungläubig starre ich auf die Bilder. Lächelnd starren die Frauen zurück, als wären wir beste Freundinnen, und plötzlich fühle ich mich ganz merkwürdig. Ich meine, für andere sind diese Frauen schließlich auch Schwestern, Töchter oder Mütter. Sie ziehen gar nicht mal was außergewöhnlich Ekliges ab. Nur das normale Sexbombengetue. Irgendwie könnte man auch richtig Mitleid bekommen. Trotzdem ist es so was von abartig, dass Chocko sie an der Wand hängen hat. Ich meine, wer denkt er denn, wer er ist? Stalin? Ich habe einmal gelesen, dass Stalin Wände mit Collagen bedeckt hat, deren Einzelbilder er aus Magazinen ausgeschnitten hat. Es wäre typisch für Chocko, so etwas nachzumachen. Ich wusste schon immer, dass er größenwahnsinnig ist. Aber ich bezweifle, dass Stalin auf nackte Frauen gestanden hat. Gott, ich wünschte, Sharon wäre hier und könnte das sehen. Ich werde mich wohl damit begnügen müssen, es ihr zu erzählen, denn auf keinen Fall komme ich noch mal zurück.

Als ich mich umdrehe, um zu gehen, steht Biff vor mir und blockiert die Tür. Sein Gesichtsausdruck ist mehr als merkwürdig.

»Na ... was denkst du?«

»Worüber?«

Er macht einen Schritt auf mich zu. »Du weißt schon.«

Ich weiß es wirklich nicht. Und ich bin mir auch gar nicht sicher, ob ich es wissen möchte. Ich taxiere den Abstand zwischen ihm und der Tür, und sobald er auf mich zutaumelt, flüchte ich. Ich nehme zwei Stufen auf einmal, schubse dabei Steve Ryan die halbe Treppe hinunter, erreiche die Haustür und rüttele am Griff. Abgeschlossen. Ich gerate in Panik, aber irgendwie meldet sich mein Spiderwoman-Überlebensinstinkt. Ich schaffe es, die Tür zu öffnen, und stürze hinaus. Ich stürme den Zufahrtsweg hinunter und der Regen peitscht mir ins Gesicht. Ich renne weiter, bis ich sicher bin, dass von Biff weit und breit nichts mehr zu sehen ist.

Ich beginne, mein Begräbnis zu planen, weil ich – was Dads vermutliche Reaktion anbelangt – schon so gut wie tot bin. Niemals werde ich es bis Mitternacht nach Hause schaffen, also kann ich meinem Schicksal genauso gut gleich ins Auge sehen. Entschuldigungen würden nur Dads Intelligenz beleidigen. Eigentlich müsste ich mich fürchten so allein auf der dunklen Straße. Aber es ist so kalt und nass, dass ich nicht mal auf die Idee komme, Angst zu kriegen.

Um mir die Zeit zu vertreiben, feile ich im Kopf an meiner Grabrede. Ich habe die erste Zeile noch nicht fertig, da sehe ich in der Ferne einen schwachen Lichtstrahl. Aus irgendeinem Grund bilde ich mir ein, dass Biff kommt, um mich zu holen. Ich drehe vor Panik durch und stürme den Straßengraben hinunter, um mich zu verstecken. Mit verdrehtem Knöchel und nass bis auf die Knochen lande ich in einem Laubhaufen. Dann höre ich, wie sich das unverkennbare Geräusch eines Mopeds durch den Regen nähert.

Todd hält am Grabenrand, während das Moped im Leerlauf weitertuckert. Zum ersten Mal in meinem Leben bin ich wirklich froh, ihn zu sehen. Trotz der Dunkelheit ist sein schwarzes und geschwollenes Auge sofort zu erkennen.

»Bist du okay?«, fragt er.

»Oh mein Gott, Todd.«

»Soll ich dich nach Hause fahren?«

Ich hinke zum Moped und nehme hinter Todd auf dem Sitz Platz. Todd reicht mir einen Helm, aber ich lehne ab. Es gibt nichts, woran ich mich festklammern kann, also bin ich gezwungen, mich an Todd festzuhalten. Meine Arme um seine Taille zu legen, ist natürlich undenkbar. Deshalb lege ich sie ihm stattdessen auf die Schultern. Was gar keine gute Idee ist, denn kaum hat er die Kupplung losgelassen, macht das Moped einen Satz nach vorn, und wir beide fliegen fast hintenüber. Als wir schließlich dann doch in Fahrt kommen, sind wir nicht schneller als eine Schnecke. Zu Fuß wäre ich eher zu Hause, aber ich bin dankbar für die Mitfahrgelegenheit, und so halte ich einfach meinen Mund.

Als wir knatternd bei mir zu Hause ankommen, steige ich ab, so schnell es mir mein Zustand erlaubt. »Bitte erzähl *niemandem* was davon«, sage ich.

Todd wartet und schaut mir zu, wie ich zur Tür humpele. Dad steht schon im Flur und beginnt sofort, mich zu verhören.

»War das Todd Cummings?«

Ich hebe nur warnend einen Finger und humpele an ihm vorbei die Treppe hoch.

Die Schutzheilige der Verlierer

Am Sonntagmorgen wache ich auf und meine Gedanken hüpfen nur so zwischen den Ereignissen der vergangenen Nacht hin und her. Das Ganze ist so was von irreal und abgefahren: Sharon haut mit Gus ab, Todd wird verprügelt, Biff feiert eine Party mit Chocko in dessen gruseligem Haus, Todd fährt mich nach Hause ...

In diesem Moment wird mir klar, dass alles, was ich über die menschliche Rasse glaube, wahr ist. Und ich bin nicht besser als jeder andere. Ich stehe einfach rum und lasse es zu, dass diese Schweinebacken Todd verprügeln. Ich war so besorgt darüber, was andere Leute über mich sagen könnten, dass ich nur an mich gedacht habe. Wieder und wieder spult sich der ganze Albtraum in meinem Kopf ab, bis ich total wütend, durcheinander und depressiv bin. Dann beteiligt sich Miss Marple an der Kopfparty und jagt den Gravitationslevel sogar noch höher. Mein Kopf ist so voll, dass kein Platz mehr für mich ist. Nicht mal Ozzy Osborne kann mir jetzt helfen. Alles, was ich tun kann, ist, dazuliegen und mich von den Kräften runterziehen zu lassen.

Morta springt aufs Bett. Laut schnurrend reibt sie ihr Gesicht an meines. Als Dad gegen die Tür donnert, wünschte ich, wir beide könnten einfach verschwinden.

»Hey, Dracula. Nimm den Hörer ab. Es ist für dich.«

Ich habe ein Telefon in meinem Zimmer. Aber ich habe den Klingelton deaktiviert, sodass ich ihn nicht hören muss. Ich hasse das Klingelgeräusch. Es erinnert mich zu sehr an die Schule. Ich nehme den Hörer auf. Es ist Sharon.

»Ich versuche schon seit Stunden, dich auf dem Handy zu erreichen.«

»Hab vergessen, es aufzuladen.«

»Was ist letzte Nacht mit dir passiert?«

»Was meinst du?«

»Du bist abgehauen und hast mich allein gelassen.«

»Du warst mit Gus zusammen.«

»Ja, aber ich dachte, wir gehen zusammen nach Hause.«

»Na ja ... Ich hatte eben keinen Bock, da mit einem Haufen Mutanten rumzustehen, während du dich in den Büschen mit Doktorspielen vergnügst.«

»Darren ist nicht aufgetaucht.«

»Ja, weiß ich.«

»Und wie bist du nach Hause gekommen?«

»Gelaufen«, antworte ich kurz angebunden.

»Oh ... es ist nur, weil ich da was über Todd gehört habe ...«

Das ist das Letzte, was ich jetzt gebrauchen kann. Ich versuche es mit einem Ablenkungsmanöver.

»Chocko hat ein merkwürdiges Zimmer in seinem Haus.«

»Wie meinst du das?«, hakt Sharon sofort nach.

»Ich erzähl's dir morgen.«

»Komm schon, Sue.«

»Nenn mich nicht so.«

»Komm schon, Sioux, erzähl's mir!«

»Morgen.«

Ich kann nicht glauben, dass Sharon »was« über Todd gehört hat. In nur zwei Sekunden ändert sich mein Leben von grausam in unerträglich. Es ist so typisch: Alle Welt geht aus und amüsiert sich, während ich in meinem Zimmer herumhänge und von Moraldämonen gequält werde.

Warum sollte ich mich um Todd oder sonst jemanden kümmern? Wer bin ich denn? Die Schutzheilige der Verlierer? Niemand sonst verschwendet seine Zeit damit, über Streber, herrenlose Hunde oder einsame alte Frauen nachzudenken, die nicht mehr ihren Weg nach Hause finden. Sie sind viel zu beschäftigt damit, einander in Büschen zu befummeln oder Bilder von nackten Frauen an die Wand zu kleben. Warum kann ich nicht einfach »Scheiß drauf!« sagen und allem ein Ende machen? Ich weiß, was der Dichter sagen würde ...

Ich könnte Shakespeare auf der Stelle umbringen.

Ich schlüpfe in meine Hausschuhe und schlurfe zum Schreibtisch. Vielleicht fühle ich mich besser, wenn ich ein bisschen herumkritzele. Ich lege mir meine Inspiration an und schlage mein Tagebuch auf. Gerade als ich mich frage, welchen von meinen vielen bunten Stiften ich nehmen soll, kommt mir plötzlich eine Idee. Ich könnte Miss Marple einen Brief schreiben. Da Schreiben sowieso meine Lieblingsbeschäftigung ist, dürfte das vermutlich nicht allzu qualvoll werden. Auf diese Weise kann ich Miss Marple helfen und gleichzeitig das von Typen wie Chocko aus dem Gleichgewicht gebrachte Universum wieder ins Lot bringen.

Auf der Suche nach dem geblümten Duftbriefpapier, das mir meine Blumenkind-Tante irgendwann mal zum Geburtstag geschenkt hat, durchwühle ich meine Schreibtischschubladen. Ich glaube, das ist genau die Art von Zeugs, auf das alte Frauen so stehen. Ich habe das Briefpapier von Anfang an nicht leiden können. Aber ich hatte nie den Mut, es wegzuschmeißen.

Als ich das Briefpapier gefunden habe, lege ich ein Blatt vor mich hin und schreibe sorgfältig das Datum auf die obere rechte Seite. Und das ist es dann erst mal. Ich habe keinen Schimmer, was ich schreiben soll. Es wird nicht so einfach sein, wie ich es mir vorgestellt habe. Ich meine, was soll man denn einer alten Frau sagen, die man kaum kennt und die dich mit ihrer Tochter verwechselt?

Liebe alte Frau,
Sie kennen mich nicht wirklich, aber Sie glauben, Sie tun es. Ich schreibe Ihnen einen Brief, weil ich mich schuldig fühle, dass Sie ganz allein sind auf der Welt. Auch wenn es sogar Ihren eigenen Kinder scheißegal ist, dass …

Ich tippe mit dem Stift gegen meine Unterlippe, so wie Dad es immer macht, wenn er über etwas Verzwicktes nachdenkt. Ich weiß nicht, wie ich mich an Miss Marple wenden soll. Ich kenne ja nicht mal ihren richtigen Namen.

Dann habe ich einen Geistesblitz. Ich tue einfach so, als wär ich ihre Tochter. Sie glaubt ja sowieso, dass ich Marie bin. Also welchen Schaden könnte ich damit schon groß anrichten?

Ich schreibe in meiner schönsten Handschrift und verwende haufenweise Schnörkel und Schwünge, weil ich glaube, dass ihr so was gefällt. Ich habe viel Erfahrung darin, so zu schreiben, wegen all der Dankesbriefe für Geburtstagsgeschenke und so, die Mom mich über die Jahre zu schreiben gezwungen hat.

15. Mai

Liebe Mutter,

Spontan ändere ich meine Meinung über das Wort »Mutter«. Es klingt zu formell. Ich glaube, die wahre Marie wäre bodenständiger. Ich streiche es durch und fange ein neues Blatt an.

Liebe Mom,
wie geht es Dir? Mir geht es gut. Ich weiß, es ist schon eine Weile her, dass wir uns gesehen haben. Aber in Gedanken bist Du immer bei mir. Ich hoffe, es geht Dir gut und Du singst noch immer und spielst auf Deinem Klavier. Du hast eine wunderschöne Stimme!
Ich habe mir überlegt, ob Du Dir nicht vielleicht

ein Haustier anschaffen solltest, wie zum Beispiel eine Katze oder so, die Dir Gesellschaft leistet. Du musst Dich doch ziemlich einsam in Deinem Apartment fühlen, jetzt, wo Dad nicht mehr ist.
Ich wünschte, ich könnte häufiger kommen, um Dich zu sehen. Aber ich habe immer ziemlich viel um die Ohren. Mach Dir keine Sorgen um mich. Bei mir läuft alles sehr gut. Ich habe seit Kurzem eine neue Frisur. Vielleicht wirst Du mich gar nicht wiedererkennen. Haha.

Pass auf Dich auf, Mom.

Alles Liebe
Marie

Ich lese den Brief noch einmal durch und komme zu dem Schluss, dass er so in Ordnung ist. Das geblümte Duftbriefpapier meiner Tante hat passende geblümte Umschläge. In einen davon stecke ich den Brief. Aber als ich den Umschlag zumache, wird mir klar, dass ich ihn gar nicht adressieren kann. Denn ich kenne weder Miss Marples richtigen Namen noch ihre korrekte Anschrift. Alles, was ich habe, ist ihre Apartmentnummer. Wieder tippe ich mit dem Stift gegen meine Lippen, bis sich in meinem Kopf so was wie ein Plan abzeichnet.

Am Montagmorgen schwänze ich den Unterricht und setze mich zu Miss Marples Apartment ab. Ich gehe durch die Glastür und checke das Bewohnerverzeichnis in der Hoffnung, ihre wahre Identität zu enthüllen. Aber das Verzeichnis besteht nur aus einer Reihe von Namen und Kurzwahlnummern. Keine Chance, den Apartments Namen zuzuordnen. Ich bin schon so weit, aufzugeben, als ich drinnen einen Mann sehe. Mit seinem Schnurrbart und dem Hut sieht er aus wie Nintendos Super Mario. Das muss vermutlich der Hausmeister sein. Also klopfe ich, damit er auf mich aufmerksam wird. Allerdings macht Mario keine Anstalten, die Tür zu öffnen, sondern schielt nur misstrauisch durch die Scheibe, als hätte er Angst, ich wollte das Gebäude ausrauben oder so. Mein Gott, dabei bin ich gerade mal eins neunundfünfzig. Ich klopfe noch einmal.

»Ich muss was bei der Frau in 1404 abgeben.«

Keine Antwort. Es ist, als würde ich eine andere Sprache sprechen.

Ich halte den Umschlag hoch, um zu demonstrieren, dass ich in Frieden komme.

»Ich weiß ihren Namen nicht.«

Er zuckt die Achseln und geht weg. Was für ein Penner!

Dann kommt der Briefträger. Er sieht aus wie ein mit Schlüsseln dekorierter Kühlschrank. Er öffnet die Eingangstür. Doch als ich hindurchschlüpfen will, haut er sie mir rüde vor der Nase zu. Es entspinnt sich ein kleiner Kampf, als ich den Griff packe und versuche, die Tür mit Gewalt zu öffnen. Aber der Kühlschrank ist zu stark.

Ich presse den Umschlag gegen die Scheibe. »Ich möchte nur den Brief abgeben.«

»Dann mach es so wie ein normaler Mensch und kleb eine Briefmarke drauf.«

»Aber ich weiß den Namen der Frau nicht. Sie wohnt in Apartment 1404.«

»Nicht mein Problem.«

Was ist nur los mit diesen Ekelpaketen?

»Schauen Sie, können Sie mir nicht einfach helfen? Ich möchte doch nur, dass Sie das hier in den Briefkasten der Frau werfen.«

Der Typ schielt auf den Umschlag. »Woher soll ich wissen, dass da keine Briefbombe oder Milzbrand drin ist? Wir leben in gefährlichen Zeiten.«

Ich starre ihn an, bis er nachgibt und die Tür öffnet. Er reißt mir den Umschlag aus der Hand, für den Fall, dass ich beiße.

»Könnten Sie mir nur ihren Namen sagen?«, bitte ich.

Er haut mir wieder die Tür vor der Nase zu und lässt mich wie einen Schwerverbrecher stehen. Zumindest brauche ich mir über die Sicherheit in Miss Marples Gebäude keine Gedanken zu machen.

Es ist zu spät, um den Vormittag über noch in den Unterricht zu gehen. Also beschließe ich, einige Recherchen für meine SKA zu betreiben. Eine Begegnung mit Chocko wird zwar heute nicht zu vermeiden sein, aber immerhin kann ich den Morgen ein bisschen genießen, bevor ich mich mit ihm abgeben muss.

Ich zünde mir eine Gauloise an und gehe zum Ende des Blocks, um einen kleinen Schaufensterbummel beim lokalen Bestatter zu machen. Ich bin immer fasziniert, wie viel Mühe die sich mit ihrer Schaufenstergestaltung geben. In sorgfältigen Arrangements präsentieren sie ihre feinsten (sprich: teuersten) Särge. Es gibt einen ganz bestimmten, mit dem sie sich besonders gern hervortun. Er ist nicht nur mit plissierter blauer Seide ausgelegt, sondern ganz und gar gepolstert. Keine Ahnung, warum jemand, der einen Sarg braucht, großen Wert auf blaue Plisseeseide und Polsterung legen sollte. Aber ich schätze mal, es ist für die Hinterbliebenen. Als wenn der Sarg, den man kauft, ein Indiz dafür wäre, wie sehr man jemanden geliebt hat. Ich finde das ziemlich bizarr. Für Leute, die nicht an Schnickschnack interessiert sind, gibt es – wie ich gesehen habe – Internetseiten, die einem anbieten, in einer billigen Old-West-Style-Kiefernbox auf die Reise geschickt zu werden. Ich persönlich möchte einen mit Minzbonbons aus dem Süßigkeitenladen gefüllten Blechsarg.

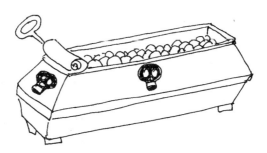

Als ich in das Fenster des Bestattungsunternehmens schaue, fange ich flüchtig ein Bild von Todd auf seinem Moped ein, das sich im Glas spiegelt.

»Bitte, Todd«, sage ich, noch bevor er überhaupt angehalten hat.

»Das ist aber eine Überraschung«, sagt er, als hätte er keine Ahnung gehabt, dass ich hier wäre.

»Komm schon, Todd. Du bist mir gefolgt.«
»Ich wollte sichergehen, dass du okay bist.«
»Du bist derjenige, der verprügelt wurde.«
»Und du bist mit deinem Knöchel umgeknickt.«
»Warum bist du nicht in der Schule?«
»Ich erledige ein paar Sachen für den *Motzer*.«
»Also, warum beschattest du mich?«
Er zuckt mit den Achseln. Mir fällt auf, dass sein Auge nicht mehr so schwarz ist wie noch letzte Nacht.
»Nimmst du Make-up?«
Es ist nicht so, dass ich etwas dagegen hätte, wenn Jungs Make-up benutzen. Tatsächlich finde ich das in vielerlei Hinsicht ziemlich cool. Es ist nur ... Es ist eben Todd. Ich versuche, ihn auf die sanfte Tour abblitzen zu lassen.

»Es geht wirklich nicht, dass wir zusammen gesehen werden ... niemals ... Okay, Todd? Ich meine, ich bin dankbar, dass du mich mitgenommen hast und so. Aber du kannst mir nicht weiter überallhin folgen.«

Er schaut mich an, als würde ich die gleiche Sprache sprechen wie der Mann im Mond. Also schmeiß ich erst mal meine Zigarettenkippe auf die Straße, um Zeit zu gewinnen. Normalerweise würde ich nie was auf die Straße werfen. Aber ich weiß, dass Todd sich die Zeit nehmen und meine Zigarette aufsammeln wird, um sie ordnungsgemäß zu entsorgen. Er kann dem Drang, ein guter Mitbürger zu sein, einfach nicht widerstehen. Auf jeden Fall gibt mir das genug Zeit, um ihn abzuschütteln.

Ich würde lieber eine Handvoll Reißzwecken essen, als Chocko wiederzusehen. Doch ich habe keine andere Wahl. Wenn ich den ganzen Tag schwänze, würde die bekloppte

Schule misstrauisch werden und meine Eltern anrufen. Nach Lage der Dinge muss ich lügen, und so mache ich der Sekretärin weis, dass ich einen Arzttermin hatte.

Als ich in die Klasse komme, setze ich mich wieder neben Darren, der anscheinend noch weniger als null Notiz von mir nimmt. Ich hoffe, Chocko erinnert sich nicht daran, dass er mich auf seiner kleinen Party am Samstag gesehen hat.

Sharon kommt in die Klasse und setzt sich auf Aprils Platz. Als April den Mund öffnet, um zu protestieren, stopft Sharon ihn ihr mit einem Jedi-Mentaltrick.

»Also, erzähl mir von dem Zimmer«, sagt Sharon, als Chocko in die Klasse getaumelt kommt.

»Nicht jetzt.«

»Komm schon ... Du schuldest mir was.«

»Wofür? Dafür, dass du mich im Wald mit einem Haufen hirnfressender Zombies allein gelassen hast?«, kontere ich empört.

»Du hast gesagt, du würdest es mir erzählen.«

»Später.«

Todd taucht auf und besitzt die Dreistigkeit, sich auf den Platz vor mir zu setzen. Ich will ihm gerade klarmachen, dass er Leine ziehen soll, als der oberste Knöchelgeher den Raum betritt. Da selbst Todd noch besser ist als Biff, sage ich nichts. Aber Biff macht gar keine Anstalten, sich auf den Platz vor mir zu setzen. Er setzt sich drei Reihen weiter vorn hin, von wo aus er mich anzüglich angrinst wie ein Psychopath.

Chocko holt eine CD raus und spielt Led Zeppelins »Immigrant Song« auf der Stereoanlage ab. Er dreht die Lautstärke auf, holt dann einen Gummiball hervor und beginnt, ihn auf den Boden prallen zu lassen.

»Wenn ich ihn nicht fange, hebt ihn jemand auf und macht weiter«, sagt er.

Natürlich springen alle Sportler auf, um seiner Anordnung nachzukommen, und plötzlich ist so was wie eine Massenschlägerei im Gange.

Nachdem der Song zu Ende ist, ruft Chocko die Klasse zur Ordnung, indem er seine Bücher auf den Schreibtisch fallen lässt. Er legt eine dramatische Pause ein und schiebt seine Sonnenbrille den Nasenrücken hoch.

»Habt ihr jemals eine einzelne Hand klatschen hören?«

Wie aufs Stichwort zuckt mein Arm unbeabsichtigt nach oben und befördert dabei mein *Große-Denker*-Textbuch mit einem lauten Knall auf den Boden.

Alle lachen in der Annahme, dass ich das mit Absicht gemacht habe. Das Popcorntüten-Gedicht rutscht zwischen den Seiten heraus und gleitet sanft direkt vor Darrens Springerstiefel. Er merkt es nicht einmal, also stelle ich mich dumm.

Chocko ignoriert die Unruhe und starrt an die Decke wie eine Katze, die Gespenster sieht. Er sagt nichts. Er steht einfach nur da. Ich kann spüren, wie die Gravitationsmaschine zum Leben erwacht. Jemand hustet. Chocko post noch ein wenig länger herum und beginnt dann mit diesem dämlichen rhetorischen Frage- und Antwortspiel, das entworfen wurde, um Teenager zu tiefschürfendem Denken anzuregen. Ich habe keinen Zweifel, dass jedes einzelne Wort für mich bestimmt ist:

»Wie offen ist dein Geist?«

Bevor ich dich traf, ging ich davon aus, dass er offen war.

»Bist du bereit, Menschen für das zu akzeptieren, was sie wirklich sind?«

Nee, danke.
»Was ist, wenn du eine Leiche im Garten deiner Nachbarn findest?«
Ich würde beten, dass du es bist.
»Würdest du sie als Mörder beschuldigen?«
Nur, wenn du nicht die Leiche bist.
»Wie können wir zwischen Gut und Böse unterscheiden?«
Diese Klasse ist böse. Sieh's einfach mal so.
»Was ist normal?«
Kein Kommentar.
So geht das endlos weiter, bis ich bereit bin, den tödlichen Schierlingsbecher zu nehmen. Ich bin sicher, dass sogar Sokrates das freiwillig gemacht hätte, wenn er gezwungen worden wäre, sich tagtäglich eineinhalb Stunden lang Geschwafel über einhändiges Klatschen anzuhören.

Als die Stunde endlich vorbei ist, lange ich nach unten, um mein *Große-Denker*-Buch aufzuheben, und sehe, dass die Popcorntüte verschwunden ist. War das Darren? Da ich schlecht nachfragen kann, schnappe ich nur mein Buch und verlasse, so schnell ich kann, die Klasse.

Sharon kommt mir hinterhergestürzt.

»Okay, raus damit.«

»Ich erzähl's dir im *Tip*, nach Sozialkunde.«

»Was ist das für ein großes Geheimnis?«

»Das wirst du verstehen, wenn ich es dir erzähle.«

Das Menetekel an der Wand

Als wir dann wieder im *Tip* sitzen, klappt Sharon der Kiefer runter, als ich ihr von dem Zimmer und der Party erzähle.

»Chocko?«

»Ich schwör's bei Gott.«

»Wie ekelhaft.« Sie beugt sich über ihren Kaffee. »Ich hab ja immer gewusst, dass er abartig ist.«

»Yep, aber wir kannten keine Details.«

»Jetzt schon. Ich werde nie mehr in der Lage sein, ihn anzusehen.«

»Konntest du das vorher?«, frage ich fassungslos.

»Nein.«

»Siehst du.«

»Ich kann es gar nicht erwarten, Gus davon zu erzählen.«

»Vielleicht solltest du es ihm auch nicht erzählen.«

»Warum nicht?«

»Ich weiß nicht.«

Ich schütte Zucker und Kaffeeweißer in meinen Kaffee, rühre um und nehme einen Schluck. Er schmeckt fürchterlich. Ich schütte noch mehr Kaffeeweißer rein.

»Biff war bei Chocko. Irgendwas stimmt mit dem Typen nicht.«

»Was meinst du damit?«

»Ich weiß nicht. Er ist mir nicht geheuer.«

»Und das soll erwähnenswert sein?«

»Nein ... Ich meine, er ist noch gruseliger als sonst. Er hat mich gefragt, was ich denke.«

»Über was?«

»Keine Ahnung«, antworte ich.

»Meinst du, er mag dich?«

Ich blicke Sharon streng an. Genau deswegen erzähle ich ihr normalerweise nichts. »Oh, bitte. Der reine Gedanke daran bringt mich zum Würgen. Übrigens, Steve Ryan war auch da.«

»Das überrascht mich nicht. Die sind wie siamesische Zwillinge.«

»Ja. Und ich habe in Chockos Stunde mein Popcorntüten-Gedicht fallen lassen.«

»Meinst du, Biff hat es geschrieben?«

»Ich dachte, vielleicht hat Darren die Tüte genommen.«

»Ooooooooh ... Darren. Durchaus möglich. Gus meint, er ist cool.«

»Das ist gut.« Ich rühre noch etwas in meinem Kaffee, während mir die Gedanken im Kopf herumwirbeln wie der Kaffeeweißer und der Zucker im Becher. Aus irgendeinem Grund bleibe ich bei Miss Marple hängen. »Das Leben ist echt komisch, weißt du?«

»Was meinst du?«

»Ich weiß nicht ... Es ist nur, da gehen überall so merkwürdige Sachen vor sich und wie immer macht nichts einen Sinn. Und dann ist da diese alte Frau.«

»Welche alte Frau?«

»Oh ... du weißt schon ... die alte Frau von neulich. Ich krieg sie einfach nicht aus meinem Kopf.«

Sharon rümpft die Nase. »Warum nicht?«

»Keine Ahnung. Es ist total verrückt. Ich meine, auf der einen Seite haben wir Chocko und Biff und auf der anderen diese einsame alte Frau, die einfach nur versucht, ihr Leben noch auf die Reihe zu kriegen ...«

»Ja und?«

»Es kommt mir einfach alles irgendwie so komisch vor.« Ich schüttele den Kopf. »Ich weiß auch nicht, was ich sagen will. Vergiss es einfach.«

Sharon fängt an, über Gus zu quatschen. Ich würde lieber über Darren reden. Aber ich weiß, dass ich erst mal keine Chance haben werde, zu Wort zu kommen. Also trinke ich meine Brühe und lasse es über mich ergehen. Ich warte eine Pause ab und frage sie dann nach ihrer SKA.

Sharon zuckt die Achseln. »Ganz okay, vermutlich. Ich meine, ich habe noch nicht mal wirklich angefangen. Wie sieht's bei dir aus?«

»Nicht wirklich«, lüge ich.

»Hast du Miss B. schon wegen deines Themas gefragt?«

»Nö.«

»Was ist, wenn sie es nicht mag?«

»Versuchst du, mich in den Wahnsinn zu treiben? Sie wird es mögen. Es ist schließlich Miss B.«

»Okay. Ich fang auch nicht wieder davon an.«

Nach einer ausgiebigen Menge Kaffee trennen sich unsere Wege.

Ich bemerke Todd natürlich sofort. Er wartet hinter ein paar Bäumen auf der anderen Straßenseite und versucht, hektisch sein Moped zu starten, kriegt es aber nicht in Gang. Ich überquere die Straße in Richtung Innenstadt.

Als ich auf den großen Platz komme, sehe ich Miss Marple am Brunnen mit der nackten Familie sitzen – einem unserer herausragendsten Beispiele öffentlicher Kunst. Als es enthüllt wurde, haben die nackten Figuren einige Bürger zunächst ganz schön auf die Palme gebracht. Sie sind auf den Kriegspfad gegangen, um sie entfernen zu lassen. Und natürlich haben die blöden Hinterwäldler hier irgendwann kapituliert und der Familie BHs und Unterwäsche verpasst.

Manchmal trägt das Baby sogar eine Windel. Aber auf jeden Fall ist das alles immer noch besser als die riesengroße Kuh an der Hauptzufahrtsstraße zur Stadt oder das riesige Stahlträger-Männchen, das jedes Mal zu Halloween verunstaltet wird.

Wie auch immer, Miss Marple ist da und hält ihre Handtasche im Schoß umklammert. Sie öffnet sie und holt einen Umschlag heraus. Ich kann sofort erkennen, dass es der Brief ist, den ich geschrieben habe. Also verstecke ich mich hinter der nackten Familie und beobachte sie. Sie entfaltet den Brief, fängt an zu lesen und steckt ihn vorsichtig wieder zurück in den Umschlag. Sie lässt ihn zurück in die Handtasche gleiten und betätigt dann den Schnappverschluss, nur um ihn augenblicklich wieder zu öffnen und den Brief erneut hervorzuholen. Aufmerksam studiert sie die Wörter, bevor sie den Brief an ihr Herz drückt.

Auf einmal fühle ich mich irgendwie merkwürdig. Ich hätte nie gedacht, dass mein Versuch ihr so viel bedeuten würde. Ich meine, es ist nur ein blöder Brief. Offensichtlich muss ich noch einen schreiben.

Dieser Gedanke holt mich schlagartig auf den Boden der Tatsachen zurück. Was mache ich eigentlich da? Ich betrachte Miss Marple, als wäre sie ein Teil meines Lebens. Bin ich dabei, durchzudrehen?

Doch in Wirklichkeit habe ich jetzt gar keine Wahl mehr. Ich habe gesehen, was ein mickriger Brief bei einem einsamen alten Menschen bewirken kann, und nun gibt es kein Zurück mehr. Es ist so, als wenn man ein Katzenbaby füttert: Ob es dir nun gefällt oder nicht, von der Minute an, in der du die Milch in die Schüssel gießt, bist du für sein Wohlergehen verantwortlich. Auf einmal ist das Katzenbaby Teil deines Lebens. Und es dauert nicht lange, dann wirst du dir über all die anderen herrenlosen Kätzchen in der Welt bewusst, die hilflos auf der Straße umherstreifen und niemanden haben ...

Früher habe ich keinen einzigen Gedanken an alte Menschen verschwendet. Aber jetzt bin ich dazu verdammt, mich auf ewig mit ihrem Wohlergehen zu befassen.

Es kommt mir vor, als wäre irgendwo ein Scheinwerfer angegangen, und ich kann einfach nicht anders, als sie plötzlich überall um mich herum wahrzunehmen: wie sie unsicher über die Straße schlurfen, einsam und verlassen auf der Bank sitzen oder an der Bushaltestelle und in der Snackbar hocken. Sie sind überall!

Ich bin so durcheinander, dass ich nicht einmal Todd kommen höre.

»Versteckst du dich vor jemandem?«

»Aah! Mann, Todd!«

»Ich muss dir etwas erzählen.«

Warum ist sein Haar wohl so nass? »Was auch immer es ist, es interessiert mich nicht, Todd. Okay?«

Er will etwas sagen, aber ich winke ab und drehe mich um, um nach Miss Marple zu sehen. Doch sie ist weg. Wie ist sie nur so schnell verschwunden?

»Ich muss gehen«, sage ich zu Todd.

Er versucht, sein Moped zu starten. Aber wieder würgt er permanent nur den Motor ab. Vielleicht hat jemand Zucker in seinen Tank getan. Schließlich gibt es immer Hoffnung. Nur, wenn ich Miss Marple noch einen Brief schreiben will, muss ich ihren richtigen Namen und ihre Adresse wissen.

Ich kann nicht jedes Mal dem Briefträger auf die Nerven gehen, wenn ich ihr was schicken will.

Als ich Miss Marples Apartmentgebäude durch den Nebeneingang betrete, entdecke ich eine merkwürdige kleine Einkaufspassage. Ich hatte nie einen Grund, in das Gebäude zu gehen, von daher hatte ich auch keine Ahnung, dass diese Läden überhaupt existieren. Es gibt einen Ein-Dollar-Laden namens *Super Stop*, ein abgedunkeltes Restaurant/Bar – das *Poxy's* –, einen Friseursalon, der *Styles by J.* heißt, ein Naturheilcenter, das *Qi*, sowie ein Kampfkunststudio, das offenbar gar keinen Namen hat. Natürlich sind die Türen zu den Apartments verschlossen, also beschließe ich, mein Glück im *Style by J.* zu versuchen.

Dort werden gerade die Haare von einem halben Dutzend alter Frauen in blaue Zuckerwattefrisuren verwandelt. Es scheint, als wäre ich die jüngste Person, die sich seit Jahren hierher verirrt hat. Denn noch in der Sekunde, in der ich durch die Tür komme, werde ich von 'nem Typen angesprochen, der aussieht wie eine bizarre Ausgabe von Johnny Depp. Das muss J. sein.

Er wieselt auf mich zu und fuchtelt mit den Händen he-

rum, als würde er versuchen, ein kleines Feuer auszuschlagen.
»Oh mein Gott, sehen Sie doch mal, was wir hier haben.«
Mit quietschenden Halswirbeln wenden die Blauschöpfe ihre Zuckerwatteköpfe, um sich die folgende Show nicht entgehen zu lassen. Bizarro beginnt, in meinen Haaren herumzuwuscheln. Anscheinend denkt er, dass ich ihn wirklich mit der Schere an mich heranlasse.

Er macht »Ts-ts-ts«, rollt mit den Augen und zupft wie ein angewiderter Affe an mir herum.

»Ehrlich, Liebes, diese Haare sind ein einziger Schrei nach Hilfe. Ich kann dich in einer halben Stunde drannehmen. Ist das früh genug oder haust du vorher ab und bringst dich um?«

»Ich suche jemanden«, antworte ich.

»Tun wir das nicht alle, Liebes?«

»Es handelt sich um eine alte Frau, die in diesem Gebäude hier wohnt. Ich dachte, vielleicht bekommt sie bei Ihnen ihre Haare gemacht.«

Er schwenkt seinen Arm zu den Blauschöpfen. »Such dir eine aus, Süße. Heute können wir aus dem Vollen schöpfen.«

Ich schüttele den Kopf. »Sie ist eine nette alte Dame.«

Er schürzt die Lippen und glotzt mich mit weit aufgerissenen Augen an, als wäre ich eine Irre.

»Sie trägt eine Tweedjacke.«

Er glotzt mich weiter an.

»Sie sieht aus wie Miss Marple.«

Er reißt triumphierend die Arme in die Luft. »Oh, warum hast du das nicht gleich gesagt?«

»Sie wissen, wer sie ist?«

Er mustert seine Fingernägel. »Natürlich. Agatha Christie. Süße, in diesem Gebäude hier laufen den ganzen Tag über Hunderte von Miss-Marple-Klonen herum.«

Geschlagen drehe ich mich um, als ich plötzlich meine Miss Marple am Fenster vorbeihuschen sehe.

»Da ist sie.«

»Ahhhh!«, sagt er. »*Diese* Miss Marple ist Mrs Mabel Wilson. Sie wohnt in 1404.«

Bingo.

»Komm wieder, wenn du bereit bist, dich der menschlichen Rasse anzuschließen«, ruft Bizarro mir hinterher, als ich den Salon verlasse.

In der Sekunde, als ich aus dem Gebäude trete, lässt Todd seine Maschine aufröhren. Er folgt mir bis zum Park. Dort dreht er ab und knattert die Straße entlang, um den Park zu umfahren und mir auf der anderen Seite den Weg abzuschneiden. Er würde niemals über das Gras fahren. Also gehe ich langsam weiter und genieße eine Gauloise.

»Ich muss dir was erzählen«, sagt er noch einmal, als ich die Straße auf der anderen Parkseite erreiche.

Ich halte meine Hand hoch, um ihn zum Schweigen zu bringen. Aber er gibt nicht auf.

»Es geht um dich ... oder eher gesagt ... um deinen *Ruf*.«

»Todd, es ist besser für dich, wenn das jetzt wirklich wichtig ist.«

»In der Schule steht etwas in der Jungstoilette über dich.«

»Und?«

»Da steht: Ich hab Sue Smith gebumst.«

»Was? Wer sollte so was schreiben?«

»Biff Johnson.«

Ich pfeffere meine Zigarette auf den Boden. »Du verarschst mich.«

»Ich hab versucht, es auszuradieren. Aber Biff hat mich gesehen und meinen Kopf in die Toilette gesteckt. Er hat gesagt, er würde mich umbringen, wenn ich noch einmal versuchen würde, es wegzumachen.«

Zumindest erklärt das Todds nasse Haare. Ich wusste doch, dass heute irgendwas mit diesem durchgeknallten Psycho von Biff los war. Die Art, wie er mich in Chockos Stunde so angestarrt hat. Irgendwie möchte ich Chocko für Biffs Taktlosigkeit verantwortlich machen. Ich fühle, wie die Kräfte an meinem Hirn zerren. Ich verachte sie beide.

»Ich muss gehen«, sage ich. »Bitte folge mir nicht, Todd.«

Als ich nach Hause komme, ruft Mom mich schon vom Esszimmer aus.

»*Doch still! Was schimmert durch das Fenster dort?*«

»*Es ist der Ost, und Julia die Sonne!*«, sagt Dad.

»*Geh auf, du holde Sonn* – oder sollte ich lieber sagen Tochter –, *und iss*«, flötet Mom, als ich am Tisch vorbeischlendere.

»Ich habe keinen Hunger.«

»Jetzt ist sie tatsächlich mal pünktlich zum Essen und hat keinen Hunger«, sagt Mom. »*Wie es schärfer nagt als Schlangenzahn, ein undankbares Kind zu haben.*«

»Da bleibt mehr für mich«, sagt Dad und langt über den Tisch, um sich meinen Teller zu schnappen.

»Habt ihr was dagegen, wenn ich aufstehe?«, fragt Peggy.

Ich gehe in mein Zimmer und setze mich aufs Bett. Morta kuschelt sich an mich und lässt ihren Schnurrmotor auf vollen Touren laufen. Aber nicht einmal sie kann die unsichtbaren Kräfte davon abhalten, meine Gedanken aufzumischen. Ich beschließe, zu duschen, nur um dann festzustellen, dass Peggy sich wie gewohnt im Badezimmer eingeschlossen hat. Zweifellos steht sie gerade auf der Waage und ist beunruhigt wegen des bisschen Mittagessens.

Ich gehe zurück auf mein Zimmer und schmeiße alle Klamotten von mir. So liege ich eine Weile auf dem Bett herum, bis ich mich durch den gruseligen Gedanken verrückt mache, dass Todd mich irgendwie nackt hier liegen sehen könnte. Als wenn er einen Röntgenblick oder so etwas hätte. Ich ziehe meinen Pyjama über und hoffe, dass ich mich dadurch besser fühle. Tue ich aber nicht. Wie es aussieht, ist Flanell machtlos gegen die Maschine. Wie soll ich mich auch gut fühlen, wenn ich weiß, dass mein Name überall auf dem Jungsklo steht?

Ich muss das in Ordnung bringen. Aber ich weiß nicht, wie. Ich hasse Biff Johnson. Zusammen mit Chocko steht er ganz oben auf meiner Liste.

Ich denke an Miss Marple alias Mabel Wilson. Vielleicht ist es okay, allein auf der Welt zu sein. Vielleicht ist es okay, unsichtbar und vergessen zu sein. Zumindest schreibt dann niemand deinen Namen auf Klowände. Aber sie schien sich so über den Brief gefreut zu haben. Ich sollte ihr wirklich noch einmal schreiben. Vor allem, da ich jetzt ihren richtigen Namen kenne. Mom erzählt mir immer, über die Probleme anderer Menschen nachzudenken hilft einem, seine eigenen zu vergessen. (Ich gebe sie natürlich nur sinngemäß wieder. Denn in Wirklichkeit würde sie etwas aus ihrem Shakespeare-Arsenal zitieren, wie zum Beispiel …

… oder so in der Art.)
Ich sitze mit meiner Inspiration auf den Schultern an meinem Schreibtisch. Bereit, mich zu unterstützen, springt Morta auf meinen Schoß. Ich krame einen weiteren Bogen geblümtes Briefpapier hervor und »gehe es an«, wie Mom so schön sagen würde. Wie beim letzten Mal schreibe ich in meiner schönsten Schnörkelschrift.

4. Mai

Liebe Mom,
ich hoffe, es geht Dir gut. Außerdem hoffe ich, dass Du meinen letzten Brief bekommen hast. Bei mir läuft alles sehr gut. Ich arbeite immer noch hart und denke die ganze Zeit an Dich.
Lässt Du Dir immer noch die Haare bei »Styles by J.« machen? Ich habe mir überlegt, dass Du nächstes Mal zu einem netteren Laden gehen könntest, zum Beispiel »Giovanni's«. Weißt Du,

welchen ich meine? Er liegt direkt gegenüber von Deinem Apartment auf der anderen Straßenseite. Es ist der Italiener mit den großen Glastüren. Die bieten Dir sogar Espresso an, während Du wartest. Ich weiß, dass er teuer ist. Aber ich lege Dir etwas Geld bei.
Hast Du über meinen Vorschlag mit der Katze nachgedacht? Ich hoffe, Du machst es. Ich liebe meine Katze mehr als alles andere auf der Welt. Sie ist ein großer Trost für mich. Menschen können manchmal so schrecklich sein.
Okay, ich muss jetzt gehen. Ich schreibe bald wieder. Ich vermisse Dich.

Alles Liebe
Marie

Ich lese den Brief noch einmal durch, um sicher zu sein, dass er so in Ordnung ist. Dann lege ich sechzig Dollar aus meinem Sparschwein dazu und verschließe den Umschlag. Ich weiß, das ist eine Menge Geld. Aber wenn Mabel zu *Giovanni's* geht und sich einen richtigen Haarschnitt machen lässt, ist es das wert. Ich hasse einfach die Vorstellung, dass sie sich wieder in die Klauen von Bizarro J. begibt. So wie es aussieht, ist er vermutlich nicht mal ein richtiger Hairstylist.

Ich meine, wie viel Talent muss man schon haben, um sich seinen Lebensunterhalt damit zu verdienen, Haare in Zuckerwatte zu verwandeln.

Ich schreibe Mabels Adresse auf den Umschlag, klebe eine Briefmarke in die Ecke und verziere den Brief mit einem Herz auf der Rückseite. Ich werde ihn morgen auf dem Weg zur Schule einwerfen – sollte ich mich überhaupt dazu durchringen, hinzugehen. Nach Lage der Dinge wäre es vielleicht besser, die Schule zu schmeißen und es meinem Urgroßvater nachzumachen.

Wann immer die Dinge zu schlimm wurden, haute er einfach ab und fuhr als Vagabund auf Güterwaggons durch das Land. Vielleicht fühlte auch er sich von unsichtbaren Kräften tyrannisiert. Oder vielleicht hatte er einen Lehrer wie Chocko. Oder er kannte jemanden wie Biff. Ich weiß es nicht. Auf jeden Fall war er definitiv ein geheimnisumwobener Mann. Denn trotz des ganzen Herumvagabundierens hat er es fertiggebracht, dreizehn Kinder in die Welt zu setzen. Wer kann schon alles erklären?

Ich lege den Brief auf meinen Nachttisch und krieche ins Bett. Ich fühle mich zwar ein bisschen besser, aber nicht gut genug, um einzuschlafen. Der Gedanke, dass mein Name auf der Wand im Jungsklo steht, macht mich wieder verrückt. Nach stundenlangem Hin-und-Her-Wälzen komme ich zum Schluss, dass es nur eine Lösung gibt: Ich muss zurück in die Schule und das, was Biff Johnson geschrieben hat, verschwinden lassen.

Tod durch Unterhose

Es gelingt mir, mich mit meiner Ausrüstungstasche unbemerkt aus dem Haus zu schleichen. Inhalt: Fensterputzmittel, eine Dose mit orangefarbenem Sprühlack (von meinem Vater gestohlen, für den Fall, dass das Fensterputzmittel nicht wirkt), ein Scheuerschwamm, ein paar Kreditkarten, um die Türschlösser zu knacken (hab ich mal in einem Film gesehen), und eine Nylonstrumpfhose, um meine Identität zu verbergen. Ich bin ein bisschen nervös, das alles auf eigene Faust durchzuziehen. Trotzdem rufe ich Sharon nicht an. Es würde Ewigkeiten dauern, bis sie fertig wäre, und sie würde Millionen von Fragen stellen. Also ist es am besten, allein zu gehen.

Ich werfe Mabels Brief in den Briefkasten an der Ecke ein und nähere mich über den Alleeweg der Schule. Das Gebäude ist erleuchtet wie ein Weihnachtsbaum, aber bei den Büschen an der einen Gebäudeseite entdecke ich einen dunklen Winkel. Dort ist ein Fenster, das ich vielleicht aufkriege, denn es sieht ziemlich alt aus. Ich ziehe mir die Strumpfhose über den Kopf, hänge mir die Ausrüstungstasche über die Schulter und fange an, die Wand hochzuklettern. Ich packe die Fensterbank und ziehe mich empor. Allerdings ist da kaum genug Platz zum Stehen. Wenn ich mich mit einer Hand an die Wand klammere, kann ich mit Ach und Krach den Schieberahmen erreichen. Ich bin gerade im Begriff, ihn hochzudrücken, als ich das Gleichgewicht verliere. Die Kräfte gewinnen die Oberhand und schicken mich hinab in die Büsche.

Die Tasche mit der Ausrüstung landet zuerst unten. Dabei fällt die Flasche mit dem Fensterputzmittel heraus und ich lande genau auf ihr. Die Flasche zerplatzt und meine Hose wird über und über mit Fensterputzmittel besprüht. Mein Rücken fühlt sich an, als wäre er gebrochen. Ich liege da, starre in den Himmel und wünsche mir nur, ich könnte meinem Elend ein für alle Mal ein Ende bereiten.

Dann erscheint Todd in meinem Blickfeld. Besorgt beugt er sich über mich. Ich kann nicht glauben, dass er mich sogar nachts verfolgt. Bei seiner Unerbittlichkeit sollte er Vampire jagen.

»Bist du okay?«, erkundigt er sich.

Ich ziehe die Strumpfhose hoch. »Sehe ich etwa so aus?«

Er deutet auf die nasse Stelle auf meiner Hose. »Ist das …?«

»Das ist Fensterputzmittel. Mein Gott, Todd! Was machst du hier?«

»Ich wusste, dass du so was versuchen würdest.« Er will mir hochhelfen, aber ich ignoriere seine Hand und stehe alleine auf.

»In die Schule einzubrechen erfüllt den Tatbestand einer Straftat«, sagt er.

»Erzähl mir was, was ich nicht weiß.«

»Ich habe eine bessere Idee. Falls es dich interessiert …«

Ich nehme die Strumpfhose von meinem Kopf. »Sicher, warum nicht?«

Also erzählt Todd mir seinen Plan: Wir gehen ganz früh

zur Schule, noch bevor die anderen Schüler eintrudeln, und beseitigen, was Biff Johnson geschrieben hat. Zuerst schlägt Todd vor, dass ich Wache schiebe, während er die kompromittierende Botschaft entfernt. Aber ich erhebe sofort Einspruch. Meinen Kopf würde Biff wahrscheinlich nicht so schnell in die Toilette tunken, wenn wir erwischt werden. Also kommen wir überein, dass ich die Action übernehme und er Schmiere an der Tür steht.

Ich muss zugeben, dass das gar keine schlechte Idee ist. Mit Sicherheit besser, als im Dunkeln Spiderwoman zu spielen.

»Also, okay ... gut. Lass es uns so machen«, sage ich.

Man könnte meinen, ich hätte zugestimmt, ihn zu heiraten. So glücklich ist er. Er besteht darauf, mit mir nach Hause zu gehen. Ich spiele nicht einmal mit dem Gedanken, Nein zu sagen. Als wir bei mir zu Hause ankommen, vereinbaren wir eine Zeit und verabschieden uns.

Am Dienstagmorgen überhöre ich meinen Wecker. Kein Zweifel, ich werde zu spät zu meiner Verabredung mit Todd kommen. Ich habe keine Zeit mehr, nach sauberen Klamotten zu suchen. Also schlüpfe ich in die getragenen Hosen von gestern. Da alles, was ich trage, sowieso schwarz ist, wird es keiner merken. Nachdem ich mir hastig die Zähne geputzt und meine Haare zurechtgemacht habe, schnappe ich mir eine neue Flasche Reiniger unter dem Waschbecken und stopfe sie in meine Tasche. Unten versucht Mom, mich fürs Frühstück aufzuhalten. Aber ich winke ihr nur zu und verschwinde, bevor sie mich stoppen kann.

Todd wartet vor der Schule.

»Wir wollten uns um acht Uhr fünfzehn treffen«, sagt er.

»Welche Kabine?«, frage ich nur, als wir das Gebäude betreten und uns dem Jungsklo nähern.

»Dritte von vorn.«

Todd postiert sich draußen vor der Tür, während ich mich mit der Flasche Reinigungsmittel ins Jungsklo schleiche. Ich zerre ein paar Papiertücher aus dem Spender und stoße mit der Schulter die Kabinentür auf. Ein lauter Schrei ertönt. Und in der nächsten Sekunde schreie auch ich, als mir klar wird, dass ich fast mit Steve Ryan zusammengestoßen bin, der auf dem Klo sitzt.

»Oh mein Gott.«

Ich stolpere zurück und lasse den Reiniger auf den Boden fallen, während Steve seine Hose hochzieht. Er knallt die Tür zu und kickt die Flasche hinter mir her.

»Was ist passiert?«, ruft Todd, der seinen Kopf durch die Eingangstür zum Jungsklo gesteckt hat.

»Da ist jemand drin! Vielen Dank auch, Todd.«

»Ist es Biff? Hast du's weggekriegt?«

»Ich gehe nicht noch mal da rein.«

»Ich kann es machen.«

Genau in diesem Moment wird die Toilettenspülung betätigt und die Schulglocke läutet. Todd hebt die Reinigerflasche auf, während die Schüler durch die Eingangstüren in die Schule strömen. Unter ihnen auch Biff. Er schubst Todd in den Strom der Zombies und vermasselt uns damit die Chance, die anzügliche Botschaft zu entfernen. Ich verschwinde schnell, bevor Steve aus dem Jungsklo kommt. Ich werde nie wieder in der Lage sein, ihn anzusehen.

Auf dem Weg zu meinem Spind taucht Sharon neben mir auf.

»Warum bist du so früh hier?«, fragt sie.

»Das willst du nicht wirklich wissen.«

»Gus hat mich gestern Abend angerufen«, beginnt sie, bricht dann aber ab und zeigt entsetzt auf meine Füße. »Oh mein Gott ... Was ist das denn?«

Ich blicke nach unten und sehe eine schmutzige Unterhose um mein Fußgelenk baumeln – mit der peinlichen Seite nach außen. Sie muss sich in meinem Hosenbein verfangen haben, als ich mir gestern meine Sachen ausgezogen habe. Ich war heute Morgen so in Eile, dass ich sie beim Anziehen gar nicht bemerkt habe. Zu allem Überfluss ist es nicht mal einer meiner kleinen schwarzen sexy Slips: Es ist ein weißer Schlüpfer, so groß wie ein verdammtes Kopfkissen. Die Art von Unterhose, wie meine Großmutter sie getragen hat.

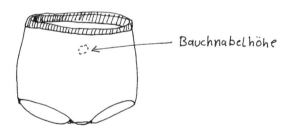

Ich habe bloß das eine blöde Exemplar, und das trage ich nur, wenn mein Schrank schlüpfertechnisch sonst nichts mehr zu bieten hat. Sozusagen als verzweifelte letzte Maßnahme, bevor ich zu meinem Bikiniunterteil greife.

»Oh mein Gott.« Ich schlenkere heftig mit dem Bein herum, um die Unterhose loszuwerden. Sie rutscht auf den Boden und landet mitten in der Menge dahineilender Schüler. Ein Mädchen schreit und befördert sie mit einem Tritt weiter den Korridor hinunter. Und auf einmal schreien, laufen und treten alle. Ich ziehe mich in die Sozialkundeklasse zurück und bete, dass niemand wirklich mitbekommen hat, wie meine Hose einen dreckigen Schlüpfer zur Welt gebracht hat. Eines kann ich auf jeden Fall jetzt schon sagen: Es ist viel schlimmer, als seinen Namen auf dem Jungsklo geschrieben zu sehen.

Miss B., meine Sozialkundelehrerin, starrt erschrocken in den Gang hinaus. »Gibt's da draußen einen Notfall?«

Ich ignoriere sie völlig. Der Meisterkiffer Dennis Carson antwortet für mich.

»Wenn Sie die Entdeckung einer dreckigen Unterhose als Notfall bezeichnen, dann ja.«

»War das deine?«, fragt Sharon, als sie sich neben mich setzt. »Das wirst du nie wieder loswerden.«

Vielen, vielen Dank auch, Sharon. Dafür hasse ich sie jetzt. Aber sie hat recht. Das werde ich nie wieder loswerden. Jetzt wünsche ich mir wirklich, ich wäre tot.

Ich kann mich nie wieder in der Schule sehen lassen. Niemals. Lieber sollen Tausende bekloppter Sporthohlbratzen meinen Namen auf Tausende von Jungsklos schreiben als das hier. Mein Leben ist so was von vorbei. Meine einzige Hoffnung besteht darin, die Unterhose zu finden und das Beweisstück dann verschwinden zu lassen.

Als die Schreie verklungen und die Gänge endlich fast leer sind, frage ich, ob ich mal hinauskann. Miss B. zieht die Augenbrauen in die Höhe, lässt mich aber gehen. Sie ist ziemlich gut in solchen Dingen, denn sie ist Feministin und findet, dass es Frauen erlaubt sein sollte, auf die Toilette zu gehen, wann immer ihnen danach ist. Sie gehört sogar einer Gruppe an, die für bessere Arbeitsbedingungen für Frauen in der Dritten Welt kämpft. Denn weil in den dortigen Fabriken den Arbeiterinnen keine Pausen erlaubt sind, erkranken viele von ihnen an Blasenentzündungen.

Nachdem ich das Klassenzimmer verlassen habe, wende ich mich zunächst nach links zu den Toiletten und gehe dann die Treppe zum ersten Stock hoch. Oben angekommen, mache ich wieder kehrt, um die Lage von hier oben aus erst mal gründlich zu sondieren. Ich versuche, mich möglichst unauffällig zu bewegen, um die Aufmerksamkeit der Lehrer in den anderen Klassenräumen so wenig wie möglich auf mich zu lenken. Vor allem nicht Chockos Aufmerksamkeit. Die meisten Lehrer lassen nämlich die Klassentüren auf, damit sie nach verdächtigen Schüleraktivitäten Ausschau halten können.

Genau in dem Moment, als mein Fuß wieder den Boden des Erdgeschosses berührt, kommt Chocko aus seiner Klasse gestapft und baut sich vor mir auf. Er sagt nichts und steht einfach nur mit einem blöden Grinsen im Gesicht da. Zunächst starre ich zurück. Dann leite ich ein Ausweichmanöver ein und trete zur Seite, um vorbeizugehen. Aber er stellt sich mir in den Weg.

»Wir müssen uns über deine Hausarbeit unterhalten.«

»Jetzt?«

Er sieht mich süffisant an. Allerdings fällt ihm keine ausreichend coole Antwort ein. Schließlich zieht er ab und lässt mich weitersuchen.

Als ich sicher bin, dass Chocko wieder in seinem Bau ist, durchkämme ich den Korridor nach meiner widerspenstigen Unterhose. Zu meiner großen Verzweiflung ist sie nirgendwo zu sehen. Jemand muss sie mitgenommen haben. Ich bin erledigt.

Für den Fall der Fälle schaue ich noch mal ungezwungen in die Abfalleimer. Als ich mir den Müll angucke, taucht unser Direktor Mr Ricketts am Ende des Korridors auf und steuert zielstrebig auf mich zu. Ich tue so, als ob ich einen Schluck aus dem Wasserspender nehme. Im Vorbeigehen scannt er mich wie ein Kampfstern-Galactica-Zylon – lange genug, um mich wissen zu lassen, dass, was immer ich auch für teuflische Pläne hege, er mir auf die Schliche kommen wird. Nachdem er verschwunden ist, checke ich weiter den Müll. Ohne Erfolg. Vermutlich muss ich die Tatsache akzeptieren, dass mein Leben vorbei ist. Buchstäblich jeder könnte meine dreckige Unterhose an sich genommen haben. Das ist einfach zu viel für mich. Ich spiele mit dem Gedanken, auf der Stelle abzuhauen, meine Bücher und alles zurückzulassen und nie wiederzukommen, als ich Miss B.s Stimme höre.

»Haben Sie sich verlaufen, Miss Smith?«

Ich bin nicht einmal fähig, zu antworten. Ich drehe mich einfach um, gehe an ihr vorbei in die Klasse und setze mich.

Die nächsten dreiundachtzig Minuten sind die längsten dreiundachtzig Minuten meines Lebens. Ich werde nicht nur von einem schwarzen Loch angezogen, sondern in dessen Zentrum regelrecht zermalmt. Wegen der Unterhose bin ich so am Durchdrehen, dass ich kaum in der Lage bin, zu atmen. Ganz zu schweigen davon, mein Ableben zu planen.

Um meine Qual noch zu verschlimmern, belehrt uns Miss

B. darüber, wie schlecht unser letzter Aufsatz ausgefallen ist. Sie sagt, wie enttäuscht sie von uns sei und dass wir doch zu Besserem fähig wären und bla bla bla bla. Als die Glocke läutet, bin ich völlig neben der Spur.

Um die Sache auf die Spitze zu treiben, ruft Miss B. mich zu ihrem Schreibtisch.

»Hast du ein Thema für deine Jahrgangsarbeit, Sue?«

»Ja.«

Sie lächelt mich an und wartet.

»Öh ... ähm ... Ich mache Suizid ... Also, warum Leute so was machen und so ... Der Unterschied zwischen Männern und Frauen ... und so weiter.«

Miss B. hebt die Augenbrauen. »Oh.« Aufmerksam sieht sie mich an. »Was für Quellen willst du denn benutzen?«

»Nun ... jede Menge persönliche Recherche ... und das Internet und so.«

»Persönliche Recherche ...?«

»Sie müssen sich keine Sorgen machen.«

Miss B. studiert weiter mein Gesicht. »Okay, gut. Ich bin gespannt, was du herausfinden wirst«, sagt sie und gibt mir meinen Aufsatz zurück. Oben auf dem ersten Blatt prangt in roter Schrift ein dickes »Zwei minus«.

Zwei minus?! Ich war noch nie schlechter als Eins. Nie! Das ist definitiv der schlimmste Tag in meinem Leben.

Ich bin so am Ende, dass ich mir nicht einmal die Mühe mache, zu meinem Spind zu gehen. Oder nach Sharon zu schauen. Ich stoße einfach nur die Schultür auf und gehe, um niemals wiederzukommen.

Da ich weder nach Hause noch ins *Tip* kann, gehe ich in die Stadt und setze mich auf eine Bank in der Nähe der nackten Familie. Zusammen mit all den anderen Banksitzern hocke ich einfach nur da und starre Löcher in die Luft. Eines steht mit Sicherheit für mich fest: Ich werde nie wieder etwas Schlechtes über Menschen sagen, die auf Bänken sitzen. Jetzt verstehe ich, wie Menschen dazu kommen. Vielleicht ist in der Highschool dreckige Unterwäsche aus ihrer Hose hervorgekrochen.

Vielleicht haben sie eine beschissene Note für eine Hausarbeit bekommen oder mit Schurken wie Chocko und Biff zu tun gehabt. Und irgendwann stapelten sich die Bausteine ihrer Verzweiflung so hoch übereinander, dass sie nur noch auf der Bank sitzen und auf den Todd warten konnten.

Ich stecke mir eine Gauloise zwischen die Lippen. Aber ich bin viel zu deprimiert, um sie anzuzünden. Ich frage mich, ob ich wohl, wenn ich lange genug auf dieser Bank sitzen bleibe, an Erfrierung sterben werde. Ich hoffe es zumindest, da ich absolut nicht glaube, dass ich noch weitermachen kann. Diesmal meine ich es wirklich ernst. Wieder und wieder gehe ich in Gedanken den endlosen Katalog meiner Möglichkeiten durch. Ich weiß nicht, wie lange ich so dagesessen habe, als ich plötzlich eine vertraute Stimme höre.

»Hallo.«

Es ist Mabel. In dieser lächerlichen Stadt gibt es vor nichts und niemandem ein Entkommen. Automatisch nehme ich meine Gauloise aus dem Mund und verstecke sie hinter dem Rücken.

»Marie, Liebling. Ich habe überall nach dir gesucht.«

Unsere Blicke treffen sich und sie runzelt besorgt die Stirn.

»Aber Marie? Was ist denn los, Liebes? Du siehst aus, als hättest du deine beste Freundin verloren.«

Sie berührt mein Gesicht und ich fange doch tatsächlich an zu heulen.

»Ach, nein, nein, nein ... nicht weinen, Liebes. Nein, nein. Komm mit nach Hause, Liebling. Ich mache dir was zu essen und dann kannst du mir alles erzählen.«

Mabel nimmt meine Hand und zieht mich vorsichtig hoch.

Ich stehe so neben mir, dass ich mich widerstandslos von ihr auf der Straße zu ihrem Apartment führen lasse. Es ist mir egal, wer uns sieht. Vor dem Foyer bleiben wir stehen. Diesmal trägt sie ihr blaues Gummiarmband mit den Schlüsseln ums Handgelenk und öffnet problemlos die Tür. Vor den Fahrstühlen zögert sie. Also drücke ich den Knopf, und wir warten, während sie einen Arm um meine Schultern gelegt hat. Als sich die Türen öffnen, gehen wir hinein, und ich drücke den Knopf für den vierzehnten Stock. Der Fahrstuhl hält im dritten. Eine alte Frau steigt ein. Argwöhnisch mustert sie mich. Aber Mabel setzt sie gleich ins Bild.

»Meine Tochter«, erklärt sie. »Mein kleines Nesthäkchen.«

Die Frau fährt mit uns bis zum zehnten Stock. Als sie aussteigt, zwingt sie sich zu einem Lächeln. Im Korridor des vierzehnten Stocks zögert Mabel erneut. Deshalb steuere ich auf ihr Apartment zu. Das scheint ihrem Gedächtnis wieder auf die Sprünge zu helfen, denn sie holt ihre Schlüssel hervor und öffnet mit Leichtigkeit die Tür. Sie bugsiert mich hinein und schließt dann hinter uns ab.

»Also dann«, sagt sie. »Wie sieht es mit einer schönen Tasse Tee aus?«

Sie setzt mich an ihren Tisch und verschwindet in der Küche. Ich höre, wie sie Wasser laufen lässt, mit Töpfen klappert und Dosen öffnet.

Es dauert nicht lange, bis der Wasserkessel pfeift und eine Tasse Tee vor mir steht, in die Mabel bereits Zucker und Milch gegeben hat.

Mabel setzt sich mit ihrer eigenen dampfenden Tasse neben mich. »Na, dann sag mal! Was quält dich so, mein Kind?«

»Ich wünschte, ich wäre tot.«

»Sag so etwas nicht, Liebes.«

»Es ist aber so. Ich wünschte, ich wäre tot.«

»Nicht doch. Wie kommst du denn auf solche Gedanken?«

Ich starre auf meine Tasse Tee. »Das Leben.«

»Das Leben?«

»Das Leben ist zum Kotzen. Die Menschen sind dumm

und gemein und wir sterben sowieso alle. Also, was soll das Ganze? Da kann ich mich doch genauso gut gleich umbringen, damit ich alles hinter mir habe.«

Mabel schnalzt mit der Zunge. »Oh, mein liebes Mädchen. Das solltest du aber besser wissen. Natürlich ist es leichter, einfach aufzugeben. Aber für diesen Weg entscheiden sich nur Feiglinge. Das Leben ist das, was du daraus machst, mein Schatz. Denk dran, was Milton geschrieben hat ...

Du allein hast die Wahl. Darum dreht sich alles, Liebes. Es gibt immer einen Hoffnungsschimmer in der Dunkelheit. Du musst nur genau genug danach Ausschau halten.«

Mabel klingt so klar, dass ich ausrasten könnte. Ich bringe es nicht übers Herz, ihr zu sagen, dass Hoffnung meiner Meinung nach nur ein Gemütszustand ist.

Ich fasse den Porzellanhenkel der Teetasse mit den Fingerspitzen und nehme einen Schluck. Der Tee ist kochend heiß. Er schmeckt gut. »Aber was ist, wenn Dinge geschehen, die man nicht beeinflussen kann?«

»Wie zum Beispiel?«

»Ich weiß nicht. Dinge eben.«

Mabel denkt eine Minute darüber nach. »Nun, ich glaube, in solchen Fällen ist es das Beste, so zu tun, als ob nichts passiert wäre. Wenn du keinen Gedanken mehr daran verschwendest, wird es auch kein anderer tun.«

Ich blicke Mabel zum ersten Mal an, seit sie mich auf der Bank aufgegabelt hat. Sie hat einen so gütigen Ausdruck in ihren Augen. Sie tätschelt meine Hand und steht auf, um nach dem zu sehen, was auch immer sie gerade in der Küche zu schaffen hat. Als sie wiederkommt, hat sie zwei Schüsseln mit Hühnersuppe dabei. Ich sage ihr nicht, dass ich Vegetarierin bin. Zum Glück stellt sie einen kleinen Korb mit Brot und Butter auf den Tisch. Ich lange beim Brot zu, da ich – ungeachtet der Tatsache, dass erst vor ein paar Stunden meine Unterhose durch die Schule gekickt wurde und ich eine Zwei minus bekommen habe – wirklich hungrig bin.

Nachdem ich ein paar Stücke Brot gegessen habe, stehe ich auf, um die Suppe zu vermeiden, und beginne, mir Mabels Sachen anzusehen. Über der Klaviertastatur liegen neue Noten.

»Hast du geübt?«

Mabel runzelt die Stirn. »Ich kann meine Brille nicht finden.«

Ich sehe oben auf dem Klavierkasten nach. »Hier ist sie«, sage ich und halte eine Brille hoch.

Mabel schüttelt den Kopf. »Das ist nicht die richtige. Ich habe zwei Brillen. Dauernd verlege ich sie.«

»Oh.« Ich lege die Brille zurück und sehe mir ihre Bücher an. »Du liest gern.«

»Ja, natürlich, Liebes.«
»Wen liest du denn am liebsten?«
»Oh, das ist gar nicht so einfach zu beantworten.«
Sie hat einige Reihen Shakespeare. Also frage ich, welches Stück von ihm sie am liebsten mag.
Mabel kommt zu mir herüber und stellt sich neben mich.
»Ich liebe *Romeo und Julia*.«
Sie nimmt das Buch aus dem Regal, öffnet es und beginnt zu lesen.
»*Doch still! Was schimmert durch das Fenster dort?*«
»*Es ist der Ost, und Julia die Sonne!*«, antworte ich. Ich habe es Mom und Dad so oft rezitieren gehört, dass ich es auswendig kann.
Mabel klappt ehrfürchtig das Buch zu und fährt fort:
»*Geh auf, du holde Sonn! Ertöte Lunen, die neidisch ist und schon vor Grame bleich, dass du viel schöner bist, obwohl ihr dienend.*«
So geht es eine Zeit lang hin und her, bis wir beide anfangen zu lachen.
»Du bist sehr gut!«, sagt sie.
»Du aber auch.«
Beinahe hätte ich mich verplappert und ihr von Mom und Shakespeare erzählt. Aber dann fällt mir ein, dass das einfach zu verwirrend für sie wäre, weil sie sich ja für meine Mutter hält. Selbst für mich ist es schon schwierig genug, da durchzublicken.
Mabel presst das Buch gegen ihre Brust und blickt in die Ferne. »Ich bin immer ins Theater gegangen.« Doch dann reißt sie sich von einem Augenblick auf den anderen von dem Gedanken los. »Wie spät ist es?«

»Zwölf Uhr mittags.«

»*Coronation Street* läuft gerade.«

»Das siehst du wirklich?«

Mabel lächelt. »Ich bin süchtig danach.«

Gott ist mein Zeuge: Ich hätte es nie für möglich gehalten, dass man mich einmal dabei erwischen würde, wie ich auf einer Couch sitze und mir eine kitschige englische Seifenoper wie *Coronation Street* mit jemandem reinziehe, geschweige denn mit einer älteren Dame, die ich kaum kenne. Aber genau das mache ich heute. Und hier kommt nun das völlig Abartige: Ich habe sogar Spaß dabei. Es ist so ähnlich wie mit der »griechischen Katharsis«, von der Mr Farrel immer in Englisch spricht. All diesen entgleisten Leuten dabei zuzuschauen, wie sie sich ihr Leben versauen, bewirkt, dass ich mich besser fühle, und hilft mir, mit meinem eigenen elenden Dasein klarzukommen. Chocko, Biff und alles andere sind für eine Weile vergessen. Und ich muss zugeben: Mabel ist eine gute Gesellschaft. Sie drängt mich nicht zu diesem oder jenem und stellt keine bohrenden Fragen. Es ist wieder dieses Kätzchen-Ding: Du denkst, du hilfst dem Kätzchen. Aber ab einem gewissen Punkt merkst du, dass das Kätzchen in Wirklichkeit dir hilft. Alles, was Mabel möchte, ist, jemanden zu haben, mit dem sie Dinge teilen kann. Wer kann ihr deswegen schon einen Vorwurf machen?

Als ich Mabel verlasse, macht es keinen Sinn mehr, in die Schule zu gehen. Also mache ich mich auf den Weg nach Hause. Als ich dort ankomme, erwartet mich Mom bereits.

»Wo warst du?«

Ich merke, dass sie wütend ist, denn sie redet nicht wie Shakespeare.

»Ich habe einer alten Frau geholfen.«
»Wag es nicht, flapsig zu werden.«
»Ich bin nicht flapsig. Ich habe wirklich einer alten Frau geholfen.«
»Die Schule hat angerufen und gesagt, dass du nach der ersten Stunde geschwänzt hast.«
Ich denke eine Sekunde nach. »Ich hatte einen Scheißtag.«
»Und deswegen haust du einfach von der Schule ab und hilfst einer alten Frau?«
»Im Grunde ja.«
Mom wirft die Hände in die Luft. »Warum mache ich mir überhaupt Sorgen?«
»Sie ist eine nette alte Dame namens Mabel. Sie lebt in diesem schäbigen Apartmentkomplex in der Innenstadt. Sie ist sehr einsam, und manchmal hat sie Probleme, sich zu erinnern, wo sie wohnt.«

Als hätte ich's gewusst, weckt das Moms Neugier. Sie ist sehr mitfühlend und sagt immer, ich soll mich um andere kümmern und so weiter.

»Was ist mit ihrer Familie?«

Ich hole die Milch aus dem Kühlschrank. »Ich glaube, ihre Kinder haben sie im Stich gelassen.«

»Oh, wie furchtbar!«

»Ich weiß.« Ich gieße mir ein Glas Milch ein und ziehe mich auf mein Zimmer zurück. Mission erfüllt. Ich werde kein Wort mehr von ihr übers Schwänzen hören.

Als ich in mein Zimmer komme, klingelt das Telefon. Es ist Sharon. Sie möchte mit mir über meine Unterhose sprechen. Feingefühl gehört nicht unbedingt zu ihren Stärken.

»Glaubst du, der Hausmeister hat sie genommen? Vielleicht bewahrt Chocko sie in einer Plastiktüte im Gefrierschrank auf … Mann, wie eklig wär das denn?«

Ich bin versucht, aufzulegen. Aber dann erinnere ich mich an Mabels Rat, dass es am besten ist, einfach so zu tun, als wäre alles in Ordnung.

Ich bringe das Thema auf Gus, worauf Sharon sich normalerweise mit Begeisterung schmeißen würde. Aber irgendwie scheint es sie zu entmutigen, dass mein Leben nicht wegen einer dreckigen Unterhose den Bach runtergeht, und so schwenkt sie mühelos auf ein anderes Thema über, um meinen Kopf zum Implodieren zu bringen.

»Oh! Weißt du, wen ich mit dieser Schlampe Michelle Miller gesehen habe?«

»Wen?«

»Darren.«

»Was?«

»Darren. Sie sind zusammen gegangen.«

Ich bin mir sicher, dass sie irgendwo in ihrem Primatenhirn denkt, sie würde mir einen Gefallen tun, indem sie mir das erzählt. Aber alles, was sie tatsächlich bewirkt, ist, mich komplett aus der Fassung zu bringen. »Wie meinst du das?«

»Du weißt schon … sie waren zusammen.«

»Woher weißt du das?«

»Sie sind nebeneinander hergegangen, du Hirni.«

»Vielleicht wohnen sie in der gleichen Straße.«

»Sie wohnt im Süden. Er drüben auf der Victoria.«

»Okay, egal.«

»Also … Das bedeutet, sie sind zusammen.«

»Na schön. Ich hab's kapiert.«

»Was will er nur mit so einer Schlampe?«

»Ich weiß es wirklich nicht. Ich muss los.«
»Was? Wir wollten doch heute Abend zusammen an unserem SKA-Zeugs arbeiten.«
»Meine Mom ruft zum Abendessen.«
»Es ist Viertel nach vier!?!«
»Wir essen heute früher«, lüge ich. »Peggy muss zum Training.«
»Oh. Verstehe.«
»Ich rufe dich später an, okay?«
»Ja, meinetwegen.«

Ich kann nicht glauben, dass Darren Michelle mag. Was findet er nur an ihr? Sie gehören nicht einmal derselben Spezies an, geschweige denn demselben Planeten. Ganz abgesehen davon, dass sie ein nichtsnutziger Hohlkopf mit mehr Titten als Gehirn ist ...

Okay, ich glaube, ich habe mir gerade meine Fragen selbst beantwortet. Und ich dachte, Darren ist anders als die anderen Typen. Ich dachte, er schreibt Gedichte auf Popcorntüten. Da lag ich wohl falsch. Ich schätze mal, er kann der Kraft solcher Melonen nicht widerstehen. Anziehungskrafttechnisch gesehen, können meine Mandarinen damit vermutlich nicht konkurrieren. Das ist *eindeutig* der schlimmste Tag in meinem Leben.

Glückliche Schwachköpfe

Da ich nicht schlafen kann, stehe ich bei Tagesanbruch auf, um in mein Tagebuch zu schreiben. Ich sitze mit Morta auf dem Schoß so da, als ich Todds Moped höre. Ich stehe auf, um das Fensterrollo zuzuziehen. Was sich als Fehler erweist, da Todd bereits auf dem Rasen steht und zu mir hochschielt. Ich spiele mit dem Gedanken, es trotzdem runterzuziehen, als er mir signalisiert, dass ich das Fenster öffnen soll. Ich schüttele den Kopf und er wiederholt seine Geste. Ich öffne das Fenster einen Spalt weit.

»Er ist weg«, sagt er.

Wieder einmal habe ich keinen Schimmer, wovon er redet.

»Dein Name ... auf der Toilettenwand. Er ist weg.«

Ich mache das Fenster ganz auf.

»Er ist mit schwarzem, wasserfestem Marker übermalt worden. Wahrscheinlich ein Edding. Ich habe an meinem Finger geleckt und bin damit über die Farbe gefahren und sie ging nicht ab.«

»Was glaubst du, wer das war?«

»Ich bin nicht sicher. Aber eventuell Steve Ryan.«

»Steve Ryan? Warum?«

»Na ja, er war auf der Toilette, als du reingegangen bist, um deinen Namen zu entfernen. Also ist er logischerweise der wahrscheinlichste Kandidat. Und ich habe gesehen, wie er im Unterricht Eddings benutzt.«

Todd schiebt seine Brille hoch und macht den Mund auf, um noch irgendetwas zu sagen. Aber ich schließe das Fenster und ziehe das Rollo herunter, bevor er die Chance hat, mich womöglich noch zu einem Date einzuladen. Ich kann nicht glauben, dass Steve Ryan es riskieren würde, meinen Namen von der Toilettenwand zu entfernen. Er ist Biffs bester Freund. Auf jeden Fall bin ich hundertprozentig dankbar dafür, egal, ob er es nun gemacht hat oder nicht. Und Todds gute Nachricht gibt mir tatsächlich wieder Kraft, um mich der Schule zu stellen.

Ich nehme mir Zeit, um mich zurechtzumachen. Niemals wieder werde ich in eine Hose schlüpfen, ohne vorher die Beine nach blinden Passagieren abzusuchen. Während ich mich noch anziehe, klopft meine Mutter an die Tür und kommt, ohne auf Antwort zu warten, gleich darauf auch schon hereingeplatzt.

»Heute Abend ist Peggys Cheerleader-Probe für das Total-Motion-Camp. Wirst du uns mit deiner Anwesenheit beehren?«

Ich starre sie an, als wäre sie ein Alien, bis sie endlich die Tür schließt. Im Hintergrund kann ich Peggys Gejammer über ihr dämliches T-Shirt oder irgendetwas vergleichbar Wichtiges hören.

Lasst mich doch einfach in Ruhe. Mehr will ich doch gar nicht.

Als ich in der Schule den Korridor entlanggehe, habe ich das Gefühl, dass mich alle anstarren. Ich bin erleichtert, dass Steve Ryan – oder wer auch immer – sich die Zeit genommen hat, meinen Namen auf dem Jungsklo zu entfernen. Aber da ist immer noch die Sache mit der Unterhose. Auch wenn sich unmöglich beweisen lässt, dass es tatsächlich meine Unterhose war (diesbezüglich bleibt immer noch der Schatten eines Zweifels, wie mein Vater sagen würde), kam sie doch aus meinem Hosenbein gekrochen, woraus sich die logische Schlussfolgerung ableiten lässt, dass sie von mir stammt.

Ich befolge Mabels Rat und tue so, als wäre nichts passiert. Und tatsächlich scheint es zu funktionieren. Auch wenn ich nicht aufhören kann, sicherheitshalber ständig meine Schuhspitzen zu checken. Ich konzentriere mich so auf meine Füße, dass ich auf dem Weg in den Physikunterricht ausgerechnet in Steve Ryan hineinlaufe. Wir drehen uns weg, murmeln irgendwelche Entschuldigungen und vermeiden jeglichen Augenkontakt. Ich bin mir sicher, dass er sich mehr schämt als ich. Schließlich habe ich ihn mit heruntergezogener Hose erwischt. Trotzdem bring ich es nicht fertig, ihm in die Augen zu sehen.

Ehe ich eine Chance habe, meine Gedanken zu sortieren, beschließt Dr. Armstrong, uns mit einem unangekündigten Test zu beglücken. Warum hasst er uns nur so? Es ist viel zu früh, um irgendetwas zu lernen, geschweige denn einen Test zu schreiben. Aber das hält Dr. Armstrong nicht ab und er schreibt die Aufgabe an die Tafel:

Wie schnell muss eine Kanonenkugel fliegen, um die Erdanziehungskraft zu überwinden? Wie wird diese kritische Geschwindigkeit genannt?

Darüber weiß ich doch tatsächlich Bescheid: Die kritische Geschwindigkeit wird Fluchtgeschwindigkeit genannt und auf der Erde beträgt sie 11,2 Kilometer pro Sekunde. Das bedeutet, dass die Kanonenkugel schneller als 11,2 Kilometer in der Sekunde fliegen muss, um die Maschine zu bezwingen und ins Weltall zu entkommen. Eine viel wichtigere Frage wäre zum Beispiel gewesen:

Wie groß ist die Fluchtgeschwindigkeit von Sunnyview? Welche Geschwindigkeit müssen aus einer Kanone abgefeuerte Schüler erreichen, um zu entfliehen und nicht für den Rest ihres Lebens die Stadt zu umkreisen?

Ich beantworte Dr. Armstrongs Aufgabe und verbringe den Rest der Zeit damit, in meinem Tagebuch herumzukritzeln. Ich habe mal gehört, dass sich anhand des Gekritzels, das ein Mensch fabriziert, viel über diesen aussagen lässt. Es ist wie ein direkter Weg zum Unterbewusstsein oder so. Für alle, die es interessiert, bringe ich hier ein Beispiel meiner Arbeit:

Nach der Stunde fängt mich Sharon auf dem Korridor ab, um mir zu erzählen, dass sie Darren und Michelle schon wieder zusammen gesehen hat. Sie ist wild entschlossen, mich in den Wahnsinn zu treiben. Ich versuche, die Unbeteiligte zu spielen, aber sie stupst mich mit dem Ellbogen in die Rippen und gestikuliert mit dem Kopf, als Darren und Michelle vorbeigehen.

Ich tue so, als würde ich das neue Plakat der Theater-AG lesen. Es kündigt die diesjährige neue Inszenierung an. Ein Stück, das *Der glückliche Schwachkopf* heißt und von einem Typen geschrieben wurde, der früher mal auf unsere Schule ging. Ich bin sicher, dass er keinerlei Probleme hatte, genug Schwachköpfe für seine Recherchen zu finden. Gott weiß, dass davon jede Menge auf die Sunnyview Highschool gehen, und Darren ist ziemlich wahrscheinlich einer von ihnen.

»Gehst du da rein?«, sage ich und schiele über die Schulter zu Darren und Michelle hinüber, die sich gegenseitig schamlos anlechzen ...

»Machst du Witze?«

»Ich dachte, du hättest gesagt, du würdest gehen.«

Man kann praktisch die gestrichelte Linie sehen, die von Darrens Augen zu ihrer Brust verläuft.

»Spielt Todd da nicht mit?«

»Ich glaube, er kümmert sich um den Sound oder so was.«

Mit diesen Torpedos sieht Michelle aus wie ein alter Army-BH.

»Dann willst du definitiv nicht hin. Sonst denkt er noch, dass du in ihn verliebt bist oder so.«

Sharon bearbeitet mich wieder mit dem Ellbogen, als Darren und Michelle hinten im Korridor verschwinden. »Was hab ich dir gesagt?«

Wir kehren um und gehen zur Englischstunde. Ich glaube, ich muss gleich kotzen. Ich frage mich, was Mabel mir jetzt wohl raten würde?

Englisch ist eine Riesenzeitverschwendung. Bei dem Wort »Riesen« kommt mir Michelle in den Sinn, wodurch ich gleich an Darren denke und mir wieder so richtig schlecht wird.

Um alles noch schlimmer zu machen, sitzt auch Biff mit im Englischunterricht.

Ganz offensichtlich hat man ihn zur Teilnahme gezwungen, ist er doch kaum dazu in der Lage, einen zusammenhängenden Satz zu sprechen oder überhaupt zu lesen. Jedes Mal, wenn ich in seine Richtung blicke, stellt er unanständige Sachen mit seiner Zunge an. Noch einmal zum Mitschreiben: Biff ist der unwiderlegbare Beweis, dass Gott nicht existiert. Ich bete die ganze Zeit, dass Biff vom Blitz erschlagen wird, und da das bisher noch nicht geschehen ist, nehme ich das als einen weiteren Beweis gegen den Big Boss.

Sharon möchte zum Mittagessen ins *Tip*, ich aber eher nicht. Sie wird ja doch nur so lange über Darren und Michelle weiterquatschen, bis ich so weit bin, mich um die Ecke zu bringen. Ich gebe ein paar lahme Entschuldigungen ab und lasse sie mit dem Rest der PIBs zurück.

Wenig später ertappe ich mich dabei, wie ich auf der Wellington Street den Apartmentkomplex ansteuere, in dem Mabel wohnt. Die Wahrheit ist, dass ich meine Zeit viel lieber mit Mabel verbringen möchte, als über Darren und Michelle nachzudenken. Das ist schon irgendwie komisch, denn Mabel und ich kennen uns nicht einmal richtig. Aber ich habe das Gefühl, dass ich mit ihr einfach über Dinge reden kann. Ich meine, ich könnte meiner Mom nie sagen, dass ich mich am liebsten umbringen würde, weil meine Unterhose aus dem Hosenbein herausgeguckt hat. Sie würde ausrasten und mich zu einer Therapie drängen, was alles nur noch schlimmer machen würde. Mabel rastet nicht aus. Sie behandelt mich mit Respekt, wie eine Erwachsene und nicht wie ein kleines Kind, um das sich alle ständig Sorgen machen müssen.

Als ich das Gebäude betrete, ist Super Mario auch schon da und wirft mir aus der Lobby heraus einen bösen Blick zu. Arbeitet der Typ überhaupt mal? Er sieht mir zu, wie ich den Code von Mabels Apartment eintippe. Das Telefon klingelt und klingelt. Mario beobachtet mich weiter – nur für den Fall, dass ich auf irgendwelche dummen Gedanken komme. Ich bin kurz davor, zu gehen, als ich ein Klicken höre und Mabels verwirrte Stimme aus der Gegensprechanlage ertönt.

»Hallo?«
»Oh, ähm … Hi …«
»Wer ist da?«
»Ich bin's … Marie.«

Aus der Anlage ist zunächst nur Geknistere und Gescheppere zu hören, als hätte Mabel den Hörer fallen lassen, aber dann ertönt doch noch der Türsummer. Rasch schlüpfe ich hinein. Mario blickt mir feindselig entgegen und glotzt die ganze Zeit weiter, während ich auf den Fahrstuhl warte. Als er ankommt, bete ich, dass die verrosteten Fahrstuhlkabel nicht reißen. Denn ich will nicht, dass Marios Gesicht das Letzte ist, was ich vor meinem Tod sehe.

Als ich oben ankomme, wartet Mabel bereits auf dem Korridor.

»Was für eine nette Überraschung, Liebes! Ich wollte mich gerade hinsetzen, um meine Sendung zu sehen.«

Ich sehe gleich, dass sie eine andere Frisur hat. Für eine ältere Dame ist der Schnitt ziemlich flott.

»Warst du bei *Giovanni's*?«, frage ich.

Mabel lächelt. »Ich hab das Geld genommen, das du mir geschickt hast.«

»Es sieht toll aus«, versichere ich ihr und meine es auch so. Ich nehme auf der Couch Platz, während im Fernseher *Coronation Street* läuft.

Mabel verschwindet in der Küche und kommt mit einer Tasse Tee zurück. »Es ist so peinlich. Ich kann dir gar keine Kekse anbieten.«

»Das ist okay.« Ich nehme die Teetasse und zeige auf den Fernseher. »Was ist seit letztem Mal passiert?«

»Oh, nun ja ... du weißt schon ... der übliche Blödsinn.«

Wir lachen, während Mabel neben mir Platz nimmt und an ihrem Tee nippt.

Ich gucke auf den Fernseher und versuche, den Geschehnissen zu folgen. Aber da geht einfach zu viel ab. Soundso mag Soundso, aber Soundso hat Soundso dabei erwischt, wie er mit Soundso schläft. Es ist nur verwirrend. Ich wende mich wieder Mabel zu.

»Weißt du, diese Serie bestätigt mich voll und ganz in meinen Ansichten.«

»Was für Ansichten, Liebes?«

»Über die Menschen. Sie sind alle total verrückt.«

Mabel blickt mich nachdenklich an. »Aber die Menschen sind einfach so, wie sie sind, Liebes. Aus der Perspektive des jeweils anderen betrachtet, ist jeder verrückt.«

Wieder einmal verblüfft Mabel mich. Wenn man mit ihr zusammen ist, kann man nie wissen, was im nächsten Augenblick passiert.

Als die Sendung zu Ende ist, sammele ich unsere Tassen ein und bringe sie in die Küche. »Oh, kümmere dich nicht um den Abwasch«, protestiert Mabel, als ich Wasser in die Spüle laufen lasse.

»Das dauert doch nur eine Sekunde.«

Als ich die Tassen gespült und abgetrocknet habe, mache ich den Schrank auf, um sie wegzustellen. Dabei fällt mir etwas Komisches an Mabels übrigem Geschirr auf. Vor mir im Regal sehe ich Gläser mit eingetrockneten Saftresten und Untertassen mit alten Krümeln drauf. Vermutlich vergisst sie manchmal, die Sachen zu spülen, bevor sie sie wieder zurückstellt. Ich nehme das dreckige Geschirr aus dem Schrank und lasse wieder Wasser und Spülmittel in die Spüle ein.

Mabel beobachtet mich nervös. »Hast du ein dreckiges Glas gefunden? Ich bin in der letzten Zeit so vergesslich.« Sie nestelt an der Perlenkette, die ihr um den Hals hängt, und lässt sich auf einen Stuhl am Küchentisch fallen, während ich mich an die Arbeit mache.

»Ach, das ist gar nichts«, versichere ich ihr. »Das passiert mir andauernd, weißt du? Weil ich immer so in Eile bin.«

»Wirklich, Liebes?«

»Ja, klar. Jedem passiert das ... hin und wieder.«

Sie wirft mir einen besorgten Blick zu, so als wollte sie unbedingt glauben, dass das, was ich sage, wahr ist. »Du bist so ein gutes Mädchen, Marie.«

Als das Geschirr gespült und wieder verstaut ist, checke ich Mabels Kühlschrank. Ich komme mir vor wie das FBI, aber ich kann nicht anders. Ich habe Mom und Dad darüber reden hören, dass viele ältere Leute nie genug Geld haben und am Ende Hundefutter oder andere eklige Dinge direkt aus der Dose essen.

Natürlich ist Mabels Kühlschrank so gut wie leer. Ich entdecke eine kleine Tüte mit fettarmer Milch und eine Flasche Wasser. Und das war's auch schon.

»Du hast nichts zu essen«, stelle ich fest.

Mabel spielt mit ihrer Perlenkette. »Oh, ich brauche nicht viel.«

»Na ja, du hast auch nicht viel.« Ich inspiziere die restlichen Regale in der Küche und stoße auf ein paar Dosensuppen und eine Tüte Pasta, die aussieht, als ob sie aus den Sechzigern stammt. Wovon hat sie nur die ganze Zeit gelebt?

»Du solltest dir wirklich Gemüse kaufen.«

»Bitte sei nicht böse mit mir, Marie.«

»Tut mir leid. Ich bin nicht böse ... Ich mach mir bloß Sorgen.«

Mabel weicht meinem Blick aus.

»Ist es das Geld?«, frage ich. »Weil, wenn's das ist, kann ich dir was geben.«

»Oh, ich habe viel Geld.« Sie kommt von ihrem Stuhl hoch und geht zu ihrem Schreibtisch hinüber, wo sie einen Briefumschlag zwischen zwei Büchern hervorholt. Sie überreicht mir den Umschlag. Ich öffne ihn und starre auf ein dickes Geldscheinbündel. Warum schicke ich ihr überhaupt Geld für den Friseur, wenn sie offensichtlich jede Menge davon hat? Ich zähle es schnell durch.

»Das müssen tausend Dollar sein.«

Mabel lächelt. »Hab ich dir doch gesagt.«

»Also ... warum ist dann kein Essen im Haus?«

Mabel fällt in sich zusammen. »Ich verlaufe mich«, gesteht sie schließlich. »Beim Losgehen weiß ich noch, wohin ich will ... Und dann vergesse ich es.«

»Aber gibt es da nicht Seniorengruppen oder so was, die dir helfen könnten? Du brauchst jemanden, der dir beim Einkaufen hilft – mindestens einmal in der Woche.«

Mabel winkt ab. »Oh, die sind schrecklich. Mit denen will ich nichts zu tun haben. Das ist nur eine Bande verstaubter alter Muffköpfe, die ihre Nasen in deine Angelegenheiten stecken und sich nachher das Maul über dich zerreißen. Die will ich nicht um mich haben.«

»Aber du kannst nicht einfach verhungern.«

Mabel wendet mir den Rücken zu.

»Ich komme gut klar, Marie.«

»Ich kann dir helfen«, sage ich. »Wir können jetzt gleich ein paar Sachen besorgen, bevor ich wieder zurück in die Schule muss.« Ich nehme ein paar Hundert Dollar aus dem Briefumschlag, stecke sie in Mabels Portemonnaie und deponiere das übrige Geld dann wieder in dem Versteck zwischen den Büchern.

»Du gehst immer noch zur Schule?«

»Ja ... gewissermaßen. Los, komm. Ich habe nur eine halbe Stunde Zeit, also müssen wir uns beeilen.«

Die Aussicht auf eine Shoppingtour scheint Mabel mit einem Mal glücklich zu machen. Sie greift nach ihrem Portemonnaie und öffnet die Tür.

»Du nimmst besser einen Pulli mit«, rate ich ihr. »Es ist ziemlich kalt draußen.«

Mabel nimmt eine weiße Strickjacke aus dem Wandschrank neben der Tür und zieht sie an. »Zufrieden?«, fragt sie.

»Ja.«

Draußen steuere ich gleich auf das Einkaufszentrum zu. Aber Mabel packt mich mit der Hand am Arm und hält mich zurück.

»Bitte nicht dorthin. Da kann ich nicht wieder rein.«

»Warum nicht?«

»Es ist zu peinlich.«

Ich warte auf ihre Erklärung.

»Letztes Mal, als ich da war, war was mit meiner Hose.«

»Was?«

»Meine Hose. Ich weiß nicht, wie es passiert ist. Aber irgendwie ist sie offen gewesen und fast bis auf die Knie runtergerutscht, ehe ich es gemerkt habe.«

»Wie lange bist du denn so rumgelaufen?«

»Ich weiß nicht.«

»Ich bin sicher, dass es niemand gemerkt hat.«

»Bitte, Liebes. Ich kann einfach nicht.«

Ich spiele mit dem Gedanken, ihr zu raten, dass sie einfach so tun soll, als ob nichts passiert wäre. So wie sie es auch bei mir getan hat. Aber ich bin sicher, dass ihr das nicht gefallen wird. Außerdem, wenn irgendjemand nachvollziehen kann, wie sie sich fühlt, dann doch wohl ich. Ich kann es ihr nicht im Geringsten übel nehmen, wenn sie nicht wieder an den Tatort zurück will. Schließlich kostet es mich seit dem Verlust meiner Unterhose ja auch schon eine Riesenüberwindung, sogar nur durch die Schultür zu gehen.

Ich schaue auf meine Uhr. Wir haben noch zwanzig Minuten, um die Aktion durchzuziehen.

»Okay, fein. Wo möchtest du denn hingehen?«

Mabel zeigt über die Straße zum Bioladen hinüber. »Ich geh jetzt immer dahin.«

»Okay, das ist doch mal ein Grund, gesünderes Essen zu sich zu nehmen.« Ich drücke auf den Knopf an der Fußgängerampel und warte auf das Signal.

»Warum gehen wir nicht rüber?«, fragt Mabel.

»Wir müssen auf das Signal warten.«

»Was für ein Signal?«

»Das, das uns sicher hinüberbringt.«

»Normalerweise gehe ich einfach los.«

»Ja, ich weiß. Aber du kannst nicht so einfach hinübergehen, wenn dir gerade danach ist. Das ist gefährlich.«

»Bitte sei nicht so frech, Liebes.«

Die Ampel springt von Rot auf Grün. »Okay, jetzt ist es sicher. Wir können gehen.«

Als wir uns anschicken, die Straße zu überqueren, hakt Mabel sich bei mir unter. Es ist mir vorher noch gar nicht aufgefallen, aber sie hat eine witzige Gangart, die sich nun auch auf meinen Gang überträgt. Ihre Schritte sind so unregelmäßig und torkelnd, dass ich völlig seekrank bin, als wir den Bioladen erreichen. Ich öffne die Tür, helfe ihr hindurch und schnappe mir einen Einkaufswagen. »Was nimmst du normalerweise?«

»Nun ja … normalerweise stöbere ich einfach so herum und lasse mich inspirieren.«

Unter normalen Umständen wäre ich voll dafür. Aber im Moment haben wir wirklich keine Zeit für Inspirationen. Uns bleiben noch zehn Minuten und die Uhr tickt. Wenn ich heute zu spät in die Schule komme, stecke ich in wirklich großen Schwierigkeiten.

Wieder blicke ich auf meine Uhr, aber diese Geste ist bei Mabel völlig wirkungslos. Sie beginnt, die Artikel im Gang zu begutachten, und lässt sich dabei alle Zeit der Welt. Sie studiert sämtliche Aufdrucke und Etiketten, einschließlich des Kleingedruckten auf den Schachteln und Dosen. In einem vergeblichen Versuch, den Prozess zu beschleunigen, greife ich nach einer Packung mit weizenfreiem Landmann-Müsli und halte sie in die Höhe.

»Was ist damit?«

Mabel rümpft die Nase. »Das ist zu viel. Ich kriege die Packung niemals auf und es wird vorher schlecht.« In aller Gemütsruhe macht sie sich wieder an das Studium der Etiketten. Ich seufze und stelle das Müsli wieder ins Regal. Es ist zwecklos. Ich werde hoffnungslos zu spät kommen.

Ich ergebe mich in mein Schicksal und zuckele neben Mabel her, während sie jeden einzelnen Gegenstand im Laden inspiziert und mit entsprechenden Kommentaren versieht. Ab und zu legt sie tatsächlich etwas in den Einkaufswagen, aber warum genau das, weiß der Henker.

Die Frau an der Kasse ist nett. Sie lächelt mich an, da sie wahrscheinlich denkt, dass ich Mabels Enkelin oder so bin.

»Fünfundsechzig Dollar und dreiundsechzig Cent«, verkündet sie.

Mabel holt das gesamte Geldbündel hervor und drückt es der Frau in die Hand.

»Du brauchst nicht so viel«, sage ich. Ich nehme das Geld zurück und zähle den korrekten Betrag ab.

»Das ist meine Tochter Marie«, erklärt Mabel der Frau. »Sie ist mein Nesthäkchen.«

Die Frau strahlt mich an, als wäre ich eine Art Erlöser. Ich will ihr die Wahrheit sagen, weil ich mir irgendwie wie eine Betrügerin vorkomme. Doch was soll's? Ich gebe Mabel das Wechselgeld, aber sie besteht darauf, dass ich es behalte.

»Behalt es, Liebes. Ich habe jede Menge.«

»Ich kann dein Geld nicht nehmen. Das sind über hundert Dollar.«

Ich wende mich der Frau zu und bedenke sie mit einem schmallippigen Lächeln. Für meinen Geschmack genießt sie diese kleine Konversation viel zu sehr. Da der Kampf mit Mabel aussichtslos ist, stopfe ich das Geld in meine Tasche und mache mir in Gedanken eine Notiz, es ihr zurückzugeben, wenn wir wieder in ihrem Apartment sind. Ich sammele die Tüten ein, ergreife Mabels Arm und hoffe, das Ganze dadurch zu beschleunigen. Wir bahnen uns den Weg aus dem Laden hinaus, überqueren die Straße und stehen schließlich wieder vor ihrem Apartmentgebäude. Mabel fängt an, in ihrer Handtasche herumzuwühlen.

»Was hast du mit deinen Schlüsseln gemacht?«, frage ich.

»Gespült, glaube ich.«

»Was?«

»Die waren doch dreckig, oder?«

Wahrscheinlich denkt sie, ich habe »Schüsseln« gesagt ...
»Hier sind die Schlüssel«, sagt sie und hält sie hoch.

Drinnen wartet doch tatsächlich schon ein Fahrstuhl auf uns. Ich hoffe, er ist leer, damit wir ungestört nach oben kommen. Ist er aber nicht. Neben den Knöpfen steht ein winzig kleiner Mann, der wie ein Kobold gekleidet ist. Er hat Ledershorts an und auf dem Kopf trägt er einen grünen Hut, an dem eine Feder befestigt ist. Welcher Tag ist heute eigentlich? Der Mann lächelt und fragt, in welchen Stock wir möchten. Ich antworte ihm und schon geht's los. Er begleitet uns bis zum vierzehnten Stock, wünscht uns fröhlich einen guten Tag und fährt dann wieder runter. Ich habe keinen Schimmer, warum er wie ein Kobold angezogen ist und mit dem Fahrstuhl rauf- und runterfährt, aber ich beschließe, lieber nicht darüber nachzudenken.

In Mabels Wohnung lege ich das Wechselgeld in den Geldumschlag zurück. Dann nehme ich mir Zeit, um die Lebensmittel zu verstauen. Wie es aussieht, hat sie sich ein paar gute Sachen ausgesucht. Zum Beispiel kleine vorgebackene Gemüsekuchen, Makkaroni-mit-Käse-Fertiggerichte, Reismilch (Schokolade und Erdbeere), Joghurt, ein paar Brötchen, etwas Biobutter, Erdbeermarmelade (diese Sorte mit ganzen Früchten, die wie Gehirne aussehen und die Peggy und ich uns weigern zu essen), Erdnussbutter und eine schicke Flasche mit Traubensaft, deren Verschluss mit Goldfolie überzogen ist. Mabel nimmt sich den Traubensaft.

»Möchtest du ein Gläschen, Liebes? Hin und wieder genehmige ich mir gern mal einen Schluck.« Sie sagt das, als wäre es so was wie ein großes Geheimnis, und wird dann nachdenklich. »Allerdings hat es nicht mehr so die Wirkung wie früher. Früher habe ich mich davon immer so glücklich gefühlt.« Langsam dämmert es mir, dass Mabel glaubt, sie hätte Wein statt Saft gekauft, und ich muss lachen.

»Ja, klar, lass uns einen heben.«

Mabel holt zwei frisch gespülte Gläser aus dem Schrank, während ich die Flasche öffne. Nachdem ich uns zwei ordentliche Portionen Traubensaft eingeschenkt habe, stoßen wir mit den Gläsern an und bringen einen Toast aus.

»Auf die guten alten Tage«, sagt Mabel.

Ich stürze meinen »Wein« hinunter und verstaue dann weiter die Lebensmittel. »Weißt du, was du mit denen machen musst?«, frage ich und halte einen von den Gemüsekuchen hoch.

»Ja. Man macht die Schachtel auf und isst sie.«

»Du musst sie erst aufbacken.«

»Aber sie sind doch schon fertig. Das steht hier so auf der Verpackung.«

»Ja, aber sie sind tiefgefroren. Du musst sie erst warm machen.«

Mabel blickt mich blinzelnd an.

»Wie hast du sie denn vorher gegessen?«

»Die habe ich noch nicht gehabt. Ich habe immer frische in der Bäckerei gekauft. Aber da geh ich nicht mehr hin. Ich glaube, die haben zugemacht.«

»Samsons Bäckerei? Die gibt's noch …«

»Oh … ich weiß nicht«, antwortet Mabel. »Vielleicht ist das auch nicht der Laden, den ich meine.«

»Okay, diese hier musst du im Ofen erhitzen. Aber wenn du magst, kann ich das für dich machen. Ich bereite sie jetzt zu und dann kannst du sie heute zum Abendessen haben. Möchtest du, dass ich das mache?«

»Das klingt toll.«

Ich schalte den Ofen ein, warte, bis er die richtige Temperatur hat, und lege dann einen kleinen Kuchen auf das Blech. Er braucht nur etwa fünfundzwanzig Minuten, weil ich den Schalter auf 250 Grad gestellt habe. Als der Kuchen schön knusprig und goldbraun ist, hole ich ihn mit dem Topflappen aus dem Ofen und stelle ihn auf einen Teller zum Abkühlen.

»Wundervoll«, sagt Mabel.

»Ich versuche, morgen früh zum Mittagessen wiederzukommen, okay?«

Mabel tätschelt meine Hand und küsst mich auf die Wange.

»Du bist so ein gutes Mädchen, Marie.«

Göttliche Rache

Ich komme so spät zur Schule, dass ich gleich ins Schulbüro gehe und nach der Krankenschwester frage. Ich sauge mir eine Geschichte aus den Fingern, die sie garantiert schlucken wird, indem ich ihr erzähle, dass ich plötzlich meine Regel bekommen habe und deswegen nach Hause musste. Sie geht, um mit dem Direktor zu sprechen, und kommt mit einer Notiz für meinen Lehrer wieder zurück. Keine Hürde.

Chocko allerdings ist nicht ganz so umgänglich. Mit bohrendem Blick mustert er mich durch seine getönten Brillengläser, während ich ihm den Zettel überreiche. Er macht sich nicht mal die Mühe, ihn zu lesen, sondern fegt ihn beiseite und starrt mich vor der ganzen Klasse einfach nur an. Er versucht, mich in Verlegenheit zu bringen. Aber ich bin ihm gewachsen. Ich gebe mir gar nicht erst Mühe, nett zu sein, so wie ich es bei Miss B. machen würde. Ich setze mein bestes Pokerface auf und starre zurück. Wenn er eine Herausforderung sucht, ist er bei mir genau an der richtigen Adresse. Die Zeit vergeht quälend langsam. Doch dann wendet er den Blick ab und ich gehe als Siegerin aus diesem ganz speziellen kleinen Machtkampf hervor. Ich setze mich auf meinen Platz neben Sharon.

Sie schreibt *Ätztyp* an den Rand ihres *Große-Denker*-Buches und kritzelt dann noch etwas daneben:

Unterhose??

Ich verdrehe die Augen. Aber ich muss zugeben, dass sie recht haben könnte. Ich würde es Chocko glatt zutrauen, dass er jemandem die Unterhose klaut. Ich will gerade eine Antwort an den Rand meines Buches schreiben, als ich merke, dass er mich wieder anstarrt.

»Was ist los mit dir?«, fragt er.

»Was?«

»Du kommst zu spät, störst alle und mutest mir diese Scheißegal-Haltung zu. Es tut mir wirklich leid, wenn ich dich so langweile.«

Die ganze Klasse dreht sich um und starrt mich an – einschließlich Biff, der mich höhnisch angrinst. Wenn es eine Sache gibt, die ich hasse, dann ist es, einzeln herausgepickt zu werden. Ich kann fühlen, wie mein Gesicht zu brennen beginnt. Ich bin sicher, dass es rot wie eine Tomate ist. Was mich total anpisst, weil ich immer große Anstrengungen unternehme, damit meine Haut so blass wie möglich bleibt. Ich hätte wissen müssen, dass Chocko mich nicht so leicht davonkommen lässt. Aber das hier hätte ich nie im Leben erwartet. Er kommt lässig zu mir rübergeschlendert und lehnt sich auf die Tischkante.

»Ich sag dir was«, verkündet er und blickt Beifall heischend über die Schulter zu den anderen Schülern. »Warum erzählst du mir nicht, was du gern lernen möchtest? Oder besser noch ... Warum übernimmst du nicht einfach den Unterricht?«

Eine Granate explodiert in meinem Kopf, als alle zu lachen beginnen. Er hält ein Kreidestück in die Höhe und post lange genug herum, um die volle Wirkung zu erzielen. Dann zuckelt er wieder zurück nach vorne und fährt fort, rumzuschwallern. Von Zeit zu Zeit stellt er dabei eine Frage und blickt mich demonstrativ an. Aber ich starre einfach nur zurück und jage ihn in Gedanken in die Luft. Ich bin so wütend, dass ich den Rest der Stunde damit verbringe, Rachepläne zu schmieden. Das bedeutet den *totalen Krieg*. Als wir die Klasse verlassen, klammert sich Sharon wie ein Schimpanse an mich. »Was war denn da los?«

»Das wird er büßen.«

»Was meinst du? Was hast du vor?«

Ich sage ihr, wo und wann sie mich treffen soll. Details nenne ich ihr noch keine. »Dafür wird Chocko bezahlen« ist alles, was ich sage.

Zurück zu Hause, erzähle ich Mom, dass ich müde bin und früh ins Bett gehe.

»Bist du krank?«, fragt sie.

»Nein, ich muss nur schlafen.«

»Hat du heute deine Vitamine genommen?«

»Ja«, sage ich und stapfe die Treppe zu meinem Zimmer hinauf.

Ich hänge das »Nicht stören«-Schild an meine Tür und krame meine kleine Taschenlampe und zwei extradicke, schwarze wasserfeste Textmarker hervor. Dann lasse ich vorsichtshalber noch ein bisschen Zeit verstreichen, bevor ich aus dem Fenster klettere, um meinen Plan in die Tat umzusetzen. Von dem Verandadach aus kann ich leicht auf den Boden hinunterspringen. Draußen ist es schon ziemlich dunkel, sodass ich mir keine allzu großen Sorgen machen muss, gesehen zu werden. Trotzdem krieche ich lieber an Dads Bürofenster vorbei, da ich weiß, dass er gerade da drinnen sitzt und liest.

Sobald ich das Haus hinter mir gelassen habe, stehe ich auf und checke kurz die Lage, um sicher zu sein, dass Todd nicht in der Nähe ist. Dann mache ich mich auf zum Treffpunkt. Sharon ist bereits da und raucht. Sie trägt ein weißes Tanktop unter ihrer Jacke.

»Ich hab dir doch gesagt, dass du Schwarz tragen sollst.«

»Hab ich vergessen. Was haben wir überhaupt vor?«

»Mach die Jacke zu und verdeck deinen Top.«

Gehorsam zieht sie den Reißverschluss zu. Dann zündet sie sich noch eine Gauloise an und reicht sie mir.

»Wohin gehen wir und warum ist das so ein großes Geheimnis?«

»Wir gehen zu Chocko, um nach guter alter Sitte der Gerechtigkeit ein wenig auf die Sprünge zu helfen.«

»Was meinst du damit?«

»Das wirst du sehen, wenn wir da sind.«

Sharon runzelt die Stirn. »Ich weiß nicht …«

»Komm schon. Das ist unsere Chance, es ihm so richtig heimzuzahlen.«

»Ich bin nicht sicher, ob das eine so gute Idee ist.«

»Du weißt ja nicht mal, wie die Idee lautet.« Ich ziehe die Marker wie zwei Duellpistolen aus der Tasche hervor. »Der Stift ist mächtiger als das Schwert.«

»Was?«

»Du weiß schon …« Ich mache eine Schreibbewegung mit den Markern. Sharon hebt die Augenbrauen. Sie kapiert es immer noch nicht.

»Seine Bilder …«, versuche ich ihr auf die Sprünge zu helfen.

»Die in seinem Zimmer?«

»Ja.«

»Oh! Äh…. Okay… Meinst du wirklich, dass das eine gute Idee ist?«

»Ja, meine ich. Willst du etwa kneifen?«

»Nein.«

»Komm schon, der hat das so was von verdient. Wir tragen dazu bei, die Missstände in der Welt zu korrigieren.«

Sharon verdreht die Augen. »Sagst du.«

»Sei kein Schisser.«

»Ich bin kein Schisser!«

»Okay, dann lass uns los.«

»Na schön.«

Wir folgen der Straße zu Chockos Haus, während Sharon die ganze Zeit nervös über ihr Lieblingsthema Gus plappert. Ich habe den Eindruck, dass sie sich ziemlich nahegekommen sind. Ich würde lieber nichts über Gus hören, weil es mich nur daran erinnert, wie armselig mein eigenes Liebesleben zurzeit ist. Aber mir ist gerade nicht nach Reden, und so lasse ich Sharon einfach weiterquasseln, bis wir unser Ziel erreichen.

Abgesehen von einer Verandalampe und einem erleuchteten Zimmer im ersten Stock, liegt Chockos Haus im Dunkeln. Da kein Auto auf der Zufahrt steht, bin ich ziemlich sicher, dass er weg ist. Ich drücke mein Gesicht gegen das Küchenfenster.

»Sieht aus, als wär die Luft rein.«

»Vielleicht schläft er.«

»Chocko schläft nicht: Er ist ein Dämon. Außerdem würde er nie so früh ins Bett gehen. Schließlich muss er immer lange aufbleiben, um schmutzige Bilder aus Magazinen auszuschneiden.«

»Ich weiß nicht, Sioux … Was ist, wenn er zurückkommt?«

Ich ignoriere sie, schleiche mich um das Haus herum zum Hintereingang und versuche dort mein Glück. Mit einem Quietschen öffnet sich die Tür. »Ich glaube nicht, dass das eine gute Idee ist«, sagt Sharon.

»Ja, das hast du schon ungefähr zehn Mal gesagt.« Mir ist klar, dass sie mit dem Gedanken spielt, mich im Stich zu lassen, und so entscheide ich mich zu einem Taktikwechsel. Ich halte die Stifte in die Höhe. »Lila Nylons zu Ehren unserer Schwestern tragen, aber bei so was dann kneifen!«

Sie wirft einen Blick über ihre Schulter, als würde sie jeden Moment erwarten, dass Chocko aus den Büschen hervorkommt. »Was ist, wenn er drin ist?«

»Er ist nicht da. Das Haus ist leer. Du würdest es dir niemals vergeben, wenn du dir diese Chance entgehen lässt. Außerdem wird dir das Anregungen für deine SKA geben.«

Schließlich gibt Sharon nach und folgt mir hinein. Ich muss zugeben, dass es ziemlich gruselig ist, im Haus eines Fremden zu sein. Erst recht, wenn es sich bei diesem Fremden um Chocko handelt.

»Es ist oben«, flüstere ich und schalte meine kleine Taschenlampe an. Während wir langsam hochgehen, läuft in meinem Kopf noch einmal jeder einzelne Horrorfilm ab, den ich in meinem Leben gesehen habe. Sharon zupft an meiner Bluse.

»Erinnerst du dich an diese Szene aus *Blair Witch*, mit all den kleinen Handabdrücken an der Wand?«

»Ja.«

Oben auf der Treppe gebe ich ihr einen Stift.

»Mach dich auf was gefasst.«

Wir betreten den Raum und ich schließe die Tür hinter uns. Sharon bleibt die Luft weg, als ich das Licht anmache.

»Oh mein Gott!«

»Hab ich's nicht gesagt?«

Sharon starrt auf die Hunderte von Bildern und blickt dann auf ihren Marker.

»Nur die Nippel und die Feuchtgebiete«, tröste ich sie.

»Das wird die ganze Nacht dauern.«

»Ein Grund mehr, uns gleich an die Arbeit zu machen, oder?«

In einer Ecke steht ein Holzstuhl. Ich ziehe ihn zu mir hinüber und stelle mich drauf. Dann ziehe ich die Kappe von meinem Marker und mache mich daran, die exponierten Stellen der Ladys mit schwarzen Rechtecken zu übermalen. Sharon folgt meinem Beispiel und bearbeitet die untere Hälfte des Raumes, sodass wir uns auf halber Höhe treffen werden. Zuerst schwärze ich auch die Augen – so wie bei diesen zensierten Fotos, die man manchmal zu sehen bekommt, wenn es darum geht, die Identität von Unschuldigen zu schützen. Aber das dauert zu lange, und ich habe Angst, dass Chocko nach Hause kommt und uns findet. Nach einer Weile jedoch falle ich in einen bestimmten Rhythmus und denke gar nicht mehr an Chocko.

Die ganze Zeit, während wir so vor uns hin arbeiten, muss ich unwillkürlich daran denken, wie stolz Miss B. auf uns sein würde, dass wir dazu beitragen, die Welt zu einem besseren Ort zu machen. Ich wünschte, ich könnte ihr davon erzählen. Doch ich weiß natürlich, dass das nicht geht. Sie hat ein so starkes Pflichtbewusstsein, dass sie das Gefühl haben könnte, uns melden zu müssen. Ich persönlich verstehe nicht, wie sich eine Frau darauf einlassen kann, nackt herumzuposieren. Aber während ich weiter so vor mich hin arbeite, denke ich mir Storys aus. Ich stelle mir vor, dass sie es wegen des Geldes machen, weil sie alleinerziehende Mütter sind und ihre Kinder ernähren müssen oder weil ihre Mütter spezielle Operationen brauchen, die nur in Mexiko durchgeführt werden können. Danach schweifen meine Gedanken zu Mabel ab. Ich frage mich, was sie über Chocko sagen würde. Ich würde Sharon gern von Mabel erzählen, entscheide mich jedoch dagegen. Denn ich glaube nicht, dass sie es verstehen würde.

Wir haben schon fast drei ganze Wände geschafft, als sich Sharon plötzlich krümmt und ihren Mund mit der Hand zuhält, um nicht laut loszulachen. Sie ist völlig high von den Markerdünsten und kaum in der Lage, die Wörter richtig auszusprechen, die sie zu sagen versucht. »Vielleicht (kicher, kicher, kicher) sollten wir (kicher, kicher) nachsehen (kicher), ob (kicher, kicher, kicher, kicher, kicher) deine (kicher) Unterhose (kicher, kicher) im (kicher) Kühlschrank ist.«

Jetzt muss auch ich lachen – so lange, bis wir Reifen auf dem Kies knirschen hören.

Sharon greift nach mir. »Was war das?«

»Dracula kommt nach Hause, um zu schlafen. Komm schon.«

Wir poltern die Treppen hinunter. Unten angekommen, macht Sharon einen Satz auf die Haustür zu, aber ich fasse sie an der Jacke.

»Warte! Vielleicht kommt er hier durch.«

Wir lauschen angestrengt, können aber wegen unserer lauten Atemzüge nichts hören. Die Tür in der Küche schwingt auf. »Er kommt durch den Hintereingang. Los.« Ich schiebe Sharon vor mir her.

Sie fummelt panisch an dem Türschloss herum. »Ich krieg's nicht auf.«

Ich schiebe sie beiseite und schließe die Tür auf. Wir stürzen gerade in dem Moment hinaus, als Chocko reinkommt.

Sharon pflügt wie ein Bulldozer an mir vorbei und befördert mich dabei fast die Treppe hinunter. Ich mache einen Sprung in die Luft, nehme die Treppe in einem Satz und renne wie von der Tarantel gestochen den Zufahrtsweg hinunter. Als wir die Straße erreichen, fallen Sharon und ich uns in die Arme. »Oh mein Gott, ich dachte, der kriegt uns«, japst sie.

»Mann, war das knapp!«

»Der wird total ausrasten, wenn er das sieht.«

Wir sind so high, dass wir vom Heimweg praktisch nichts mitbekommen. Zurück in der Stadt, trennen wir uns an der Ecke beim Park. Die Sonne lugt schon über dem Horizont hervor. Ich bin sicher, dass Dad jetzt bereits auf sein wird, seinen Kaffee trinkt und in seinem Büro die Zeitung liest. Er ist immer so früh auf, dass ich wohl wieder unter seinem Fenster vorbeikriechen muss, um unbemerkt ins Haus zu kommen.

Ich schleiche mich gerade seitlich am Haus entlang, als ich aus den Augenwinkeln die Silhouette des Zeitungsjungen auf mich zukommen sehe. Ich drehe mich um und stelle fest, dass es nicht der Zeitungsjunge ist, sondern Todd. Er kommt auf unser Grundstück gefahren und überreicht mir ein Exemplar der *Sunnyview Review*. Ich starre ihn ungläubig an.

»Warum trägst du unsere Zeitung aus?«

»Das ist mein Job.«

»Was ist mit dem alten Zeitungsjungen passiert?«

Todd zuckt die Achseln.

Ich seufze, doch noch ganz berauscht von meinem jüngsten Sieg schere ich mich nicht weiter darum. Ich nehme die Zeitung und steige die Stufen zur Haustür hinauf. Oben angekommen, öffnet sich die Tür und Dad erscheint.

»Du bist aber früh auf.«

»Hab nur die Zeitung geholt.« Ich reiche ihm die Review, als wäre alles ganz normal.

Da es keinen Zweck mehr hat, ins Bett zu gehen, hüpfe ich unter die Dusche. Ich stehe noch nicht einmal zwei Minuten drunter, als Peggy wild gegen die Tür hämmert.

»Ich muss ins Bad!«

Ich lass das Wasser über meine Schultern rinnen. Es ist erstaunlich, wie erschlagen ich mich nach so einer Zensurnacht fühle. Ich stelle mir Chockos Gesicht vor, wie er das Zimmer betritt und seine Ladys ihre neuen schwarzen Streifenbikinis anhaben. Er wird ausflippen. Ich kann mir vorstellen, dass er das in der Klasse erwähnen wird. Und ich kann mir auch vorstellen, dass er mich zuerst verdächtigen wird. Ich werde eine extracoole Vorstellung abliefern müssen, um jeden Verdacht zu vermeiden. Ich nehme die Nagelbürste und schrubbe im vergeblichen Versuch, die Markerspuren zu entfernen, meine Finger.

Peggy donnert jetzt mit voller Wucht gegen die Tür. Wer glaubt sie eigentlich, wer sie ist? Ich bleibe noch ein paar Minuten länger und genieße das Wasser. Peggy, das Baby, rennt den Korridor hinunter und schreit nach Mom. Ich lasse sie heulen und zetern und nehme mir Zeit, mein Haar zu kämmen. Als ich endlich die Tür öffne, brüllt sie wie am Spieß.

Sie stampft mit dem Fuß auf wie ein verwöhntes Zirkuspferd. »Endlich!«

»Bitte schön.«

»Ich komme zu spät zum Training. *Ich hoffe, du bist zufrieden!*«

Ich gehe in mein Zimmer und ziehe mich an. Dann schlendere ich mit meiner Tasche nach unten und gehe durch die Küche in den Keller hinunter. Dort inspiziere ich die Weinsammlung meiner Eltern. Ich möchte Mabel mit einer richtigen Flasche Wein überraschen. Meine Eltern haben so viel von dem Zeug, dass sie eine einzelne Flasche nicht vermissen werden. Der halbe Keller ist mit deckenhohen Weinregalen vollgestellt. Manchmal glaube ich, dass Dad ein verhinderter Sommelier oder so was ist. Ich wähle ein paar Flaschen aus und studiere die Etiketten. Ich habe keine Idee, wonach ich Ausschau halten muss. Dabei sollte man doch eigentlich meinen, dass ich mittlerweile eine Expertin bin, so wie sich meine Eltern beim Abendessen immer unterhalten:

»*Exzellenter Abgang.*«

»*Atemberaubender Duft.*«

»*Toller Körper.*«

»*Fast ein bisschen sexy.*«

Man könnte meinen, dass sie sich über Supermodels unterhalten. Aber für mich sehen die Flaschen alle gleich aus. Nach einem kleinen Ene-Mene-Muh lande ich bei einem fünf Jahre alten Fusel.

Ich stopfe die Flasche in meine Tasche und gehe wieder in die Küche, wo mittlerweile Mom beim Frühstück sitzt.

»Du weißt, dass deine Schwester morgens immer Training hat.«

»Vielleicht hab ich ja auch Training.«
»Was hast du im Keller gemacht?«
»Hab nach was gesucht.«
»Hast du's gefunden?«
»Ja.«

Mom sieht mich an, als würde sie versuchen, meine Gedanken zu lesen. Ich schnappe mir eine Schale, fülle sie mit *Gorilla-Munch* und schlinge das Ganze trocken hinunter.

»Willst du keine Milch?«
»Nee, lieber so.«

Als ich fertig bin, stelle ich meine Schale in die Spüle. Mom beäugt mich immer noch. Also gebe ich ihr einfach einen Kuss, bevor ich aus der Küche gehe, und lasse sie sprachlos zurück.

Ich würde liebend gern Chockos Stunde ausfallen lassen, aber das würde nur seinen Verdacht erregen. Ich verstaue die Tasche mit dem Wein in meinem Spind, schnappe mir die *Großen Denker* und bereite mich mental auf die bevorstehende Schlacht vor. Ich weiß einfach, dass Chocko auf dem Kriegspfad sein wird.

Es ist noch zu früh für die Stunde. Aber ich habe keine Ahnung, was ich sonst tun soll, und deshalb gehe ich in die Klasse. Zu meiner Überraschung sitzt Steve Ryan schon an seinem Platz. Als ich reinkomme, sieht er auf und lächelt mich doch tatsächlich an, ehe er sich wieder hinter seinem Buch versteckt. Ich setze mich auf meinen Platz und starre stur geradeaus, bis die Glocke läutet. Plötzlich ist die Schule erfüllt von lauten Stimmen, Gelächter und dem Gescheppere von Spindtüren. Wenig später drängen sich die Schüler in die Klasse – für meinen Geschmack viel zu laut für diese frühe

Tageszeit. Schließlich taucht auch Sharon auf und lässt sich auf den Stuhl neben mir plumpsen. Sie sieht aus wie eine lebende Tote.

»Ich hab nicht geschlafen«, klagt sie. »Den Tag überstehe ich nie.«

»Chocko wird misstrauisch, wenn wir schwänzen.« Sie zeigt auf die Ringe unter ihren Augen. »Ein Blick auf die da, und er weiß, dass wir es waren.«

Ich winke ab, wobei mein Blick auf meine markerbefleckten Hände fällt. Ich verberge sie in meinen Ärmeln, gerade als Chocko in den Raum wankt. Er sieht nicht glücklich aus. Genauer gesagt, sieht er total irre aus. Er ist unrasiert und zum allerersten Mal trägt er keine Sonnenbrille. Seine Augäpfel rollen wie Murmeln hinter den dicken Gläsern seiner neuen schrägen Brille. Er macht auf sich aufmerksam, indem er seine Bücher auf den Tisch fallen lässt – so, wie er es schon x-mal zuvor getan hat. Nur dieses Mal um einiges lauter.

Er spielt keine Musik zu Stundenbeginn, was er normalerweise immer macht. Stattdessen nimmt er einen Schwamm und beginnt, langsam die Tafel zu wischen, während alle auf ihren Stühlen herumrutschen, nervös husten und darauf warten, dass die Bombe platzt.

Als er mit der Tafel fertig ist, legt Chocko den Schwamm zurück und dreht sich um. Er sieht uns nicht an. Er steht einfach nur da, starrt an die Decke und hat die Hände wie ein Leichenbestatter gefaltet. Sharon wirft mir einen Blick zu. Wir wissen beide, was als Nächstes kommt.

Chocko pausiert und schiebt seine dicken Colaflaschenbodengläser den Nasenrücken hoch, um den vollen theatralischen Effekt zu erzielen.

»Jemand hat mein persönliches Eigentum zerstört«, sagt er schließlich.

Alle in der Klasse tauschen überraschte Blicke aus.

»Jemand hat ... *Jahre* harter Arbeit ruiniert und mich um etwas beraubt, das mir heilig ist. Wer würde so was wohl machen?«

Seine Murmeln sind immer noch an die Decke gerichtet, als hätte er ein vertrauliches Gespräch mit dem Big Boss. Dabei bin ich mir sicher, dass Chokos Nackte-Lady-Bilder Gott so was von schnuppe sind.

»Was für ein Mensch würde in das Haus eines Mannes eindringen, um es derart zu entweihen?«

Er lässt diese Frage in der Luft hängen, damit wir darüber nachdenken können. Ich schätze, er hofft, mit dieser Kindergartentaktik ein Geständnis aus uns herauszupressen. Er steht einfach da und sagt mindestens fünf Minuten lang nichts, bis Sharon die Hand hebt. Will sie uns wirklich verpfeifen? Ich möchte ihr unter dem Tisch einen Tritt verpassen. Aber mir ist klar, dass alles aus wäre, würde ich auch nur mit einem Muskel zucken.

Chocko senkt seinen schwermütigen Blick von der Decke.

»... Ja?«

Sharon klimpert mit den Augen wie ein unschuldiges kleines Häschen.

»Was genau ist denn passiert?«, haucht sie. »Und was wurde überhaupt zerstört?«

Ich schreie fast, als sie das sagt. Ich hätte nie gedacht, dass sie so viel Mumm hat! Jetzt sind wir an der Reihe, Chocko dabei zu beobachten, wie er sich dreht und windet. Sein Mund öffnet und schließt sich, als suchte er nach Worten, während die verstaubten Zahnräder in seinem Hirn verzweifelt knirschen.

Sharon sitzt vollkommen naiv und geduldig da und wartet auf eine Antwort. Ich muss mir auf die Zunge beißen, um nicht laut loszulachen.

Chocko räuspert sich und beginnt, sich irgendeine lahme Entschuldigung aus dem Kreuz zu leiern. Er sagt, dass es zu schmerzhaft sei, darüber zu sprechen, und dass die, die dieses schreckliche Verbrechen verübt haben, schon wüssten, was sie getan haben. Er wendet sich von der Klasse ab und öffnet seine *Großen Denker*, als wäre das mit einer enormen Kraftanstrengung verbunden.

»Stillarbeit«, murmelt er. »Ich glaube nicht, dass ich heute unterrichten kann.«

Er gibt uns ein Kapitel über Moral auf und schlurft aus dem Klassenzimmer. Die Klasse erwacht grölend zum Leben, und alle fragen sich, wer die Vandalen sind und was sie getan haben. Sharon und ich sind begeistert. Wer von uns hätte schon vorhersagen können, dass es so gut laufen würde.

»Für diesen Auftritt hast du einen Oskar verdient«, sage ich.

Sharon macht eine kleine Verbeugung. »Danke! Stattdessen nehme ich lieber einen Kaffee im *Tip*.«

»Was ist mit Chockos neuer Brille?«

»Oh mein Gott! Keine Ahnung!«

Plötzlich habe ich das Gefühl, dass Biff vom anderen Ende des Raumes aus Löcher in unsere Rücken starrt. Ich drehe mich um. Tatsächlich! Ich bin viel zu begeistert, um seine Herausforderung zu ignorieren. Also starre ich zurück, bis er mit der Faust auf den Tisch haut und abzieht. Dann merke ich, dass Steve Ryan mich ebenfalls anstarrt. Aber nicht so böse wie Biff, sondern eher schüchtern und linkisch. Ich frage mich, ob er weiß, dass Sharon und ich die Schuldigen in Mr Chockos unvorstellbarem Kapitalverbrechen sind. Er senkt die Augen, als ich den Blick erwidere. Ich glaube nicht, dass wir uns über irgendetwas Sorgen zu machen brauchen.

Kaum haben wir die Klasse verlassen, genießen wir unseren Triumph offen und in vollen Zügen.

»Ich dachte, ich würde sterben!«, sagt sie.

»Und ich dachte, du würdest uns verpfeifen, als du dich gemeldet hast.«

»Ich wollte ihn leiden sehen.«

»Du bist meine Heldin.«

Sharon begleitet mich zum Physikunterricht.

»Mittagessen im *Tip*?«

»Roger.«

Dann fällt mir die Flasche Wein in meinem Spind ein. Wir sind so high, dass ich glatt mein Versprechen vergessen habe, zum Mittagessen bei Mabel vorbeizuschauen. Ich fühle mich einen Augenblick lang schuldig, komme dann aber zu der Überzeugung, dass sie sich schon keine Sorgen machen wird, wenn ich nicht auftauche.

Sharon salutiert mir. »Ich hole dich um zwölf ab.«

Dr. Armstrong eröffnet die Stunde mit einer Diskussion über Quantenphysik. Er erklärt uns, dass sich das wahre Leben zwischen den Teilchen abspielt, in den Zwischenräumen und nicht umgekehrt. Feste Substanzen, wie wir sie uns einmal vorgestellt haben, existieren überhaupt nicht. Was bedeutet, dass das Leben eigentlich eine Illusion ist. Das hätte ich ihm vorher sagen können.

Dann führt er weiter aus, dass Teilchen zeitgleich an mehreren Orten existieren können, wie der Wal aus Moby Dick. Ich stelle mir einen großen weißen Wal im Weltall schwebend vor. Er ist einerseits da, andererseits aber auch nicht …

Steve Ryan meldet sich.

»Sir, war es nicht Melville, der meinte, dass der Wal eine Art von … Inkarnation eines gleichgültigen Gottes sei … die ultimative Manifestation einer grausamen Welt, in der der Mensch einfach nur Nebensache ist … durch Hysterie erhoben in mythologische Dimensionen, was dazu führt, dass die Menschen glauben, ihn an unterschiedlichen Orten zugleich gesehen zu haben?«

Ich drehe mich auf meinem Stuhl um und sehe Steve Ryan in einem völlig neuen Licht. Es ist, als wäre ein Schalter in meinem Kopf umgelegt worden. Ich meine, es war ja schon nett von ihm, meinen Namen auf der Toilette zu entfernen – wenn es denn wirklich er gewesen ist.

Aber das ist hier etwas ganz anderes. Er ist tatsächlich intelligent. Auf einmal wird mir bewusst, dass da noch mehr unter seiner Sporthohlbratzenhülle steckt. Ich kann selbst nicht glauben, dass ich das sage, aber noch nie in meinem Leben habe ich mich so gefühlt.

Todds Hand schießt nach oben.

»Sir, könnte Melville nicht seiner Zeit voraus gewesen sein und Ideen der Quantenphysik bei seiner Umsetzung der Figur des weißen Wales verwendet haben? Könnte der Wal nicht tatsächlich an verschiedenen Orten zur gleichen Zeit gewesen sein?«

Die Klasse stöhnt. Jemand schnaubt verächtlich. Kein Wunder, dass jeder Todd vermöbeln möchte. Warum kann er nicht einfach die Klappe halten?

Mit geduldig zur Seite geneigtem Kopf lehnt Dr. Armstrong sich an den Rand seines Tisches.

»Es ist nur eine Analogie, Leute. Nur eine Analogie.«

Was soll das alles?

In der Mittagspause lassen wir die PIBs stehen und gehen ins *Tip*. Sharon läuft die ganze Zeit rückwärts, fuchtelt mit ihrer Zigarette vor meinem Gesicht herum und quatscht pausenlos von unserem Sieg über Chocko.

»Es ist wie eine Droge, weißt du? Du machst so etwas ein Mal und möchtest es dann wieder und wieder tun.«

»Ja«, sage ich und höre dabei nur halb zu, da ich meine Gedanken nicht von Steve Ryan losreißen kann. Ich habe ihn noch nie im Unterricht etwas sagen hören. Nie. Und als er es dann doch mal tut, gibt er gleich so was absolut Umwerfendes von sich. Es ist so ... verwirrend. Die Dinge waren viel einfacher, als ich ihn noch als Sporthohlbratze abspeichern konnte und damit dann mit dem Thema durch war.

Plötzlich bleibt Sharon stehen. Erst glaube ich, dass sie mir einen Stups verpassen will, weil ich nicht zuhöre. Aber sie starrt nur über meine Schulter hinweg. »Ist das Todd?«

Da brauche ich gar nicht erst nachzusehen. »Schau nicht hin. Du ermutigst ihn sonst nur.«

»Gibt's nicht Gesetze gegen so was? Was macht er eigentlich in dieser Gegend?«

»Bitte. Ich hab versucht, dass er aufhört. Tut er aber nicht.«

»Vielleicht braucht er einen Anreiz.« Sie schlägt mit ihrer Faust in die offene Handfläche.

»Es wird nicht funktionieren. Glaube mir.«

»Ja, aber ich würde mich besser fühlen.«

»Zweifellos.«

Im *Tip* bestellen wir dann das Übliche und kriegen es irgendwie hin, die ganze Mittagspause zu verquatschen, was uns natürlich nur wie Sekunden vorkommt. Da keiner von uns beiden zurück in die Schule möchte, entscheiden wir uns, zu bleiben und mit den Konsequenzen zu leben. Todd lungert draußen herum, bis ihm klar wird, dass wir schwänzen, und er Leine zieht. Er kann sich – aus welchen Gründen auch immer – einfach nicht dazu überwinden, mal eine Stunde zu schwänzen, also bin ich ihn erst mal los.

Nach einigen Stunden beschließen wir, das *Tip* zu verlassen.

»Ich übernehm die Rechnung«, sage ich.

Als ich den Reißverschluss meiner Tasche aufmache und mein Portemonnaie heraushole, fällt mein Blick auf die Weinflasche. Die hatte ich total vergessen. Genauso wie Mabel. Im Stillen lege ich das Versprechen ab, morgen wieder zu ihr zu gehen.

Sharon greift sich die Flasche. »Hey, die Feier geht weiter. Du bist echt erstaunlich. Jetzt brauchen wir nur noch zwei Gläser.«

Ich nehme die Flasche zurück, stecke sie in die Tasche und schließe den Reißverschluss wieder. »Die ist für jemand anderes.«

Sharon sieht enttäuscht aus. »Für wen?«

»Oh, äh, na ja, meine Eltern haben sie gekauft.«

»Ja … und warum trägst du sie in deiner Tasche spazieren?«

»Ich, ähm, transportiere sie bloß.«
»Wohin?«
»Oh, nur nach Hause, weißt du.«
Sharon mustert mich mit stechendem Blick. »Verheimlichst du mir etwas?«
»Nein, überhaupt nicht!« Ich nehme Geld aus meinem Portemonnaie. »Ich bezahl mal eben die Rechnung.«
»Du verheimlichst mir was.«
»Tu ich nicht. Ich schwöre.«
Sie lehnt sich zu mir hinüber und sucht in meinen Augen nach verräterischen Zeichen.
»Ja, klar. Wer's glaubt …«
Kaum dass sich Sharons und meine Wege getrennt haben, erscheint Todd auf der Bildfläche und geleitet mich nach Hause.
»Machst du dir keine Sorgen, wenn du in der Schule so viel verpasst?«, fragt er.
»Was spielt das schon für eine Rolle, Todd? Die Welt ist sowieso eine Illusion. Du hast doch Dr. Armstrong gehört.«
»Möchtest du nicht die Highschool abschließen und von hier weggehen?«
Hat er mit meiner Mutter gesprochen? »Ja, klar … natürlich.«
»Nun … wenn ich du wäre, würde ich wieder in die Schule gehen. Ich habe Chocko heute im Tutorraum belauscht. Er hat gemeint, dass du in seinem Kurs durchgefallen bist.«
»Was?«
»Ja, ich habe einen Projektor zurückgebracht. Ich bin nämlich in der Medien-AG, weißt du.«
»Ja, Todd, ich weiß. Die ganze illusorische Welt weiß das.«

»Wie auch immer, ich habe mitgekriegt, wie sich Mr Chocko mit Mr Ricketts über dich unterhalten hat. Chocko hat gesagt, dass du dich im Unterricht nicht gut benehmen würdest und dass du ein ernstes Einstellungsproblem hättest.«

Ich habe ein ernstes Einstellungsproblem? Wie es aussieht, ist er entschlossen, mir mein Leben zu versauen. Ich glaube, ich verhalte mich besser eine Weile lang unauffällig.

In meiner Wut über Chocko vergesse ich sogar, Todd zu sagen, dass er verschwinden soll.

Schweigend legen wir gemeinsam den ganzen langen Weg bis zu meiner Haustür zurück, ehe ich merke, was passiert ist. Jetzt hat die ganze Nachbarschaft mitbekommen, wie er mich am helllichten Tag nach Hause gebracht hat.

»Bis morgen«, verabschiedet er sich.

Mom hat das Essen fertig. Ich bringe meine Sachen in meinem Zimmer in Sicherheit und setze mich dann an den Tisch.

»Wie kommen wir zu der Ehre, dass du uns mit deiner Gegenwart beglückst?«, fragt Mom.

Ich zucke die Achseln. »Was gibt's zu essen?«

Mom serviert irgendeinen braunen Brei und platziert einen großen Teller davon vor Peggy, die augenblicklich aufsteht und die Hälfte davon wieder in den Topf zurückkippt. Mom seufzt. Dad schüttelt nur den Kopf.

»Das ist ein vegetarisches Proteingulasch.«

»Klingt eklig.«

Dad springt auf. »Nur ein Mal möchte ich ein bisschen Wertschätzung von euch Mädels erleben.«

Peggy und ich starren auf unsere Teller. Das erste Mal in unserem Leben sind wir einer Meinung.

»Ach, lass sie in Ruhe, Rob. Es macht mir nichts aus«, beschwichtigt ihn Mom.

»Nun, mir aber schon. Es gibt Millionen von hungernden Menschen in der Welt.«

»Oh Gott. Nicht schon wieder die Hunger-Standpauke«, mokiert sich Peggy.

Dad schmeißt seine Serviette auf den Tisch. »Na schön. Geh auf dein Zimmer.«

Peggy wirft ihre Serviette hin. »Schön! Mach ich!« Peggy stampft davon, insgeheim zweifellos schwer begeistert, dass ihre Wutanfall-Taktik funktioniert hat.

»Du kannst auch gehen«, verkündet Dad.

Ich steh auf und will meinen Teller zurück in die Küche bringen.

»Lass es stehen«, sagt er.

Ich versuche, Recherchen für meine SKA zu betreiben, denke dabei aber in Wirklichkeit an Steve Ryan, als ich ein Geräusch vernehme, das sich wie Kieselsteine anhört, die auf mein Fenster treffen. Ich nehme an, dass es Todd ist, und ignoriere es. Da der Kieselsteinregen andauert und an Intensität zunimmt, stehe ich schließlich auf und ziehe das Rollo hoch. Ich bin geschockt, Biff Johnson auf dem Rasen stehen zu sehen. Er steht bedenklich schief zu einer Seite geneigt und macht mir Zeichen, dass ich das Fenster öffnen soll. Ich reagiere nicht.

»Mach auf!«, schreit er.

Er greift nach einem Stein und hält ihn drohend in die Höhe. Ich glaube, dass er ihn gleich durchs Fenster schmeißt, also öffne ich es doch.

Biff schwankt hin und her und zeigt mit anklagendem Finger auf mich. »Ich weiß, dass du es warst.« Er wischt sich mit dem Handrücken über den Mund. »Ich weiß, dass du es warst!«

Ich knalle das Fenster zu. Biff schreit weiter herum, bis die Haustür aufgeht und Dad auf den Rasen stürmt. Er schnappt sich Biff am Kragen, führt ihn im Polizeigriff zum Bürgersteig und stößt ihn fort. Biff holt betrunken zu einem Schwinger aus, aber Dad duckt sich wie ein Ninja unter dem Schlag weg und weicht nicht von der Stelle. Biff steht auf der Straße und gibt von dieser sicheren Position aus weiterhin lauthals Drohungen von sich, während Dad unbeirrt Wache steht. Schließlich gibt Biff auf und torkelt davon. Dann stürmt Dad wieder ins Haus zurück und kommt die Treppe zu meinem Zimmer hochgerannt. Ich schaffe es gerade noch, mich an den Schreibtisch zu flüchten, als die Tür auffliegt.

»Was zum Teufel hatte das zu bedeuten?«

»Beruhige dich.«

»Wage nicht, mir zu sagen, dass ich mich beruhigen soll, junge Dame.«

Ich gucke so unschuldig aus der Wäsche, wie ich kann. »Ich habe keine Ahnung, warum er hier war.«

»Was hat der Junge gegen dich?«

»Er ist einfach nur ein widerlicher Typ, Dad. Das ist alles.«

Dad fährt mit der Hand durch sein Haar. Ich habe ihn vorher noch nie so böse erlebt.

»Wenn er jemals wiederkommt, möchte ich das wissen. Hast du mich verstanden?«

Ich nicke. Dad runzelt die Stirn und schließt die Tür.

Na prima! Dafür dass mein Vater Biff nach Strich und Faden gedemütigt hat, wird diese Hohlbratze mich nun so richtig auf dem Kieker haben. Aus irgendwelchen bizarren Gründen lässt mich dieser ganze Irrsinn an Mabel denken. Je schräger mein Leben wird, desto mehr weiß ich ihres zu schätzen. Ich meine, mir ist klar, dass sie einsam und traurig ist. Aber davon mal abgesehen hat sie immer noch ihre Würde. Was mehr ist, als ich von den meisten Menschen behaupten kann, die ich kenne – allen voran Biff und Chocko. Ich hoffe, sie war nicht allzu traurig, dass ich heute nicht gekommen bin. Ich checke die Weinflasche in meiner Tasche und ermahne mich, Mabel morgen nach der Schule zu besuchen.

Freitagmorgen. Es gelingt mir, Peggy auszumanövrieren und unbehelligt von ihrem täglichen Wutanfall das Bad zu benutzen. Ich werde trotzdem zu spät zur Schule kommen. Aber was ist das schon Neues? Es ist sowieso nur Englisch bei Mr Farrel. Also hoffe ich mal, dass er deswegen keinen Aufstand macht.

In der Schule angekommen, gehe ich geradewegs ins Büro, um mir einen Entschuldigungszettel zu besorgen. Da die Krankenschwester nicht am Platz ist, kann ich meine gewöhnliche »Mädchen-Problem«-Masche nicht abziehen. Mr

Rickett sitzt am Empfangstresen und schreibt etwas in sein geheimes Spion-Spiralbüchlein. Ohne aufzublicken, beginnt er zu reden.

»Na, was ist es denn diesmal, Smith?«

Er nennt mich immer beim Nachnamen, wie ein Sportlehrer. Er zieht einen pinkfarbenen Zettel unter dem Tresen hervor und füllt ihn aus.

»Du nimmst die Schulregeln nicht sehr ernst, hm?«

Ich möchte ihm sagen, dass ich alles ein bisschen zu ernst nehme und genau das ja das Problem ist. Außerdem, wie kann er wissen, dass ich nicht bereits in der Klasse bin, wo doch Teilchen an unterschiedlichen Orten zugleich sein können, wie Dr. Armstrong sagt.

Er gibt mir den Zettel und mustert mich mit seinem Röntgenblick über die Bifokalbrille hinweg, die er ständig auf seiner Nasenspitze trägt.

»Das ist das letzte Mal, Smith. Dein Bonus ist aufgebraucht. Wenn du noch einmal zu spät kommst, müssen wir deinen Eltern Bescheid sagen.«

Alter Fascho. Ich nehme den Zettel und gehe.

Mr Farrel lässt den Zettel in seiner Schublade verschwinden, während ich hinter April Platz nehme. Sharon ist nirgendwo zu sehen. Plötzlich wird mir bewusst, dass alle einen vollgeschriebenen Bogen Papier abgabebereit vor sich liegen haben. Ich tippe April auf die Schulter.

»Was ist das?«

»Unsere Hausarbeit. Die Literaturinterpretation.«

Oh nein. Ich werde mir schnell etwas einfallen lassen müssen, um da wieder rauszukommen. Mr Farrel ist nett und alles, aber auch er hat seine Grenzen. Kein Wunder, dass Sharon blaugemacht hat. Warum hat sie mir nicht gesagt, dass heute eine Arbeit fällig ist?

Mit Todd, der wie gewöhnlich alle Fragen beantwortet, ist die Stunde mal wieder tödlich langweilig. Ich warte so verzweifelt auf das Ende der Stunde und die Gelegenheit, mit Mr Farrel über meine Hausarbeit zu reden, dass ich es kaum auf meinem Stuhl aushalte. Als die Klingel endlich ertönt, beeilen sich alle, aus der Klasse zu kommen. Ich trödele hinter ihnen her und warte, bis ich die Letzte im Raum bin, bevor ich mich seinem Schreibtisch nähere.

»Es tut mir leid, Sir. Aber ich habe meine Arbeit noch nicht fertig.«

Er sieht mich blinzelnd an und sagt nichts.

»Ich werde sie Ende der Woche abgeben ... Ist das okay?«

Er stützt sein Kinn auf die Hand.

Ich fange an, Entschuldigungen vorzubringen. »Ich war so auf andere Dinge konzentriert, dass ich das völlig vergessen habe. Wegen all der fälligen Hausaufgaben in den anderen Fächern ...«

Mr Farrel atmet aus und tippt mit seinem Stift auf den Schreibtisch. »Interessiert dich dieser Kurs überhaupt?«

»Was?«

»Du bist so ein intelligentes Mädchen, Sue. Es wäre schön, wenn du ab und zu mal ein bisschen Begeisterung für den Stoff aufbringen würdest. Das Schuljahr ist fast vorbei.«

Er sagt das wie ein enttäuschter Vater. Ich fühle mich so schuldig, dass ich, ohne ein weiteres Wort zu sagen, die Klasse verlasse. Ich begebe mich geradewegs zu meinem Spind, schnappe mir meine Tasche mit der Weinflasche und ergreife die Flucht.

Mabel reagiert nicht gleich auf die Türglocke. Das macht mich ein bisschen unruhig, und ich frage mich, ob etwas nicht in Ordnung ist. Ich lasse die Glocke läuten und läuten und läuten.

Endlich wird der Hörer abgenommen und Mabels zittrige Stimme ertönt aus dem Lautsprecher.

»Ja?«

»Ich bin es ... Marie.«

»Oh!«

Ich höre von Rascheln und Geschepper untermaltes Gemurmel, während sie mit dem Hörer kämpft und sich offensichtlich daran zu erinnern versucht, was zu tun ist.

»Drück die Neun«, helfe ich ihr und gehe mit dem Mund ganz nah an die Sprechanlage, damit sie mich gut hören kann.

Aus dem Lautsprecher dringt noch mehr Gemurmel, als sie versucht, die richtige Nummer zu finden. Dann ertönt der Türsummer.

Mario ist auf seinem Wachposten am Fahrstuhl. Er beobachtet mich argwöhnisch, als ich den Knopf nach oben drücke.

»Hast du keine Schule?«, fragt er.

»Haben Sie keine Toilettenrohre zum Durchspülen?«

Er lässt einen unterdrückten Fluch vom Stapel, als sich die Fahrstuhltüren öffnen und ich den Abgang mache.

Der Fahrstuhl schleppt sich an den altersschwachen Kabeln zum vierzehnten Stock empor. Ich nutze die Zeit und lese die Graffiti an der Wand, in der Hoffnung, dass niemand wartet, um zuzusteigen. Meine Hoffnung zerplatzt im dritten Stock, als die Kabine ruckelnd stoppt und das kleine Heinzelmännchen mit dem Um-Pah-Pah-Outfit einsteigt. Es lächelt und langt an mir vorbei, um den Knopf fürs Erdgeschoss zu drücken.

»Ich fahre nach oben«, erkläre ich ihm.

»Das ist okay. Ich fahre gern Fahrstuhl.« Es grinst.

Ich könnte falschliegen, aber ich glaube, das winzige Männlein baggert mich gerade tatsächlich an. Na ja, egal.

Als wir den vierzehnten Stock erreichen, hält er die Tür auf und wartet ein bisschen länger als nötig, um mich aussteigen zu lassen.

Gott sei Dank steht Mabel bereits im Korridor. Sie kommt auf mich zugeeilt.

»Marie! Was ist passiert? Ich habe dich so lange nicht gesehen. Ich habe mir Sorgen gemacht.«

»Ich war vor zwei Tagen hier.«

»Es kommt mir viel länger vor.«

»Na ja, jetzt bin ich ja da.«

Ich hole die Weinflasche aus meiner Tasche und überreiche sie Mabel.

»Ich hab was fürs Mittagessen mitgebracht.«

Sie wirft ihre Arme um mich und küsst mich auf die Wange. Dann hakt sie mich unter und zieht mich in ihr Apartment.

»Schau dir deine Hände an, Liebes! Hast du Kamine gekehrt?«

»Öh, ähm, ja ... So was in der Art.« Ich zeige als Ablenkungsmanöver auf den Wein. »Das ist was richtig Gutes. Ich glaube, du wirst es mögen.«

»Wunderbar!«

»Hast du einen Korkenzieher?«

Mabel kramt in ihren Küchenschubladen herum. Nach einer Weile habe ich das Gefühl, dass sie vergessen hat, wonach sie sucht. Also öffne ich die erste Schublade zu meiner Rechten und sehe den Korkenzieher direkt vor mir liegen.

»Hier ist er.«

Mabel holt zwei kleine Gläser mit Gravur aus dem Schrank. Ich kontrolliere sie, um sicher zu sein, dass sie sauber sind, und mache mich dann daran, den Wein zu öffnen. Ich benutze das kleine Messer am Korkenzieher, um die Folie oben an der Flasche in einem akkuraten Kreis zu lösen – so, wie ich es Millionen Mal bei meinem Dad gesehen habe. Ich drehe den Korkenzieher hinein, klappe den Griff um, sodass er am Flaschenhals anliegt, und ziehe den Korken mit einem schallenden Plopp heraus.

Mabel klatscht in die Hände. »Meisterhaft!«

Ich fülle die Gläser und reiche Mabel eines mit einer kleinen Verbeugung.

»Prost!«, sagt sie und stößt mit mir an.

Und dann leert sie das ganze Glas in einem Zug. »Ahhh ... da sieht die Welt doch gleich wieder anders aus.«

Sie hält mir ihr Glas zum Nachschenken hin. Ich fülle es und beobachte sie argwöhnisch, während sie das Glas an die Lippen führt. Ich kann schon die Überschrift in der *Sunnyview Review* vor mir sehen:

SENIORIN VON MINDERJÄHRIGER ABGEFÜLLT

Zu meiner großen Erleichterung kippt Mabel den Wein diesmal nicht in einem Satz hinunter. Sie nimmt einen vornehmen Schluck und stellt das Glas dann ab.

»Nun gut. Was sollen wir zu Mittag essen?«

»Mir ist alles recht.«

»Ich habe Brötchen und Käse. Ist das in Ordnung?«

»Klar.«

Wir essen unsere Brötchen vor dem »Pantoffelkino«, wie Mabel es nennt, trinken Wein und debattieren über die gescheiterten Existenzen in *Coronation Street*. Mabel ist heute in Topform: aufgeweckt, wortgewandt und lustig. Vielleicht ist es der Wein, der sie so in Hochform bringt. Wenn das so ist, sollte sie jeden Tag was trinken, finde ich.

Als die Sendung vorbei ist, sind wir beide schon etwas angetrunken.

Mabel wendet sich mir zu. Ihre Wangen sind ganz gerötet.

»Was würde ich jetzt für einen ordentlichen Zug geben.«

»Was?«

»Eine Zigarette, Liebes. Ich sehne mich immer noch danach, hin und wieder jedenfalls.«

»Da bist du bei mir genau an der richtigen Adresse.« Ich hole meine Gauloises aus der Tasche, klopfe auf die Packung und halte sie Mabel hin. Sie nimmt die Zigarette, und ich zünde sie an, bevor ich mir selbst auch eine anstecke.

Mabel inhaliert tief. Auf ihrem Gesicht liegt ein Ausdruck tiefsten Behagens. Sie weiß, wie man lebt. Das muss man ihr lassen. Ich meine, sie könnte total verbittert und verkorkst sein, weil sie so einsam ist. Aber das ist nicht der Fall. Mabel kann immer noch die einfachen Dinge genießen. Sie hält ihre Zigarette hoch.

»George hat mir das nie erlaubt«, sagt sie und schnippt die Asche auf ihre Untertasse.

Ich bin so überrascht, dass ich das Gleiche mache.

Still rauchen wir so eine Weile vor uns hin und genießen den Augenblick.

Ich kann mir nicht mal vorstellen, so etwas mit meiner richtigen Mutter zu machen.

Nach einer Weile wendet sich Mabel mir nachdenklich zu. »Erinnerst du dich an dieses Lied, Marie ... das, das ich immer so geliebt habe?«

Ich spiele mit. »Du magst eine Menge Lieder, oder?«

»Ja ... aber da ist dieses eine, das ich so richtig gern mag. Erinnerst du dich, Liebes ...?« Sie schließt die Augen und beginnt verträumt, eine Melodie vor sich hin zu summen.

Ich kenne das Lied in der Tat. Aber nur, weil Dad mich zu Hause immer mit solchen Sachen quält. »Alfie ...«

»Was?«

»Das Lied ... Es heißt *Alfie*, glaube ich.«

»Ja! Das ist es! *Alfie*! Ich liebe dieses Lied. Normalerweise haben wir dazu immer getanzt ...«

»Du und dein Mann?«

»Oh nein, Liebes«, sagt Mabel, als sei der reine Gedanke daran völlig unfassbar.

Ich warte auf ihre Erklärung. Aber verloren in einer anderen Zeit summt sie weiter vor sich hin. Ich warte, rauche meine Gauloise und nippe am Wein, bis sie wieder – von welcher sentimentalen Reise auch immer – zurückkehrt. Als sie die Augen öffnet, sieht sie mich aufmerksam an.

»Du siehst ihm ähnlich«, sagt sie. »Er wollte, dass ich mit ihm durchbrenne. Wegen des Babys.«

»Wer ... George?«

Mabel schüttelt den Kopf. Aber sie sagt nichts mehr. Das gibt mir Zeit zum Nachdenken. Wenn sie nicht von George gesprochen hat, wen hat sie dann gemeint? Einen anderen Mann? Ist es möglich, dass Mabel neben ihrem kartoffelnasigen Ehegatten noch eine Affäre laufen hatte? Mit jemandem aus England vielleicht? Das könnte die Erklärung dafür sein, dass Marie so anders als der Rest der Familie aussieht. Ich schaffe es nicht, sie nach der Wahrheit zu fragen. Das wäre ziemlich unhöflich. Also versuche ich es ihr leichter zu machen, indem ich über mich selbst spreche.

»Ich hab neulich was ganz Komisches erlebt. Da ist so ein Junge in meiner Schule ... eine totale Sportskanone. Ich hab nie viel an ihn gedacht, weißt du, weil er nicht mein Typ ist. Aber vor ein paar Tagen hat er in der Stunde etwas so Kluges von sich gegeben, dass es mich total umgehauen hat. Ich meine, ich hätte das niemals von ihm erwartet.«

Mabel nickt. »Wir können ein Buch nicht nach seinem Cover beurteilen, oder? Du wirst niemanden wirklich kennenlernen, wenn du dir nicht die Zeit dafür nimmst.«

Es ist kaum zu glauben, dass das dieselbe Frau ist, die nicht ihren Weg nach Hause findet. Sie nimmt einen Schluck aus ihrem Glas.

»Das Zeug ist *wirklich* gut«, sagt sie. Dann hält sie inne und schaut mich über den Rand des Glases hinweg an. »Ich habe alles aufbewahrt, weißt du.«

»Alles ...?«

»Komm. Schau's dir an.«

Wir drücken unsere Zigaretten aus und gehen ins Schlafzimmer, wo Mabel eine große lange Schachtel unter dem Bett hervorholt. Sie nimmt den Deckel ab und ich blicke auf Hunderte von Briefen, Bildern und Gedichten. Mabel setzt sich auf die Bettkante. »Es ist alles da«, sagt sie. »Alles, was ihr Kinder jemals gemacht habt.« Ich sitze auf dem Boden, durchstöbere höflich die Papiere und lese ein paar Karten und Zettel. Es ist der übliche Standardkram: alte Gedichte aus der Grundschule, Muttertagskarten von vor fünftausend Jahren, handgeschriebene Geschichten. Als ich mich so durch den Stapel wühle, merke ich, dass die Datierungen ausnahmslos mit den Siebzigerjahren enden. Es ist, als hätten sich ihre Kinder eines Tages spontan in Luft aufgelöst oder als wären sie einfach weggegangen.

»Das ist schön«, sage ich.

Mabel entschuldigt sich ins Bad. Ich nutze die Gelegenheit, um die Schachtel wieder an ihrem alten Platz zu verstauen. Doch als ich sie unters Bett zurückschieben will, bleibt sie nach ein paar Zentimetern an irgendetwas hängen. Ich lege mich auf den Boden, um nachzusehen, und entdecke einen Umschlag, der zwischen der Matratze und dem Lattenrost eingeklemmt ist. Ich lange danach und ziehe ihn heraus.

Der Brief ist verstaubt und sieht ziemlich alt aus. Im Umschlag befinden sich außerdem etwa ein Dutzend Fotos, die mit einem zerfransten grünen Bändchen sorgfältig zu einem Stapel zusammengebunden sind. Ich weiß, es gehört sich nicht. Aber ich bin so neugierig, dass ich der Versuchung nicht widerstehen kann. Langsam und vorsichtig falte ich den Brief auseinander, um ihn nicht zu beschädigen. Mir wird sofort klar, dass es ein ganz besonderer Brief ist und dass er nicht von ihren Kindern stammt.

Meine geliebte M.,
wir sind jetzt erst zwei Tage voneinander getrennt, und schon fühle ich mich, als würde ich sterben ...

Ich verstecke den Brief blitzschnell hinter meinem Rücken, als Mabel mit schwankendem Gang wieder in den Raum kommt. Ich bin so verblüfft über das, was ich gelesen habe, dass ich, ohne zu zögern, die Intimsphäre eines anderen verletze und das gemeinste und mieseste Ding in meinem bisherigen Leben abziehe: Ich klaue den Brief und schiebe ihn unter mein Hemd, um ihn später zu lesen. Als eingefleischte Tagebuchschreiberin bin ich normalerweise die Erste, wenn es darum geht, die Privatsphäre von anderen zu respektieren. Aber aus irgendeinem Grund kann ich einfach nicht anders. Ich muss unbedingt wissen, was es mit all dem auf sich hat. Ich meine, man stellt sich irgendwie nie vor, dass auch alte Leute ein richtiges Leben führen. Ganz zu schweigen von einem Leben mit romantischen Geheimnissen. Und jetzt, nachdem ich sozusagen die Büchse der Pandora geöffnet habe, gibt es kein Zurück mehr. Ich mache mich fertig, um zu gehen, und gelobe im Stillen, dass ich die Fotos und den Brief so schnell wie möglich wieder zurückbringe, nachdem ich sie mir genauer angesehen habe.

Mabel kämpft mit dem Knopf an ihrem Ärmel.

»Könntest du mir helfen, Liebes? Ich komme mit diesen blöden Dingern irgendwie nicht klar.«

Ich lange hinüber und beinahe rutscht der Umschlag mit den Fotos unter dem Hemd raus. Ich presse die Arme gegen die Seiten, sodass der Brief nicht entwischen kann, und fummele endlos herum, um den Knopf zuzukriegen. Während ich das mache, legt Mabel mir sanft ihre Hand aufs Haar.

»Du warst schon immer mein Liebling, Marie.«

Sie sieht mich mit einem komischen Glanz in ihren Augen an. Es ist fast so, als wüsste sie, dass ich in Wirklichkeit nicht ihre Tochter bin, sie aber die Illusion nicht zerstören möchte, die wir geschaffen haben. Und das Verrückte daran ist: Auch mir macht es nicht das Geringste aus, dass wir dieses Spiel spielen. Ich meine, es schadet ja niemandem, oder? Ich lächele sie an und sage, dass ich gehen muss. Mabel sieht traurig aus, versucht aber, es sich nicht anmerken zu lassen.

»Ich komm bald wieder. Versprochen.«

Mit vor sich gefalteten Händen steht sie an der Tür. Ich weiß nicht, ob es der Wein ist oder das schlechte Gewissen wegen Mabels persönlicher Sachen, die ich an mich genommen habe. Aber bevor ich gehe, beuge ich mich zu ihr hinüber und gebe ihr einen Kuss. Es ist nichts Großartiges, nur ein Kuss auf die Wange. Doch Mabels Reaktion nach zu urteilen könnte man meinen, ich hätte ihr gerade eine Million Dollar geschenkt.

»Oh, mein liebes Mädchen.«

»Bis bald ... *Mom.*«

Im Königreich des Bizarren

Kaum habe ich Mabel verlassen und die Straße betreten, als ich Sharon direkt in die Arme laufe. Sie blickt zum Apartmentgebäude hinüber, zählt eins und eins zusammen und mustert mich mit finsterem Blick.

»Was hast du da drin gemacht?«

»Hä?«

»Warum kommst du aus dem Haus, in dem die alte Frau wohnt?«

Mein Hirn ist ganz benebelt vom Wein, und ich kann spüren, wie die Kräfte an mir zerren. Ich reibe mir die Stirn und versuche, nicht zu schwanken. »Was ist das hier? Die spanische Inquisition?«

»Bist du betrunken?« Sharon beugt sich zu mir und schnüffelt an mir herum, so wie es meine Mutter machen würde. »Du bist betrunken! Du hast mit dieser alten Frau gebechert.«

»Wovon redest du?«

Sie packt mich am Arm. »Lüg mich nicht an.«

Als ich mich losreiße, rutscht mir der Brief aus meinem Hemd und die Fotos flattern auf den Bürgersteig.

Sharon schnappt sich eines. »Was ist das?«

Ich rupfe ihr das Bild aus der Hand und sammele die anderen auf, bevor sie der Wind auf die Straße weht. »Geht dich nichts an.«

»Aber *dich* geht es schon etwas an, oder was?«

»Hör auf, mich zu nerven! Mein Gott! Warum kümmerst du dich darum?«

»Ich habe stundenlang versucht, dich auf dem Handy anzurufen. Ich wusste nicht, wo du steckst.«

»Wer bist du? Meine Mutter?«

»Ich kann nicht fassen, dass du deine Zeit lieber mit ein paar alten Schachteln als mit mir verbringst«, spottet Sharon.

»Das stimmt nicht.«

»Ach ja?«

Ich weiß nicht weiter. Ich stecke den Umschlag in die Tasche, schließe den Reißverschluss und trete dann auf die Straße. Dabei werde ich fast von einem vorbeidonnernden schwarzen Pick-up umgemangelt. Biff mit seiner Bande von Affenfreunden. Er brüllt etwas Unverständliches aus dem offenen Seitenfenster auf der Fahrerseite. Der Pick-up rast weiter die Straße runter und vollführt mit quietschenden Reifen einen U-Turn am Ende des Blocks.

Ein Showdown mit Fingerknöchelgehern ist das Letzte, was ich jetzt brauche. Also warte ich gar nicht erst, bis der Pick-up zurückkommt, sondern laufe durch den Park hinter unserer Schule in der Hoffnung, ihn abzuschütteln. Aber Biff umkurvt die Grünfläche einfach, um mir auf der anderen Seite den Weg zu versperren. Sein Wagen rollt an der Straßenecke aus und Biff hüpft heraus.

»Ei, ei ...« Er kommt auf mich zu und hat wieder diesen sonderbaren Ausdruck im Gesicht. »Na, so was, dich hier zu sehen ...«

Ich will fliehen, aber er versperrt mir den Weg. Von einem

Augenblick auf den anderen schaltet mein benebeltes Gehirn auf Alarmstufe Rot.

»Was willst du?«

»Du weißt, was ich will.«

Er ist so nah, dass ich seinen Atem riechen kann. Er stinkt nach Alkohol – sogar noch schlimmer als ich.

»Hey, lass sie in Ruhe!«, ruft da jemand.

Es ist Todd. Mit seinem Helm auf dem Kopf kommt er zu uns herübergerannt.

»Was machst du denn hier, Todd?«, sagt Biff.

»Lass sie in Ruhe«, wiederholt Todd.

»Und was machst du, wenn ich's nicht tue?«

Er stößt Todd zu Boden. Todd rappelt sich wieder auf, und gleich darauf höre ich mich selber schreien, als Biff ihm ordentlich eins auf die Nase haut. Todd sackt auf die Knie und seine Augäpfel verdrehen sich in den Höhlen.

Dann dreht sich Biff zu mir um und drückt mich gegen einen Baum, offenbar in der Absicht, mich zu küssen. Ich bin so geschockt, dass ich ihm einen Stoß gegen die Brust verpasse. Während wir miteinander kämpfen, reißt mein Hemd und mehrere Knöpfe springen ab. Ich wehre mich, so gut ich kann, bis auf einmal noch jemand aus dem Pick-up springt. Steve Ryan. Mit voller Wucht wirft er sich auf Biff. Sie rollen über den Boden wie zwei tollwütige Hunde, die sich ineinander verbissen haben. Biff mag ein Footballstar sein, aber Steve ist ein Meisterringer. Bis zu dieser Sekunde waren mir die Unterschiede so was von egal: Sporthohlbratze ist Sporthohlbratze. Punkt. Aber Steve hat all diese verrückten Bewegungen und Griffe drauf und er ist schnell. Ich sehe, wie er Biff schließlich auf den Boden wirft und seinen Kopf in den Dreck drückt.

Biff schreit und sein Gesicht ist rot wie eine Tomate.

»Ich bring dich um, Ryan!«

Steve presst Biffs Kopf noch ein wenig fester in den Schmutz. »Hast du genug?«

»Fick dich!«

Als Biff aufhört, sich zu wehren, löst Steve den Griff. Biff springt auf und sein Blick ist ganz wild vor Wut. Aber er droht Steve nicht, sondern wendet sich mir zu.

»Das kriegst du wieder!« Er spuckt aus, stiefelt dann zu seinem Pick-up und braust mit quietschenden Reifen davon.

Ich blicke zu Steve. Mit einem Mal sieht er irgendwie verlegen aus.

»Es tut mir leid«, sagt er.

Ich habe keine Ahnung, warum er sich entschuldigt. Rasch zieht er sein Rugbyshirt aus und reicht es mir. Ich zögere.

»Bitte nimm es«, fleht er.

Ich nehme das Shirt und ziehe es an. Unwillkürlich nehme ich wahr, wie weich es ist. Und es riecht gut. Nie im Leben hätte ich mir vorstellen können, dass man mich mal auf frischer Tat dabei ertappt, wie ich ein Rugbyshirt trage. Geschweige denn eines von Steve Ryan. Ich bin so verwirrt, dass ich Todd, der immer noch stöhnend auf dem Boden liegt, völlig vergessen habe. Steve reicht ihm eine Hand.

»Bist du okay?«

Todd versucht, die ganze Sache cool zu nehmen, macht dabei aber eher eine erbärmliche Figur. Als er merkt, dass ich Steves Shirt trage, besteht er darauf, mir seines ebenfalls zu geben. Beim Versuch, es über seinen Helm zu ziehen, gerät er ins Schwanken. Steve greift ihn, bevor er wieder fällt, und hält ihn aufrecht.

»Hey, immer mit der Ruhe, Mann.«

Ich stehe unbeholfen daneben und weiß nicht, wie ich mich fühlen soll. Ich meine, schließlich ist es noch gar nicht so lange her, dass ich Steve mit heruntergelassener Hose erwischt habe.

»Ich schätze mal, ich schulde dir was«, sage ich.

Steve schüttelt den Kopf. »Halt dich nur von Biff fern. Er hat dich auf dem Kieker.«

»Warum? Ich hab ihm nie was getan.«

Steve studiert eingehend seine Schuhe. »Oh … äh … Na ja … Es geht nicht um dich, sondern um mich. Ich … äh … habe den Fehler gemacht … ähm … ihm zu sagen, dass ich dich mag.«

»Warum solltest du das tun?«

»Weil es wahr ist.«

Er sieht mich an und mein Gesicht fängt an zu glühen. Ich weiß nicht, was ich sagen soll. Aber dann unterbricht uns Todd.

»Kann ich dich nach Hause begleiten?«, fragt er.

»Mir geht es gut, Todd. Wirklich.«

»Es macht mir aber nichts aus.«

Ich bin zu verlegen, um zu streiten. Also gebe ich mich einfach geschlagen. Zumal der Tag vermutlich nicht noch verrückter werden kann.

»Also, okay. Ja, dann …«

»Ich sollte auch gehen«, sagt Steve. Er winkt verlegen und verschwindet im Park.

Todd begleitet mich nach Hause und schiebt sein Moped neben mir her. Er nutzt die Gelegenheit, um mir ein paar freundliche Ratschläge zu geben.

»Du solltest vorsichtiger sein.«

Ich mache mir nicht mal die Mühe, zu antworten. Es ist einfach sinnlos. Ich habe keine Ahnung, was es für einen Unterschied gemacht hätte, wenn ich vorsichtiger gewesen wäre. Biff ist ein Widerling. So einfach ist das. Aber es ist nicht Biff, an den ich denke, sondern Steve. Bis gestern war er für mich nur ein blöder Sportfreak, wie jeder andere blöde Sportfreak an der Schule auch. Er tauchte nicht mal auf meinem Radar auf. Jetzt gibt er schlaue Dinge im Unterricht von sich und schlägt sich mit seinem besten Freund, um mich zu retten. Ich weiß einfach nicht, was ich noch denken soll.

Ich gehe auf den Hauseingang zu und lasse Todd auf dem Bürgersteig stehen. Ich muss völlig neben der Kappe sein. Denn bevor ich reingehe, überrasche ich uns beide, indem ich etwas zu Todd sage, was ich normalerweise nie sagen würde.

»Danke.«

Wie ich erfreut feststelle, ist Mom nicht da.

Ich finde einen Zettel, auf dem steht, dass sie zum Unterricht ist und wir uns mit einem Snack behelfen sollen, falls wir Hunger haben, da es erst spät Abendessen geben wird.

Auch Dad ist nicht da. Aber ich weiß, wo er steckt: in der lokalen Versorgungsstation für Fritten und Bier. Sosehr er Moms Unabhängigkeit auch unterstützt, verlässt er sich doch nur auf sie. Ich frage mich, was Miss B. dazu sagen würde.

Ich lasse meine Tasche auf die Couch fallen und genehmige mir eine Schüssel *Gorilla-Munch*. Dieses Mal mit Milch, da ich das Gefühl habe, dass ich das nach meinem traumatischen Erlebnis brauche. Ich habe Kopfschmerzen vom Wein, aber ich esse trotzdem zwei Schüsseln. Ich frage mich, wie Mabel sich wohl fühlen mag.

Als ich mit dem Essen fertig bin, stelle ich mein Geschirr in die Spüle und gehe nach oben in mein Zimmer. Ich bin immer noch völlig verwirrt wegen der Sache mit Biff und Steve. Also setze ich mich einfach mit Little Morta auf die Bettkante und denke vor mich hin. Ich kann nicht fassen, was Steve Ryan für mich gewagt hat. Er ist ein irres Risiko eingegangen, denn so jemand wie Biff wird ihm nicht verzeihen, was er getan hat. Niemals.

Ich streiche mit den Händen über die Ärmel von Steves Shirt und versuche mir vorzustellen, dass wir zusammen sind. So als Paar, meine ich. Ich sage mir selber, dass es unmöglich, gefährlich und falsch ist: Vögel und Affen mischen sich einfach nicht miteinander. Jeder weiß das. Solch eine Vereinigung würde einen Riss im Raum-Zeit-Kontinuum zur Folge haben, wenn nicht Schlimmeres. Aber ich kann nicht aufhören, an ihn zu denken. Ich meine, vielleicht ist er ja überhaupt gar kein Affe. Vielleicht tut er nur so, als ob er einer wäre. So wie ich vorgebe, ein Vogel zu sein. Je mehr ich über ihn nachdenke, desto mehr muss ich mir eingestehen, dass er wirklich süß ist. Mit etwas längeren Haaren und einigermaßen anständigen Klamotten würde er sogar noch besser aussehen als Darren ...

Oh mein Gott ... *Was rede ich da?*

Ich lege mich aufs Bett. Morta rollt sich ganz dicht neben mir zusammen. Sie atmet buchstäblich meine Luft, während ich über diese aufwühlende Erkenntnis nachgrübele. Könnte es *möglicherweise* sein, dass ich Steve Ryan mag?

Mein Kopf wird noch explodieren, wenn ich nicht aufhöre, darüber nachzudenken.

Ich brauche eine Ablenkung ...

Mabels Brief!

Ich gehe nach unten, um ihn zu holen, und nutze die Gelegenheit, mir ein Glas Milch und ein paar Kekse zu besorgen, die Mom immer in einer Dose auf dem Kühlschrank aufbewahrt. Wieder oben, stelle ich Milch und Kekse auf dem Schreibtisch ab und lasse mich mit Morta auf dem Schoß auf dem Stuhl nieder. Ich öffne den Brief und fange an zu lesen:

Meine geliebte M.,

wir sind jetzt erst zwei Tage voneinander getrennt, und schon fühle ich mich, als würde ich sterben. Wenn Du wüsstest, wie sehr ich leide, weil wir nicht zusammen sind ... Ich verstehe, dass Du Gründe für Deine Entscheidung hast – das Baby, Dein Mann, Deine Familie. Ich hingegen bin ein zielloser Mann, völlig unfähig, meinen Weg im Leben zu meistern. Aber ein Leben ohne Dich ist für mich kein Leben mehr.

V.

Also *hatte* Mabel einen Lover! Doch offensichtlich sind sie nicht zusammengeblieben. Ich frage mich, ob er es ernst gemeint hat, als er sagte, dass er dann lieber sterben möchte. Ich meine, normalerweise sagen Männer solche Sachen nicht so leichtfertig. Statistisch gesehen jedenfalls.

Ich lege den Brief beiseite und schaue mir die Fotos an. Sie sind klein und verblasst, sodass man nur schwer erkennen kann, wer darauf zu sehen ist. Aber ich bin ziemlich sicher, dass es Mabel mit einem anderen Mann ist. Ich meine, die Nase ihres Ehemannes wäre unverkennbar, und der Mann auf dem Bild mit seinen tiefdunklen Haaren ist definitiv hübscher. So eng, wie sie beieinanderstehen, gibt es gar keinen Zweifel, dass da etwas lief. Ich drehe das Foto um, um nachzusehen, ob etwas auf der Rückseite steht, als ich Reifengequietsche auf der Straße höre, gefolgt von einem gewaltigen Krach und dem Geräusch von zerberstendem Glas. Panisch springt Morta von meinem Schoß und fegt über den Schreibtisch. Dabei stößt sie die Milch um, die sich augenblicklich über die Fotos ergießt.

»Morta!«

Ich stürze zu meinem Wäschekorb und schnappe mir ein dreckiges Handtuch. Durch das Fenster kann ich sehen, wie sich zwei Männer anschreien. Ihre Autos sehen aus wie zwei zusammengequetschte Blechdosen.

»Idioten«, fluche ich und wische die Milch auf.

Aber das bringt nichts. Einige Fotos sind völlig durchnässt und der Brief ist komplett hin. Wie billige Wimperntusche läuft die Tinte die Seite hinunter. Ich rette die Fotos, so gut es geht, und tupfe sie vorsichtig mit dem Handtuch ab. Ich lege sie gerade zum Trocknen raus, als Peggy laut schreiend in mein Zimmer gestürmt kommt.

»Du hast Löcher in mein Cheerleader-Shirt geschnitten!«

»Bist du jetzt völlig durchgedreht?«

»Du bist so was von tot! ... Sag mal, ist das etwa mein Rugbyshirt?«

»Raus aus meinem Zimmer!«

»Was soll der Krach?«, höre ich Mom, die neben Peggy auftaucht. Vermutlich ist sie gerade vom Unterricht zurückgekommen.

»Sie hat Löcher in mein Cheerleader-Shirt geschnitten!«, jammert Peggy und fängt dann an zu heulen.

»Hab ich nicht.«

Mom sieht mich mit bitterbösem Blick an. Sie führt Peggy aus dem Zimmer und schließt die Tür. Ich wünschte, ich *hätte* Löcher in ihr bescheuertes Cheerleader-Shirt geschnitten. Aber zu meiner Schande muss ich gestehen, dass ich daran bisher nicht einmal gedacht habe.

Selbst jetzt, wo ich mir Mabels Fotos angeschaut habe, tappe ich immer noch im Dunkeln, was wirklich in ihrem Leben passiert ist. Dabei habe ich so viele Fragen. Ich möchte alles über sie wissen. Sie hat ein so unglaublich interessantes Leben geführt und trotzdem würde niemand bei ihrem Anblick darauf kommen. Niemand würde vermuten, dass sie Shakespeare, Musik und Wein mag oder dass sie für ihr Leben gern tanzt. Niemand würde auf die Idee kommen, dass sie Romanzen und Intrigen genießt. Es ist komisch, aber plötzlich würde ich Mabel am liebsten alles erzählen. Ich möchte ihr meine Gedanken und Sorgen anvertrauen und ihr sogar erzählen, was ich wirklich für Steve Ryan empfinde.

Mom ruft von unten. Das Essen ist fertig.

Es gibt Tofupu. Das ist Tofu, getarnt als Pute. Was für mich irgendwie null Sinn macht. Ich meine, man will kein Fleisch zu sich nehmen und isst deshalb Tofu. Warum tut man dann also so, als ob es Fleisch wäre? Wie auch immer, ich sitze nur am Tisch, um den äußeren Schein zu wahren. Peggy ist bezeichnenderweise nicht da. Ich würge ein paar Bissen hinunter, frage dann, ob ich aufstehen darf, und ziehe mich wieder in mein Zimmer zurück. Ich möchte einfach nur mit meinen Gedanken allein sein.

Als mein Handy klingelt, liege ich auf dem Bett. Ich blicke auf die Nummer im Display. Es ist Sharon. Ich gehe nicht ran. Das Letzte, was mir jetzt noch fehlt, ist, verhört zu werden. Sie würde das mit Mabel nicht verstehen und von Steve werde ich ihr nichts erzählen. Also ist es am besten, ihr aus dem Weg zu gehen.

Obwohl ich weiß, dass ich eigentlich an meiner Interpretation für Mr Farrel sitzen sollte, verbringe ich den Abend mit Nachdenken und Einträgen in mein Tagebuch. Ich würde so schrecklich gern mit Mabel reden. Ich beschließe, sie morgen zu besuchen und dann auch die Fotos wieder zurückzubringen.

Die Geier lauern

Am nächsten Tag schlafe ich bis in die Puppen, was aber nichts ausmacht, da es Samstag ist. Ich nehme mir Zeit, um mich zu motivieren, und erkläre meinen Eltern dann, dass ich wegen ein paar Recherchen in die Bibliothek fahre. Ich weiß nicht, warum ich mich genötigt fühle, zu lügen, denn mein Typ wird sonst nirgendwo anders verlangt. Es ist nur einfacher, als das mit Mabel zu erklären. Sie fragen nicht weiter, sondern bestehen nur darauf, dass ich mein Handy mitnehme, was ich sowieso getan hätte. Also kein großes Ding.

Auf halber Strecke zu Mabel klingelt es. Dummerweise gehe ich ran, ohne vorher nachzusehen, wer anruft. Natürlich ist es Sharon. Sie möchte, dass wir uns treffen, um über unsere SKA zu reden. Da keine Chance besteht, dass sie mich einfach in Ruhe lässt, versuche ich es mit etwas Vagem.

»Wir können uns nicht jetzt sofort treffen. Ich hab noch was zu erledigen.«

»Was zum Beispiel?«, bohrt sie nach.

»So Sachen eben.«

»Du triffst dich wieder mit der alten Frau, stimmt's?«

»Was? Wie kommst du denn darauf?«

Sie grunzt verächtlich. »Warum benimmst du dich so geheimnistuerisch?«

»Tue ich nicht. Ich hab einfach noch Sachen zu erledigen.«

»Okay, dann komme ich mit.«

»Nein … ähm, ich meine … es ist nur so langweiliges Zeugs.«

»Wenn du versuchst, mich abzuservieren, sag es einfach.«

»Ich versuch nicht, dich abzuservieren.«

Dann folgt eine lange Pause am anderen Ende.

»Okay. Vergiss es«, sagt Sharon schließlich und legt auf. Was für eine hysterische Tussi!

Als ich bei Mabel ankomme und klingele, muss ich länger warten als sonst. Ich denke schon, dass sie vielleicht nicht da ist oder sich nicht daran erinnern kann, wie die Sprechanlage funktioniert. Aber dann antwortet sie endlich mit leiser, brüchiger Stimme.

»Ich bin's … Marie«, sage ich laut.

Der Türöffner summt. Ich gehe ins Foyer, der erfreulicherweise Super-Mario-frei ist. Ich drücke den Fahrstuhlknopf und bin erleichtert, die Kabine ebenfalls leer vorzufinden.

Als ich den vierzehnten Stock erreiche, wartet Mabel nicht im Flur. Ich versuche mein Glück an ihrem Türgriff. Es ist abgeschlossen. Ich klopfe, erst leise und dann lauter. Hat sie, seit wir eben über die Sprechanlage miteinander geredet haben, schon vergessen, dass ich komme? Ich klopfe noch lauter, bis einer von Mabels blauhaarigen Nachbarinnen forschend den Kopf aus ihrer Wohnung herausstreckt.

Ich lächele und winke ihr unschuldig zu. »Meine Mutter«, erkläre ich zur Tarnung.

Der Blauschopf schießt zurück in seine Höhle. Wahrscheinlich, um die Polizei zu rufen.

Ich bringe den Mund ganz nah an Mabels Tür. »Mabel, mach auf … ich bin's.«

Schließlich bewegt sich der Riegel, und ich kann hören, wie Mabel an der Kette rumfummelt. Die Tür öffnet sich quietschend einen Spaltbreit. Ich drücke sie vorsichtig weiter auf und gehe hinein.

Mabel sitzt am Tisch und betupft sich mit einem Taschentuch die Augen.

»Was ist los?«

Sie antwortet nicht, sondern starrt nur aus dem Fenster.

»Was ist passiert? Was hast du?«

»Es ist wegen dieses furchtbaren Mannes.«

»Was für ein furchtbarer Mann?«

Mein Blick fällt auf ein loses Bündel Geldscheine, das direkt neben dem Telefon liegt.

»Bist du ausgeraubt worden?«

Mabel sieht mich entsetzt an. »Ausgeraubt? Ach, du meine Güte! Du musst vorsichtiger sein, Liebes!«

»Nicht ich. *Du.*«

»Ich?«

Das führt zu nichts. »Warum bist du so traurig?«

»Ich wurde aus dem Chor ausgeschlossen.«

»Wie meinst du das?

»John ... dieser furchtbare Mann. Er hat mir gesagt, dass ich nicht wiederkommen soll.«

»Aber warum?«

»Er sagt, ich könne der Melodie nicht richtig folgen. Doch das ist einfach Blödsinn.«

»Wer ist er denn?«

»Oh, du weißt schon ... der Mann vorne.«

»Der Chorleiter?«

»Ja, der.« Mabel presst die Lippen zusammen. »Ich weiß,

warum er mich in Wahrheit nicht dabeihaben will. Er hat sich in mich verguckt, aber ich will nichts von ihm wissen.«

Das klingt so verrückt, dass ich fast laut loslache. Aber ich beherrsche mich, denn Mabel ist ganz offensichtlich völlig außer sich.

Ich lege meinen Arm behutsam um ihre Schulter.

»Wann ist das Ganze denn passiert?«

»Gestern Abend.«

»Und was hast du zu ihm gesagt, als er damit rausgekommen ist?«

Mabels Augen blitzen verärgert auf. »Dem hab ich ganz schön Bescheid gegeben. Ich hab ihm gesagt, dass ich genau weiß, was er will, und er damit nicht durchkommen würde. Ich habe ihm sogar gedroht, mit Vater O'Rourke zu reden.«

»Und was meinte er dann?«

Mabel wendet sich ab. »Er hat gesagt, dass Vater O'Rourke schon über alles im Bilde wäre und es in erster Linie seine Entscheidung gewesen sei. *Sechzig Jahre* habe ich dieser Kirchengemeinde angehört.«

»Was ist mit den anderen Leuten im Chor? Haben die nicht irgendwas dazu gesagt?«

»Oh, ich bin sicher, die sind froh, dass ich weg bin. Das ist einfach nur ein Haufen von Klatschmäulern.«

»Warum willst du denn da hin, wenn alle so furchtbar sind?«

Mabel runzelt die Stirn und ihr Gesicht ist vor lauter Frust ganz verkniffen. »Ich bin zu dieser anderen Kirche gegangen, weiter die Straße runter. Zuerst waren sie sehr nett. Sie haben gesagt, ich könnte bei ihnen mitsingen. Aber sie wollten, dass ich mich ändere.«

»Dass du dich änderst? Was meinst du damit?«
Sie reicht mir eine Broschüre. Oben prangt das Logo der United Church. Ich überfliege die Broschüre.
»Darin geht es doch nur um Toleranz, Mabel.«
Sie wedelt mit dem Taschentuch. »Lies weiter ... Es steht da irgendwo drin.«
»Was, meinst du den Teil über Pastoren, die schwul sind?«
»Siehst du?! ... Sie wollen, dass ich mich ändere.«
Ich seufze resigniert. »Nicht du, Mabel. Sie wollen nicht, dass du dich änderst. Genau das ist der Punkt. Sie akzeptieren jeden so, wie er ist.«
»Es hat mich nervös gemacht und deswegen bin ich gegangen.«
»Warum denn? Die Hälfte der Leute in *Coronation Street* ist doch schwul und trotzdem liebst du die Sendung.«
»Ja?«
»Aber ja, natürlich!«
Sie runzelt die Stirn und sieht so verwirrt aus, wie ich sie noch nie gesehen habe.
»Na, es gibt auch noch andere katholische Kirchen in der Stadt, zu denen du gehen kannst ...«
Mabel schüttelt den Kopf.
Da ich mir nicht ganz sicher bin, was ich sonst noch sagen oder tun soll, sitze ich einfach nur da und frage mich, wo Mabel gerade ist. Ich meine, an einem Tag ist sie noch lustig und scharfsinnig und am nächsten völlig durcheinander und verwirrt. Es ist, als wäre die echte Mabel von Aliens entführt worden und diese zerbrechliche alte Frau hätte ihren Platz eingenommen.
Die Uhr tickt laut an der Wand. Mit jedem Ticken spü-

re ich stärker, wie sich die unsichtbaren Kräfte ihren Weg ins Zimmer bahnen. Sie fangen an, meine Zellen mit kleinen Bleiperlen zu füllen, die mich runterziehen. Plötzlich bin ich vor Enttäuschung überwältigt. Ich hatte mich so darauf gefreut, mit Mabel zu reden – über Sachen, die mich wirklich interessieren und beschäftigen. Aber jetzt ist alles irgendwie verkorkst.

Ich entschuldige mich, dass ich kurz auf Toilette muss, und lege dann Mabels Fotos wieder unters Bett, wo sie hingehören. Wieder zurück in der Küche, setze ich den Teekessel auf. Während das Wasser heiß wird, versichere ich Mabel, dass alles in Ordnung kommt. Ich sage ihr, dass sie sich keine Sorgen machen soll und sich die Situation mit Sicherheit von ganz allein klären wird.

Als der Tee durchgezogen ist, bringe ich ihr eine Tasse, genau so, wie sie es getan hat, als es mir mies ging. Sie nimmt es gar nicht zur Kenntnis. Ich überlege krampfhaft, was ich ihr sonst noch sagen könnte, aber mir fällt nichts ein. Ich bin lange genug geblieben, um nicht unhöflich zu erscheinen, wenn ich sie jetzt verlasse. Also sage ich ihr, dass ich los muss. Bevor ich gehe, zeige ich allerdings noch auf das Geld am Telefon.

»Es ist nicht sicher, so einen Haufen Geld in der Gegend rumliegen zu lassen.«

Mabel sieht das Geld gleichgültig an. »Nimm es dir, wenn du magst.«

»Ich möchte es nicht. Es gehört auf die Bank.« Ich suche in ihrer Schreibtischschublade nach einem Umschlag, lege das Geld hinein und stecke ihn zwischen die beiden Bücher zu ihren anderen Geldumschlägen. »Wirst du sie auch wiederfinden?«

»Das ist egal.«

»Das ist nicht egal, Mabel. Vielleicht interessiert es dich jetzt gerade nicht, aber später bestimmt.«

Mabel gibt einen resignierten Schnaufer von sich.

»Ich komme bald wieder, ich verspreche es. Vergiss nicht, hinter mir abzuschließen.«

»Warte«, sagt sie und steht auf. »Ich habe noch einen Extrasatz ... oh, weißt du, diese Dinger für die Tür ...«

»Schlüssel?«

»Ja, Schlüssel, richtig. Sie sind hier irgendwo.«

Mabel beginnt, planlos herumzustöbern. Ich blicke zur Seite und entdecke die Schlüssel an einem Haken neben der Tür.

»Diese hier?«

»Oh, ja ... Ich denke schon. Probier sie mal.«

Ich teste die Schlüssel und sie passen tatsächlich. »Bist du sicher, dass du noch ein Paar hast?«

»Ja.«

Wieder fängt sie an, ziellos herumzusuchen. Ich nehme ihre Handtasche und gucke hinein. Die Schlüssel liegen unten auf dem Taschenboden.

»Hier sind sie. Schließ die Tür hinter mir ab, ja? Ich komme bald wieder.«

Mabel streckt ihren Kopf empor und küsst mich. Sie riecht nach Lavendelpuder und saurer Milch.

»Schließ die Tür hinter mir ab«, erinnere ich sie noch einmal, bevor ich gehe.

Als ich die Kirche erreiche, habe ich noch keine Ahnung, was ich eigentlich machen werde. Aber ich hoffe, dass mich die Inspiration überkommt, bevor ich durch die Türen gehe.

Oben auf der Treppe bleibe ich stehen. Ich bin noch nie in der Kirche »Our Lady Immaculate« gewesen. Es gibt über ein Dutzend Türen, die ins Gebäude führen, und ich weiß nicht, welche ich nehmen soll. Es ist wie eine Art Test. Ich weiß nicht einmal, ob die Kirche auf ist oder ob der Priester und der Chorleiter überhaupt da sind. Ich packe den Griff der bogenförmigen Tür an der Frontseite und rüttele daran. Sie ist verschlossen. Ich gehe um die Ecke und entdecke eine kleine Metalltreppe, die nach oben zu einer kleineren Tür führt. Ich steige hinauf und versuche dort mein Glück. Die Tür ist offen.

Die Kirche zu betreten ist ein bisschen so, als wenn man durch ein Kaninchenloch in eine andere Dimension vordringt. Der Kräftepegel ändert sich augenblicklich. Die unsichtbaren Kräfte sind sehr stark hier. Ich bin völlig desorientiert, weil es so dunkel ist und der Geruch von Weihrauch und modrigen Büchern bleischwer in der Luft liegt. Von irgendwo tief drinnen dringen Fetzen von Chormusik zu mir. Als sich meine Augen an das Licht gewöhnt haben, wird mir bewusst, dass ich mich in einer Art Vorraum befinde.

Ich entdecke eine zweiflügelige Tür, als ich durch den Vorraum gehe. Sie ist schmal, läuft nach oben hin bogenförmig zu und ist mit seltsamen, ins Holz geschnitzten Symbolen verziert. Neben der Tür ragt ein kleines Steinbecken aus dem Mauerwerk hervor.

Weihwasser, vermute ich mal. Ich öffne die Tür und werde von der Musik förmlich verschlungen. Das Gebäude ist einfach gigantisch. Riesige bunte Glasfenster erstrecken sich bis hinauf zur Decke. Alles – sogar die Christusfigur hinter dem Altar – ist vergoldet und mit Schmuckornamenten verziert.

Die Orgel ist so laut, dass ich durch meine Schuhsohlen hindurch spüre, wie der Holzboden unter mir vibriert. *Was mache ich eigentlich hier?* Das ist der einzige Gedanke, zu dem ich fähig bin. So überraschend und völlig fremd und merkwürdig ist das Ganze für mich.

Plötzlich überkommt mich das Gefühl, dass ich mit all dem nichts zu tun habe. Ich sollte mich einfach umdrehen und gehen. Mabels Rausschmiss aus dem Chor ist eine entsetzliche Ungerechtigkeit, aber ich habe mich schließlich in keiner Weise zu irgendetwas verpflichtet. Ich wollte Mabel nur ein bisschen unter die Arme greifen. Ich meine, ich kenne sie doch nicht einmal richtig. Vielleicht hatte der Chorleiter ja tatsächlich einen guten Grund, sie aus dem Chor zu werfen. Und außerdem: Wo sind denn bitte schön ihre Kinder? Warum helfen die ihr nicht? Was kann ich, eine völlig Fremde, schon für sie ausrichten?

Ich habe mich gerade fast selbst davon überzeugt, dass ich am besten gehe, als die Musik plötzlich aufhört.

Eine Männerstimme ruft:

»Kann ich dir helfen?«

Ich schaue hoch. Ein hagerer Mann mit einer Hornbrille beugt sich über das Geländer der Chorempore und schaut wie ein Aasgeier auf mich herab. Das Echo der Musik hallt noch in meinen Ohren wider.

»Ich bin wegen Mabel hier ... Mabel Wilson.«

»Oh.«

»Ja ... ich ... ähm ... möchte wissen, warum Sie sie aus dem Chor geworfen haben.«

Der Aasgeier verschwindet und dreißig andere Aasgeier tauchen an seiner Stelle auf.

Ich stopfe die Hände in die Taschen und warte, während sich der Zorn von sechzig bohrenden Augen auf mich richtet. Es ist kalt, und ich bin nervös, weil ich Angst habe, dass meine positive Energie in diesem miesen Karma versagt.

Die kleine Tür schwingt auf und der Aasgeier kommt auf mich zu.

»Wer bist du?«, fragt er.

»Ich bin, ähm, Mabels Tochter.«

Gemurmel erhebt sich in der Chorempore. Der Aasgeier neigt seinen Kopf und mustert mich mit prüfendem Blick.

»Wir sind uns bisher nie begegnet.«

Ich weiß, dass er versucht, irgend so einen Jedi-Mentaltrick abzuziehen. Also ignoriere ich seine implizierte Frage und komme gleich zum Thema.

»Also, was soll das eigentlich? Warum haben Sie Mabel aus dem Chor geworfen?«

»Ah, ich verstehe. Du bist hergekommen, um mich unter Druck zu setzen, vermute ich. Es ist ganz einfach: Sie trifft die Töne nicht.«

»Und?«

»Wir haben unsere Standards.«

»Standards ...«

»Ja, genau.«

»Sie ist seit sechzig Jahren Mitglied dieser Gemeinde.«

»Wir halten sie nicht davon ab, an der Messe teilzunehmen.«

»Sie möchten nur nicht, dass sie im Chor singt.«

»Das ist richtig.«

»Ist das hier so üblich? Alte Frauen auf die Straße zu kicken, wenn sie nicht mehr nützlich sind?«

»Ich verstehe nicht, was du meinst.«
»Doch, das tun Sie.«
»Tut mir leid, Miss …?«
»Marie. Mein Name ist Marie.«
»Also, Marie, wie ich schon sagte, wir haben unsere Standards.«

Ich spüre, wie mir die Hitze ins Gesicht steigt.

»Sie können es nennen, wie Sie wollen. Aber in meinen Augen ist es einfach nur schrecklich falsch. Dieser Chor ist alles, was ihr auf der Welt noch geblieben ist. Wie können Sie sie so behandeln? Sie hat stundenlang geweint.«
»Es tut mir leid, das zu hören.«
»Nein, tut es Ihnen nicht.«
»Das ist lächerlich.«
»Damit haben Sie verdammt recht.«

Genau in diesem Augenblick schwingt die kleine bogenförmige Tür mit einem Ruck auf und ein fleischiger Typ in wallender Robe schwebt herein. Er hat ein Gesicht wie ein rosiger Schmorbraten, und ich könnte wetten, dass seine verschwitzten Hände die Schwerkraft-Fernbedienung umklammert halten. Tatsächlich könnte sich sogar die ganze Maschine in seinem Besitz befinden.

»Ah, Vater O'Rourke«, flötet der Aasgeier affektiert. »Vielleicht können Sie diese junge Dame auf den rechten Pfad bringen.«

Der Priester betrachtet mich mit andächtiger Unschuld. Ich schleudere ihm eine Schaufel voller Frost zurück, denn inzwischen bin ich an einem Punkt, wo mir alles egal ist.

»Ist es bei Ihnen üblich, dass alte Frauen aus dem Chor geworfen werden?«

Der Priester klatscht in die Hände. »Ach, der Überschwang der Jugend.«

»Vermutlich erwarten Sie von Mabel, dass sie einfach glücklich und zufrieden davonzieht?«

Der Priester blickt zum Himmel. »Vielleicht warten grünere Auen auf sie.«

»Sie machen Witze.«

»Wer kann Gottes Gedankengang schon ergründen?«

»Gott hat damit nichts zu tun.«

»Allwissenheit ist Gottes alleiniges Privileg.«

Aus irgendeinem Grund bringt das mein Blut zum Kochen. »Wissen Sie, was ich mache? Ich werde Leserbriefe an jede Zeitung im Umkreis von hundert Meilen schreiben und berichten, was Sie getan haben. Ich werde enthüllen, was Sie wirklich sind, nämlich ein Haufen herzloser ... grausamer ... *altenfeindlicher Heuchler.*«

Die entsetzten Chormitglieder schnappen kollektiv nach Luft. Die Augen des Priesters zucken nur einen Moment lang. Dann formt sich sein Mund zu einem schmallippigen Lächeln, als er die Hände zum Gebet faltet. »Der Herr segne uns«, sagt er. Dann dreht er sich um, schwebt davon und lässt mich mit dem Chorleiter stehen.

»Wenn es dir nichts ausmacht ... ich muss mich um meine Herde kümmern«, sagt er.

»Herde trifft es nicht ganz«, kontere ich lahm, als würde ich mich nur mit Peggy zanken. »Schwarm passt besser. Ein Schwarm von Aasgeiern!«

Wutentbrannt und kurz vorm Ausrasten stampfe ich die Kirchentreppe hinunter. Ich verstehe diese Leute einfach nicht! Was denken die eigentlich, wer sie sind? Und als wäre das nicht alles schon schlimm genug, wartet Sharon auch noch unten an der Treppe.

Ich beschließe, in die Offensive zu gehen. »Spionierst du mir hinterher?«, sage ich. »Mann, du bist genauso schlimm wie Todd.«

»Ich *weiß*, dass du zu dieser alten Schachtel gegangen bist.«

»Nenn sie nicht so.«

Sharon schmeißt ihre Gauloise auf den Boden und drückt sie mit dem Schuh aus. Mit dem Rauch, der aus ihren Nasenlöchern strömt, sieht sie aus wie ein Feuer speiender Drache, als sie ruft: »Ich habe gesehen, wie du da reingegangen bist. Du bist eine verdammte Lügnerin!«

Sie fummelt eine weitere Zigarette aus ihrer Packung und zündet sie mit einer wütenden Bewegung an.

»Ich habe nicht gelogen. Du hast ja keine Ahnung, was los ist.«

»Doch, habe ich«, erwidert sie und unterstreicht ihre Worte, indem sie mit der Zigarette mehrmals in meine Richtung stochert. »Du bist *völlig* verrückt geworden.«

»Bin ich nicht!«

»Doch, bist du. Du hast mich abserviert, schleichst hier herum und benimmst dich voll schräg – und weswegen? Wegen irgend so einer alten Frau, die du nicht einmal richtig kennst! Und alle Welt denkt, du gehst mit Todd aus.«

»Bist du jetzt völlig durchgeknallt?«

»Ich? Weißt du, wie das Ganze aussieht? Alle Welt hält dich für so was wie 'ne ... *Loserin*.«

»Was?«

Sharon nimmt einen verärgerten Zug von ihrer Zigarette.

»Für mich ist das okay. Wenn du alles hinschmeißen willst ... Bitte!«

»Ich schmeiße nichts hin.«

»Schön. Wie du willst. Aber komm nicht heulend bei mir an, wenn dein Leben vorbei ist.«

»Ach, komm, Sharon!«

»Nein, komm *du*!«

Sie stolziert davon und lässt mich unten an der Kirchentreppe stehen.

Haiku-Dichter am Abgrund des Todes

Wieder zurück in meinem Zimmer, bin ich noch immer ganz geplättet wegen der Auseinandersetzung mit Sharon. Einige Sachen, die sie gesagt hat, sind einfach nicht zu fassen. Wie kommt sie eigentlich dazu?

Nachdem ich meine Inspiration aufgesetzt habe, greife ich mir Morta, lasse mich auf meinen Schreibtischstuhl fallen und beginne mit meinem Krieg der Briefe:

Sehr geehrte Herren,
ich schreibe Ihnen wegen einer himmelschreienden moralischen Verfehlung, die von der Kirche begangen worden ist ...

Was glaubt sie überhaupt, wer sie ist, dass sie hinter mir herspioniert? Und wie kann sie es wagen, mich eine Loserin zu nennen?

Eine ältere Freundin ...

Nein, das klingt nicht gut ...

~~Eine ältere Freundin~~

Eine ältere Dame ...

Was spielt es eigentlich für eine Rolle, wenn ich Mabel helfe? Warum ist Sharon so ausgeflippt?

~~Eine ältere Freundin~~

Eine ältere Dame, die ein langjähriges Mitglied der Gemeinde »Our Lady Immaculate« ist ...

Und wer hat ihr erzählt, ich würde mit Todd ausgehen? Das Ganze ist so was von absurd. Ich kann es immer noch nicht fassen. Ich eine Loserin? Das sagt genau die Richtige. So eine Angeberin! Dauernd macht sie einen auf tough, obwohl sie eigentlich voll das Weichei ist. Wenn ich nicht wäre, würde sie ganz unten in der Affenkette stehen. Das ist ja wohl mal klar. Wie bizarr ist das bitte?

Ich betrachte die Wörter, die ich geschrieben habe. Plötzlich beschleicht mich ein ganz merkwürdiges Gefühl. *Vielleicht hat Sharon recht.* Ich meine, warum sollte ich mir Gedanken darüber machen, wenn man alte Frauen aus dem Chor wirft? Ich bin ja nicht Mabels echte Tochter. Ich habe mich um das alles nie gerissen. Und jetzt sitze ich hier und schreibe Briefe für sie, während andere mich einen Loser nennen und mir unterstellen, dass ich mit Todd ausgehe.

Ein Schauder läuft mir über den Rücken. Oh mein Gott ... *Ich bin völlig verrückt geworden!*

Genau in diesem Moment kommt Peggy rein.

»Hast du gesehen, wo mein ...?«

»Hau ab!«

Peggy knallt, so laut sie kann, die Tür zu. Morta springt von meinen Schoß und zerkratzt das zweite Mal innerhalb von zwei Tagen meine Beine. »Au! Morta!« Ich zerknülle den Brief, werfe ihn in den Papierkorb und nehme meine Flügel ab. Ich bin fertig. Ende. Schluss. Aus. Ich kann nicht mehr. Es ist einfach zu viel. Es tut mir leid, dass Mabels Leben so furchtbar ist, aber ich kann nichts dafür. Sie wird schon zurechtkommen. Und außerdem bin ich erst sechzehn. Ich muss mit meinem eigenen Leben fertigwerden – mit der Schule, den Projektarbeiten und all den ganzen Sachen. Wieder läuft mir ein Schauder über den Rücken, als ich darüber nachdenke, wie kurz ich davor war, mich ins Verderben zu stürzen.

Ich verbringe den Rest des Wochenendes mit strategischen Überlegungen. Meine Position in der Affenkette zurückzugewinnen wird nicht leicht sein. Das bedarf einer sorgfältigen Planung.

Ich beginne, indem ich Montagvormittag den Unterricht schwänze. Ich komme genau rechtzeitig zur Mittagspause in die Schule. Sharon und die PIBs stehen schon dicht zusammengedrängt auf der gegenüberliegenden Straßenseite und rauchen. Sharon beachtet mich nicht, als ich meinen Platz in der Kette einnehme. Ich stecke mir eine an und fange an zu reden, als wäre nichts gewesen.

»Hey, ich dachte, dass wir vielleicht ein paar Fotos unten an den Bahngleisen für meine SKA machen könnten. Und ein bisschen über morbides Zeugs quatschen. Da ist es echt dunkel und voll abgefahren.«

Sharon sieht mich an und schnippt mir Asche auf die Schuhe. Sie ist immer noch völlig angepisst. Ich mache beharrlich weiter.

»Außerdem gibt's da so einen alten Güterwaggon mit Mega-Gruselfaktor. Wenn es einen guten Platz zum Sterben gibt, dann dort. Wir sollten das unbedingt abchecken.«

Sharon kräuselt ihre Lippen. »Vielleicht könnten wir dann auch gleich ein paar Fotos von dir und deiner Großmutter machen.« Hinter dichten Wolken aus Zigarettenqualm ziehen die PIBs die Augenbrauen hoch. Ich spüre, wie ich ganz nach unten ans Ende der Kette rutsche. Ich breche mir einen ab, um etwas Witziges und Cooles von mir zu geben. Aber mir fällt nichts ein. Mir dreht sich alles im Kopf, und ich habe das Gefühl, in eine Gewehrmündung zu blicken, aus der jeden Augenblick die tödliche Kugel abgefeuert wird. Und dann geschieht ein Wunder: Chocko kommt aus der Schule gestürmt, um uns zur Rede zu stellen.

»Chocko!«, warnt Sharon. Sie schmeißt ihre Zigarette auf den Gehweg und versteckt sie unter ihrem Schuh.

Die PIBs machen es ihr nach.

Nur ich nicht. Das ist meine Chance, wieder in die oberen Ränge der Affengesellschaft zu kommen. Ich rauche weiter.

Noch bevor er überhaupt die Straße überquert hat, fängt Chocko bereits an zu schreien und zeigt mit seinen Wurstfingern auf mich. »Smith! Sie kennen die Regeln! Kein Rauchen auf dem Schulgelände!«

Ich nehme einen langen, langsamen Zug und warte, bis ich die roten Äderchen in Chockos Augen sehen kann. Dann atme ich genüsslich aus. »Ja ... das ist wirklich interessant. Aber wir befinden uns nicht auf dem Schulgelände.«

Chockos blutunterlaufene Augen färben sich noch gut und gern fünfzig Grade dunkler, bevor er komplett explodiert. »Beweg deinen *Arsch* in den Nachsitzraum – SOFORT!«

Das ist die absolute Krönung, der entscheidende Punkt meiner Schulkarriere. Wenn ich ängstlich davonrenne, wäre alles, was ich mir erarbeitet habe, verloren. Ich nehme einen weiteren tiefen Zug und rauche die Zigarette zu Ende. Die Hände wie eine alte Frau in die Hüften gestemmt, steht Chocko in meiner Aura herum. Aus den Augenwinkeln kann ich die strahlende Bewunderung Sharons und der PIBs wahrnehmen. Was auch immer gleich mit Chocko abgeht, dieser kleine Auftritt wird sich in Form von purem Affengold auszahlen.

»Bis dann«, sage ich und schmeiße meine Kippe auf den Boden, als ich vom Bürgersteig trete.

Chocko folgt mir wie ein Schatten. Den ganzen Weg von der Straße zum Schuleingang und weiter über die Treppe bis zum Nachsitzraum durchbohrt er mich aus nächster Nähe mit seinen funkelnden Dolchblicken. Ich kann förmlich die Zahnräder in seinem Kopf rattern hören, wie sie an irgendeiner Dünnschissrede feilen, mit der er mich gleich zutexten wird. Aber als wir in den Nachsitzraum kommen, sehe ich, dass Miss B. für fünf andere Verdammte bereits die Gefängniswärterin spielt. Da Chocko weiß, dass Miss B. auf eine seiner chauvinistischen Tiraden allergisch reagieren würde, ändert er seine Vorgehensweise.

»Rauchen auf dem Schulgelände«, berichtet er ihr. »Ich mache mir Sorgen um ihre Gesundheit.«

Miss B. betrachtet mich nachdenklich. Ich wette, insgeheim weiß sie selbst hin und wieder einen guten Zug zu schätzen. Doch sie muss den Anschein wahren, und so beginnt sie, ihr Missfallen bühnenreif zum Ausdruck zu bringen.

»Hast du auf dem Schulgelände geraucht?«, fragt sie.

»Gewissermaßen.«

»*Und* sie hat sich der Festnahme widersetzt«, fügt Chocko hinzu, der sich offensichtlich für witzig hält.

Ich schenke Miss B. einen geknechteten Blick. »Er hat mich Arsch genannt.«

Miss B. schwenkt ihren Geschützturm in Chockos Richtung. Chocko tritt unbehaglich von einem Fuß auf den anderen und klopft mit den Knöcheln auf den Tisch, so wie Biff es bei mir gemacht hat. Muss so was wie ein Affengeheimcode sein.

»Ich schlage zwanzig Jahre bis lebenslänglich vor«, witzelt Chocko und entschuldigt sich dann mit einem nervösen Lacher.

Miss B. beobachtet, wie Chocko Leine zieht. Dann wendet sie sich mir zu.

»Wie läuft dein Projekt, Sue?«

Ich zucke die Achseln. »Ganz okay, denke ich.«

»Du solltest deine Gliederung heute Morgen abgeben.«

»Ich bringe sie Ihnen morgen ... Versprochen!«

Sie studiert mein Gesicht. »Wie laufen die Dinge zu Hause, Sue?«

»Ganz gut ... würd ich sagen.« Ich halte es lieber vage und für Interpretationen offen.

Miss B. nickt und sucht bei jeder meiner Gesten nach Hinweisen auf ein Kindheitstrauma.

»Okay ... nun gut. Du kannst deine Gliederung am Freitag abgeben.«

Freitag? Sieg auf ganzer Linie!

Ich *liebe* Miss B.

Meine Strategie hat besser funktioniert, als ich es mir je hätte träumen lassen. Nicht nur, dass Sharon draußen vorm Nachsitzraum auf mich wartet, als ich entlassen werde, ich habe auch noch bis Freitag Zeit, meine SKA-Gliederung abzugeben. Denn offensichtlich glaubt Miss B., dass ich unter so was wie einer latenten seelischen Belastung leide. Ich habe zwar noch nicht einmal mit der Hausarbeit für Mr Farrel begonnen, aber die sollte ich in einer Nacht runterschreiben können. Kein Problem.

Sharon und ich beschließen, die Schule sausen zu lassen und ins *Tip* einzufallen.

»Das geht auf meine Rechnung«, verkündet sie und duldet keinen Widerspruch.

Den ganzen Weg dorthin lässt sie sich blumigst darüber aus, was für eine aufrührerische Göttin ich doch sei. Ich hoffe, dass Todd nicht auftaucht und alles verdirbt. Aber so viel Glück habe ich dann doch nicht. Ich höre sein Moped schon aus zehn Blocks Entfernung. Als er angetuckert kommt, geht Sharon wie ein tollwütiger Hund auf ihn los.

»Warum verschwindest du nicht einfach, du Freak!«

Todd sieht mich Hilfe suchend an. Seine Nase ist geschwollen, da, wo Biff ihn getroffen hat. Ich kann mir nicht helfen, aber er tut mir leid. Doch jetzt geht es um ihn oder mich und somit ist die Entscheidung klar.

»Ja ... du solltest besser gehen.«

Todd sitzt bloß da und starrt uns an. Das bringt Sharon

vollends auf die Palme. Sie stößt ihn gegen die Schulter und schubst ihn dadurch fast vom Moped.

»Na schön«, sagt er. Er dreht die Maschine auf und fährt weg, aber nicht ohne mir zuvor einen unendlich traurigen Blick zuzuwerfen.

Im *Tip* warten die üblichen Sitzplätze samt üblicher Schlammbrühe auf uns. Sharon quatscht immer noch über Chocko. Ihrer Meinung nach könnten wir ihn so weit bringen, dass er kündigt. Ich aber bin mir da nicht so sicher.

»Oh, ich habe etwas für dich«, sagt sie plötzlich. Sie langt in ihre Tasche, holt ein kleines Päckchen hervor und schiebt es über den Tisch.

»Wow, danke.«

Ich öffne das Päckchen. Es ist ein Buch mit dem Titel *Japanische Todesgedichte: Geschrieben von Zen-Mönchen und Haiku-Dichtern kurz vor ihrem Tode*. Es ist auf dünnem, durchscheinendem Papier gedruckt, das wie Pergament aussieht. Es gibt nur ein Haiku pro totem Mönch, was ziemlich schwierig gewesen sein muss. Ich meine, dein ganzes Leben in einem Haiku zusammenzufassen – das kann nicht einfach sein. Ich habe schon mindestens fünfunddreißig Tagebücher vollgeschrieben und bin erst sechzehn.

»Das ist so was von klasse«, sage ich.

Sharon lächelt. »Es ist eine Übersetzung. Ich habe es in einem Antiquariat gefunden. Ich dachte, du könntest es vielleicht für deine SKA gebrauchen.«

»Ja, absolut.«

Beim Durchblättern stoße ich auf ein Haiku, das ich mag, und lese es laut vor. Es geht um schimmernde Knochen und welkende Blumen. Als ich zu Ende gelesen habe, blicken Sha-

ron und ich uns ergriffen an und nicken anerkennend. Ich lese noch eines. Es geht ums Schreiben, ums Verlöschen und um aufblühende Mohnblumen. Ich schließe das Buch und bewundere das Cover.
»Ich fass es nicht, dass du das aufgegabelt hast«, sage ich.
»Das kann ich super für meine SKA gebrauchen.«
»Cool.«
»Das gibt definitiv Pluspunkte von Miss B.«
Wir lesen noch ein paar Gedichte, bevor wir uns für die nächsten eineinhalb Stunden in eine Diskussion über die poetischen Aspekte des Selbstmordes stürzen. Ich finde, es sollte ein allein zu vollziehender Akt sein. Doch Sharon hält es für die ultimative Ausdrucksform von Zweisamkeit. Sie sagt, sie möchte ihre wahre Liebe finden und sich – wenn beide beginnen, sich gegenseitig richtig anzuöden – mit ihrem Partner vor einer leeren Leinwand in die Luft sprengen, während im Hintergrund ihre Lieblingsmusik läuft (die noch bestimmt werden muss).

Nach riesigen Mengen Schlammbrühe und diversen ebenso anregenden Unterhaltungen beschließen wir, den Güterwaggon am Bahnhof für eine mögliche Fotosession abzuchecken. Dann tauchen wir ein wenig in die Affenkultur ein.

»Gestern Abend habe ich Darren zusammen mit Michelle gesehen«, beginnt Sharon.
»Kotz! Wen interessiert das schon? Er ist so ein Loser.«
»Und sie voll die Schlampe. Sie hat diese roten Disco-Flohmarktpumps angehabt. Was bitte schön ist so toll an ihr?«
»Ich kann dir zwei Dinge nennen.«
»Mann, was für eine Barbiepuppe!«
Ich nehme einen Schluck Kaffee. »Weißt du, was ich mal

gelesen habe.« Wenn du die Barbiemaße in die Realität übertragen würdest, wären ihre Möpse so groß und ihre Füße so klein, dass sie die ganze Zeit auf dem Rücken liegen müsste.«
»Hört sich nach Michelle an.«
»Können solche Melonen echt sein?«
»Ist Silikon etwa echt?«
»Da ist was dran.«
»Punkt für uns.«
»Doppelpunkt … bei den zwei Riesenhupen.«
»Richtig.«

Wir lachen. Ich möchte ihr von Steve Ryan erzählen, entscheide mich dann aber dagegen. Dadurch würden die Dinge nur noch verzwickter werden, als sie es ohnehin schon sind. Ich meine, ich selbst bin ja schon verwirrt genug. Wie kann ich denn die eine Sporthohlbratze zum Kotzen finden und die andere mögen? Das alles ist mehr als genug, um einem den Schädel implodieren zu lassen.

Sharon und ich beschließen, bis zur Abenddämmerung zu warten, bevor wir zum Bahnhof gehen. Sie muss sowieso erst ihre Kamera holen und so verabreden wir uns für sieben Uhr an den Gleisen. Das gibt mir genug Zeit, um mich umzuziehen und zu Abend zu essen (oder zumindest für eine Weile darin herumzustochern, damit meine Eltern zufrieden sind).

Als ich nach Hause komme, erwische ich Peggy, wie sie an meinem Schreibtisch sitzt und eines meiner Tagebücher liest.
»Was zum Teufel machst du da?«
Sie fährt herum. Ihre Lamettazähne blitzen. »Du Hexe! Ich bin nicht dämlich!«
Sie schleudert das Tagebuch nach mir und verfehlt nur knapp meinen Kopf. Sie reißt die Schublade aus dem Schreib-

tisch heraus und pfeffert mein Schreibpapier und diverse Stifte auf den Boden, bevor sie meine Inspiration attackiert und die Federn in dicken Büscheln rausreißt. »Ich hasse dich, ich hasse dich!«, schreit sie.

»Hör auf, du Psychotante!«

Dad kommt ins Zimmer gerannt. »Was in aller Welt geht hier vor?«

»Sie ist eine verlogene Hexe!«, kreischt Peggy.

»Pass auf, was du sagst, junge Dame!«

Peggy stürzt davon und brüllt aus vollem Leib.

Dad dreht sich zu mir um. »Was hast du gemacht?«

»Nichts! Ich schwöre bei Gott. Sie hat einfach in meinen Sachen herumgewühlt.« Ich hebe die Hand und zeige fassungslos auf das Durcheinander am Boden.

Dad sieht mich an, als wäre alles meine Schuld.

Okay, vielleicht habe ich mich ja in meinen Tagebüchern ein bisschen schroff über Peggy ausgelassen. Aber sie hat nicht das Recht, meine privaten Gedanken zu lesen. Die gehören mir. Das geht sie nichts an. Was für eine Irre!

Ich begutachte den Schaden. Meine Inspiration ist völlig hinüber. Sie liegt am Fußende meines Bettes. Ein lebloser, demolierter Haufen schwarzer Federn und Knochen. Und ich muss die Sauerei aufräumen. Ich frage mich, ob man japanische Todesgedichte auch für andere schreiben kann …

Als ich die Schublade zurück in den Schreibtisch schiebe, finde ich eine Hippie-Postkarte, die mir meine Blumenkind-Tante vor Jahren geschickt hat. Es ist ein Bild von einem Yogi-Typen, der mit dem Finger in die Luft zeigt und erleuchtende Worte vom Stapel lässt.

Ist das grammatikalisch überhaupt korrekt? Ich zerreiße die Postkarte, werfe sie in den Papierkorb und kicke den Korb dann mit Anlauf durchs Zimmer. *Bescheuerte Peggy!*

Ein halb gegessener Apfel rollt aus dem Korb und kullert über den Boden, bis er von einem Bein des Schreibtischstuhls gestoppt wird. Und da sehe ich es: Zwischen Wand und Schreibtisch ist ein Foto eingeklemmt. Es ist eines von Mabels Bildern. Vermutlich ist es hinter den Schreibtisch gerutscht, als Morta das Milchglas umgekippt hat. Ich ziehe es heraus und zögere, es mir anzuschauen. Die Morallektion ist sehr wohl bei mir angekommen: Erst flippe ich aus, weil ich Peggy dabei erwischt habe, wie sie in meinen Tagebüchern gelesen hat, und jetzt schnüffele ich wieder mal in Mabels Privatleben herum. Aber ich kann nicht widerstehen.

Auf dem Bild ist Mabel mit ihrem geheimnisvollen Mann

zu sehen. Sie hält ein kleines Baby in den Armen und sie strahlen sich gegenseitig an. Sie scheinen so verliebt zu sein. Ich drehe das Bild um. In blauer Schrift sind auf der Rückseite folgende Worte geschrieben: »Unsere Marie«. Also ist das Puzzle endlich komplett. Mabel *hatte* eine Affäre. Und ich bin der uneheliche Sprössling ihrer Leidenschaft – oder zumindest ist es die echte Marie.
Als ich das Foto so in der Hand halte, spüre ich auf einmal, wie ich wieder die Distanz verliere. Wenn ich nur etwas Hirn hätte, würde ich das Foto zusammen mit Mabels Schlüsseln einfach wegschmeißen und alles, was damit zusammenhängt, vergessen. Aber aus irgendeinem Grund bring ich das nicht fertig. Ich kann nicht einfach so tun, als ob Mabel kein Teil meines Lebens wäre. Plötzlich habe ich ein Bild vor Augen, wie sie völlig allein in ihrem Apartment sitzt. Ohne Essen. Mit niemandem zum Reden. Zumindest bin ich verpflichtet, ihr das Foto zurückzugeben. Wenn ich mich beeile, kann ich es vorbeibringen und habe immer noch genug Zeit, um rechtzeitig zu unserer Fotosession am Bahnhof zu sein.

Im Netz verstrickt

Als ich bei Mabel ankomme, sehe ich eine Schar von Blauschöpfen im Foyer stehen. Sie recken die Hälse und murmeln sich misstrauisch was zu, während ich die Klingel drücke und warte.

Keine Antwort.

Ich klingele noch mal.

Immer noch nichts. Wo ist Mabel?

Ich spiele schon mit dem Gedanken, zu gehen, als mir die Schlüssel einfallen.

Die Blauschöpfe drängen sich nervös zusammen, als ich die Tür aufschließe. Eine bedeckt sogar ihren Ring mit der Hand. Ich schenke ihnen ein nettes Lächeln, um ihr Misstrauen zu atomisieren.

»Schöner Abend heute, nicht?«, sagt die mit dem Ring.

Es ist erstaunlich, wie alte Menschen es schaffen, so zu tun, als ob alles in Ordnung wäre, obwohl sie eigentlich das Gegenteil finden. Und die halten junge Leute für unehrlich …

Ich gehe durch die Lobby zum Fahrstuhl. Mario erscheint wie ein Poltergeist und fängt mich an der Tür ab.

»Was machst du hier?«

»Jemanden besuchen.«

»Wen?«

»Das geht Sie nichts an.«

Mario blickt finster drein.

Die Blauschöpfe treten unbehaglich von einem Fuß auf den anderen.

»Ich behalte dich im Auge«, sagt er, gerade als der Fahrstuhl erscheint und ich eintrete.

Oben bei Mabel angekommen, klopfe ich zaghaft an die Tür. Keine Antwort. Ich drehe den Schlüssel im Schloss um und spähe hinein.

»Mabel …? Bist du da …?«

»Sie ist fort«, höre ich eine sanfte Stimme hinter mir.

Es ist eine Frau in den Dreißigern, mit Baumwollhose, konservativer Frisur und Brille. Definitiv eine Baumumarmerin.

»Bist du eine Freundin von Mabel?«, fragt sie.

»Ähm, ja, sozusagen …«

»Bist du Marie? Mabel hat mir alles über dich erzählt.«

»Äh, ja, genau. Wissen Sie, wo Mabel ist?«

»Sie haben sie heute Morgen mitgenommen. Ich habe sie gefunden, als sie durch die Flure gewandert ist. Sie sagte, sie würde sich nicht wohlfühlen. Also habe ich den Krankenwagen gerufen.«

»Sie haben sie ins Krankenhaus gebracht?«

»Ja. Ins St. Joe's.«

»Haben sie gesagt, was mit ihr sein könnte?«

»Das konnten sie noch nicht sagen.«

»Wissen Sie, wann sie zurückkommt?«

Die Frau schüttelt den Kopf. »Ich wohne hier im Flur gegenüber. Bitte lass mich wissen, wenn ich irgendwie helfen kann.«

Ich danke ihr und schließe dann Mabels Tür ab. Aus irgendeinem Grund lege ich das Foto nicht zurück, sondern lasse es stattdessen in meiner Jackentasche.

»Ich hoffe, deine Mutter kommt wieder in Ordnung«, sagt die Frau, als ich gehe.

Sharon wird mich umbringen, wenn ich zu spät bin. Aber ich muss herausfinden, ob Mabel okay ist. Das St. Joe's liegt am anderen Ende der Stadt, was bedeutet, dass ich den gefürchteten Bus nehmen muss, um nicht allzu spät zur Fotosession zu kommen. Ich hasse den Bus. Der ist nur was für Loser und verrückte Typen. Doch in Anbetracht der Lage ist es besser, als zu laufen. Zum Glück fahren sie alle fünfzehn Minuten. Das ist eines der wenigen Dinge, die unsere Scheißstadt mal vernünftig hinbekommen hat.

Ich erkundige mich beim Fahrer, ob ich im richtigen Bus bin, bevor ich hinten Platz nehme. Die Gravitation ist so heftig, dass meine Lebensenergie innerhalb von Sekunden aus mir herausrinnt.

Nachdem der Bus minutenlang im Leerlauf auf dem Platz herumgestanden hat, geht es endlich los. Die nächste halbe Stunde fahren wir kreuz und quer durch die Straßen, bis ich am Ende überzeugt bin, dass wir uns auf komplizierten Bahnen einfach nur im Kreis bewegen.

Ich fange schon an, in Panik zu geraten, da ich mittlerweile glaube, dass die Gravitationsmaschine die Kontrolle über den Bus übernommen hat, als das Krankenhaus in Sicht kommt.

Ich springe auf und drücke den Halteknopf. Der Fahrer bremst ein bisschen zu heftig, was zur Folge hat, dass ich von einer enorm großen Frau gegen die Stange an der Tür gedrückt werde.

Sie wirft mir einen völlig angepissten Blick zu und zerquetscht mich fast, als ich versuche, die Einstiegstreppen hinabzufliehen. *Nie* wieder werde ich Bus fahren.

Im Krankenhaus ist es genauso übel. Es ist proppenvoll mit Menschen, die alle verzweifelt zu einem Arzt wollen. Man hat das Gefühl, mitten im Krieg zu sein. Ich wende mich an eine Frau hinter dem Empfangstresen und frage nach dem Weg. Sie schickt mich quer durchs Gebäude, und nachdem ich einige Türen passiert habe, stehe ich vor einer anderen Frau hinter einem anderen Tresen, die nach einem Namen fragt.

»Mabel ... Mabel Wilson.«

Die Frau sucht in ihrer Liste. »Raum 417 Ost«, sagt sie.

Zurück zum Fahrstuhl. Ich steige im vierten Stock aus, genau wie die Frau es mir gesagt hat. Aber aus irgendeinem Grund glaube ich nicht, dass ich hier richtig bin. Ich wandere den Korridor entlang und checke die Nummern, bis ich Raum 417 finde. Als ich hineinschaue, sehe ich ein kleines Kind in einem mit Stofftieren überhäuften Bett liegen. Es ist an all diese Maschinen angeschlossen und sieht schrecklich aus. Ich drehe mich um, um zu gehen. Doch da spricht mich der kleine Junge mit flüsternder Stimme an.

»Bist du von *Make a Wish*?«

Zögernd mache ich einen Schritt ins Zimmer. »Wie bitte?«

»Du musst hier drin eine Maske tragen«, weist er mich zurecht.

»Oh.« Ich finde eine Maske auf dem Nachttisch und setze sie auf.

»Bist du von der *Make a Wish*-Stiftung?«, fragt er erneut.

Ich starre ihn über die Maske hinweg an. Ich weiß nicht, was ich sagen soll.

»Weil ich nämlich einen Wunsch habe«, fährt er völlig unbeeindruckt fort. Doch dann fängt er so heftig an zu husten, dass ich denke, er stirbt gleich hier vor meinen Augen.

Ich bin kurz davor, nach der Schwester zu klingeln, als er zu husten aufhört. Ich warte, bis er wieder zu Atem gekommen ist.

»Okay ... wie lautet dein Wunsch?«, frage ich.
»Du musst ihn mir erfüllen, richtig?«
»Ja ... ich denke schon.«
»Egal, was es ist?«
»Worum geht's denn?«
»Ich will meinen Lehrer umbringen.«

Es sagt das so ernst, dass ich mir auf die Zunge beißen muss, um nicht loszulachen. Wenn sich jemand in dieses Kind hineinversetzen kann, dann ich. Das kann man mir glauben. Doch ich muss so tun, als wäre ich eine Erwachsene, die das missbilligt.

»Oh ... ich bin mir nicht sicher, ob wir das machen können.«

»Aber ihr seid doch dafür da, dass man mir alles erfüllt, was ich will.«

»Wie sieht's denn mit einem Kätzchen oder einem kleinen Hund aus?«, erwidere ich und höre mich dabei an wie meine Mutter.

Das Kind zieht einen Schmollmund und schüttelt langsam seinen Kopf auf dem Kissen. Es kneift die Lippen zusammen und sieht mich mit großen traurigen Augen an.

»Ich werde sterben, weißt du.«
»Sag so was nicht.«
»Es ist wahr.«
»Das weißt du nicht.«

»Doch, tue ich.«

»Hat das der Arzt gesagt?«

»Nein, aber ich kann es an der Art erkennen, wie er mit mir redet.«

»Das bedeutet gar nichts. Ärzte sind ganz furchtbar schlecht darin, mit Kindern zu sprechen. Das ist eine allgemein bekannte Tatsache. Kinder treiben sie in den Wahnsinn.«

»Warum?«

»Ich weiß nicht ... Vielleicht, weil sie in der Nase popeln und so.«

Ich sage das, um ihn zum Lachen zu bringen. Aber er starrt mich einfach nur weiter mit diesen leidenden Augen an. Und dann fängt er wieder an zu husten. Es wird so schlimm, dass ich am Ende doch nach der Schwester klingele. Als sie auftaucht, sieht sie mich finster an und beginnt gleich, mit dem Kind zu schimpfen.

»Du weißt, dass du dich nicht überanstrengen sollst, Jimmy.«

Sie hilft ihm auf, gibt ihm etwas Medizin und bugsiert ihn dann energisch wieder in die Horizontale zurück, bevor sie sich mir zuwendet.

»Kann ich dir helfen? Bist du eine Verwandte?«

»Äh ... nein ... ich war eigentlich auf der Suche nach Zimmer 417.«

»Ost oder West?«, fragt sie. »Denn das hier ist West.«

»Ost.«

»Durch die Halle und dann den Korridor entlang. Halte dich immer links, bis du zu einer Schwingtür kommst.«

Ich verlasse Jimmy und mache mich auf den Weg durch den Korridor. Sobald ich die Schwingtür passiert habe, weiß ich, dass ich richtig bin. Durch die Abgase der teuflischen Maschine ist die Luft muffig, alt und abgestanden. Außerdem hat die Maschine eine Art von unsichtbarem Netz gesponnen, in dem sich Dutzende verknöcherter Patienten verfangen haben. Sie haben keine andere Wahl, als zu bleiben. Auch Mabel ist in ihrer Gewalt, gefangen in Zimmer 417.

Als ich hereinkomme, sehe ich, wie ein Arzt am Ende von Mabels Bett steht und diverse Krankentabellen durchsieht.

Vorsichtig trete ich näher. Mabel blickt direkt durch mich hindurch. Sie scheint völlig neben der Spur zu sein, so als hätte sie keine Ahnung, wo sie sich befindet. Der Arzt ignoriert mich.

»Entschuldigung ...« Ich versuche, seine Aufmerksamkeit zu erregen.

Er ist völlig in seine Tabellen vertieft und antwortet nicht. Er erinnert mich an unseren Direktor Mr Ricketts. Ich huste ein wenig, um ihn wissen zu lassen, dass ich da bin.

Immer noch nichts.

»Ich bin hier, um nach Mabel zu sehen«, sage ich ein wenig entschiedener.

»Bist du eine Verwandte?«

»Ich bin, ähm, ihre Tochter ... Marie.«

Er sieht mich über seine Bifokalbrille hinweg an und runzelt skeptisch die Stirn.

»Für ihre Tochter sehen Sie ein bisschen jung aus.«

»Ich bin das Nesthäkchen.«

»Ah ja.« Der Arzt klickt missbilligend auf seinen Kugelschreiber und tritt dann wie ein müder Mechaniker in Aktion, der ein altes Autowrack taxiert. »Sie hat einen schweren Schlaganfall erlitten. Wir sind noch nicht sicher, wie groß der Schaden ist, aber es sieht nicht gut aus.«

Ich schaue zu Mabel hinüber und spreche mit leiser Stimme. »Sollten wir in ihrem Beisein so reden?«

Der Arzt sieht mich blinzelnd an und redet dann einfach weiter.

»Sie wird nicht mehr allein leben können und eine Rund-um-die-Uhr-Betreuung brauchen. Ich schlage vor, Sie suchen nach einer geeigneten Einrichtung.«

»Und das können Sie anhand dieser Tabellen sagen?«

Er seufzt, als wäre er mit so was schon viel zu häufig konfrontiert worden. »Jeder Schlaganfall ist anders, und jede Person, die einen hatte, ist auf andere Weise betroffen. Einige Leute, die einen Schlaganfall überleben, haben nur leichte Symptome. Bei anderen ist es schlimmer. Sie mag vielleicht ganz okay aussehen – und eventuell scheint sie sich in ein paar Tagen sogar wieder ein wenig erholt zu haben. Aber ich würde mir nicht zu viele Hoffnungen machen. Ich habe im Laufe der Jahre genug solcher Fälle gesehen und weiß, wie es ausgehen kann. Im Fall Ihrer Mutter ist es mehr als wahrscheinlich, dass sie einen weiteren Schlaganfall bekommen wird.«

»Was, jetzt gleich?«

»Jederzeit.«

Ich drehe mich zu Mabel um. Sie murmelt etwas vor sich hin. Mir gefällt nicht, was der Arzt sagt. Aber ich muss wirklich zugeben, dass es von dort, wo ich stehe, auch nicht gut aussieht.

»Und was passiert als Nächstes?«

»Wir behalten sie zur Beobachtung da ... noch ein paar weitere Tests ... und dann sehen wir weiter.«

»Das war's?«

Der Arzt reibt sich den Nasenrücken mit den Fingern. »Es ist besser, wenn man nicht zu viel erwartet. Häufig haben diese Patienten scheinbar klare Momente. Doch das dauert selten lange. Sie sagen am besten dem Rest Ihrer Familie Bescheid.«

Er geht aus dem Zimmer und lässt mich mit Mabel allein. Ich nähere mich der Bettkante.

»Hey, Mabel ... ich bin's ... Marie.«

Mabel lenkt ihren ungerichteten Blick in meine Richtung. Sie langt nach meinem Arm und packt ihn mit erstaunlicher Kraft.

»Ich will nach Hause«, sagt sie. Sie bringt die Worte nur gedämpft und lallend hervor. Sie hält meinen Arm so fest gedrückt, dass es wehtut.

»Du musst hierbleiben«, versuche ich sie zu beruhigen. »Sie machen noch ein paar Tests und so was.«

Aber es ist, als könnte sie mich nicht einmal hören. Sie fängt an zu betteln.

»Bitte ... du musst mir helfen ... Ich möchte einfach nur nach Hause. Ich weiß nicht, wie ich hierhergekommen bin ... Bitte ... Hilfst du mir ...?«

Ich spüre, wie sich die Fäden des unsichtbaren Netzes um mein Gehirn winden. Es ist alles so entsetzlich, so ganz und gar schrecklich, dass ich schreien und davonlaufen möchte. Die Kräfte wirbeln um mich herum, die Maschine dröhnt lauter und lauter und stößt schwarze Wolken in den Raum aus. Mabel drückt sogar noch fester zu.

»Bitte ...«

Die dunklen Wolken umkreisen mich, und ich spüre, wie ich versinke. Gewaltsam löse ich Mabels Finger und haue ab. Nach Luft japsend, komme ich aus dem Krankenhaus geschossen. Schien die Situation zuvor schon schlimm genug, so ist sie jetzt zweifellos noch schlimmer. Und außerdem komme ich nun auch noch zu spät zum Treffen mit Sharon.

Da sich das Thema Bus für mich ein für alle Mal erledigt hat, beschließe ich, zu Fuß zu gehen. Nach dem Krankenhaus tut die körperliche Anstrengung sogar richtig gut. Sharon wird wütend sein, aber das ist mir egal.

Während ich so schnell ausschreite, wie ich kann, höre ich auf einmal den unverkennbaren »Sound« von Todds Moped, das hinter mir herknattert. Als er zu mir aufschließt, sehe ich, dass er nicht nur eine schwarze Lederjacke trägt, sondern sich die Ohren mit Goldringen hat piercen lassen.

»Willste mit?«

»Was?«

»Willste nun mitfahren, oder nicht?«

Macht Todd jetzt etwa auf cool? Ich schaue auf die Uhr. Sharon wird jetzt schon Schaum vorm Mund haben. Todd lässt die Maschine ungeduldig aufröhren. Ich verdrehe die Augen und klettere hinten rauf.

Was soll's, zum Teufel?! Wahrscheinlich kann es sowieso nicht noch schlimmer kommen. Er schnallt den Ersatz-Bowlingkugelhelm ab und reicht ihn mir. Ich schiebe ihn zurück.

»Keine Chance.«

»Wie du willst«, sagt er und macht ihn wieder hinten am Moped fest. »Wo möchtest du hin?«

»Zum Bahnhof.«

Dann knattern wir durch die Straßen. Ich halte meinen Kopf gesenkt und hoffe, dass niemand mich hinten auf Todds Bestie erkennt. Wir haben fast die Brücke erreicht, die über die Gleise führt, als Todd über seine Schulter hinweg brüllt:

»Erinnerst du dich an das Gedicht, das du in deinem Umkleideschrank gefunden hast? Das auf der Popcorntüte?«

»Äh … ja …«

»Ich hab es geschrieben.«

»… Was?«

»Ich war's. Ich hab's geschrieben … Ich liebe dich, Sioux.«

Oh mein Gott! Ich falle fast vom Moped. Das passiert jetzt gerade NICHT mir. Wie kann ein einziges Leben so rettungslos verkorkst sein? Vielleicht hat Todd auch meine Unterhose eingesackt. Beim Gedanken daran wird mir augenblicklich übel.

»Todd … bitte …«

»Hör mir einfach nur zu. Du musst dich jetzt nicht auf der Stelle binden oder so. Ich möchte nur wissen, ob ich eine Chance habe.«

Eine Chance? Ich kann es nicht fassen. »Todd … ich kann nicht … Ich fühle einfach nicht das Gleiche …«

»Ich möchte nur, dass du darüber nachdenkst.«

»Aber ich *habe* darüber nachgedacht, Todd. Ich … ich liebe einen anderen.«

Gerade als ich das sage, fahren wir an Steve Ryan vorbei, der aus einem Laden kommt. Unsere Blicke treffen sich und der Ausdruck des Wiedererkennens auf seinem Gesicht ist nicht zu missdeuten. Ich versuche, jeden Fetzen noch verbliebener Würde zu wahren, indem ich einen Harakiri-Sprung vom Moped hinlege. Aber es fährt schneller, als ich dachte. Meine Knie knicken weg und dann schlage ich auf dem Boden auf. Während ich ein paarmal wie mein eigenes Double über den Boden rolle, ergießt sich der Inhalt meiner Tasche explosionsartig auf die Straße.

Todd geht in die Eisen, und Steve Ryan kommt zu mir gerannt, um mir zu helfen.

»Das muss wehgetan haben«, sagt er, als er meine Sachen – inklusive der Tampons! – aufklaubt.

Mit hochrotem Kopf reiße ich sie ihm aus der Hand. »Ich bin okay, wirklich. Das mach ich immer so.«

»Du fährst häufig mit Todd?«, folgert Steve.

»Oh Gott, nein! Bitte erzähl *niemandem*, dass du mich gesehen hast.« Ich klinge wie eine völlig Geisteskranke. Schnell packe ich meine Sachen und sage ihm, dass ich los muss.

Todd ruft noch was hinter mir her, aber ich lasse ihn einfach stehen und renne unter der Brücke hindurch und dann weiter an den Gleisen entlang zum Bahnhof.

»Endlich«, sagt Sharon und drückt ihre Zigarette unter der Schuhsohle aus. »Ich habe fast eine Stunde gewartet.« Sie sieht mich an und zieht eine Grimasse. »Was ist denn mit dir passiert?«

Ich bringe ein paar lahme Entschuldigungen vor und schiebe alles meiner Mutter und Peggy in die Schuhe. Wenn Sharon jemals dahinterkommt, dass ich mit Todd gefahren bin, bin ich für den Rest meines Lebens erledigt.

»Lass uns loslegen«, fordert sie mich auf. »Die Lichtverhältnisse ändern sich. Lass dich aus dem Waggon hängen und tu so, als wärst du gerade umgebracht worden oder so.«

Ich klettere in den Waggon und versuche, möglichst tot auszusehen. Nach ein paar Anweisungen stöhnt Sharon schließlich verzweifelt auf.

»Was ist los mit dir? Willst du das jetzt machen oder nicht?«

Ehrlich gesagt, eher nicht. Aber damit kann ich Sharon jetzt natürlich nicht kommen. Ich bin völlig zerstreut, weil ich über so vieles nachdenken muss: über Todd, Steve Ryan, den kleinen Jimmy aus 417 und vor allem über Mabel. Was wird mit ihr passieren? Sollte ich versuchen, ihre Familie ausfindig zu machen? Ich weiß doch nicht einmal, wer sie sind. Und was werden sie sagen, wenn eine völlig Fremde anruft, um ihnen was über ihre Mutter zu erzählen? Wird sie das überhaupt interessieren?

»Tut mir leid«, sage ich. »Ich bin heute einfach neben der Kappe.«

»Moment. Bleib so!«, erwidert sie und schießt ein Dutzend Fotos. »Okay, jetzt leg dich so vor den Zug, dass es aussieht, als würde er dich überrollen.«

Sharon bietet mir eine Gauloise an, als wir nach Hause gehen. Ich muss an den kleinen Jimmy denken, der hustend im Krankenhaus liegt. Und plötzlich macht mir der Gedanke, nie wieder zu rauchen, nicht mehr das Geringste aus.

»Äh ... nein, danke.«

Sie beäugt mich misstrauisch, zündet sich dann eine an und nimmt einen tiefen Zug. Ich stelle mir ihre Lungen wie zwei braune, auf einem Grill vor sich hin brutzelnde Steaks vor. Sharon ist in einer gefährlichen Stimmung. So viel steht fest. Dabei möchte ich einfach nur ohne Zwischenfälle nach Hause. Todd hat sich bis jetzt noch nicht blicken lassen, was schon mal gut ist. Aber ich bin sicher, dass er sich bereits auf den Weg gemacht hat.

»Also, was geht dir im Kopf rum?«, fragt Sharon.

»Hä? Oh, nichts ... warum?«

»Besser für dich, wenn es nichts mit der alten Frau zu tun hat.«

»Unsinn! Nein.«

Sharon bläst den Rauch aus und mustert mich aus den Augenwinkeln.

»Die Fotos bringe ich dir morgen. Mein Drucker hat keine Tinte mehr, aber meine Mutter besorgt mir heute Abend wieder welche.«

»Okay.«

Wir trennen uns am Park. Von Todd keine Spur, Gott sei Dank. Erleichtert, endlich zu Hause zu sein, stolpere ich die Stufen zur Haustür empor.

Glücklicherweise ist das Badezimmer frei. Peggy ist anscheinend ausgegangen und knutscht irgendwo mit ihrem Freund herum. Ich lasse extraheißes Wasser einlaufen und gleite vorsichtig in die Wanne, in der Hoffnung, dass das heiße Wasser mir die Gedanken freispült. Sobald die Hitze auszuhalten ist, lasse ich mich ganz hineingleiten und bedecke mein Gesicht mit einem Waschlappen. Ich bin gut darin, die Wasserhähne mit den Zehen zu bedienen, und so brauche ich mich kaum zu bewegen, wenn ich mehr heißes Wasser brauche. Während ich mich so treiben lasse, wabern mir die Ereignisse des Tages im Kopf herum wie die Dampfschwaden im Badezimmer. Ich kann immer noch Mabels Finger an meinem Arm spüren. Und ich sehe immer noch Jimmys Gesicht auf dem Krankenbett vor mir. Das Ganze ist so entsetzlich und einfach unfassbar. Aber trotzdem bekomme ich schon bei dem bloßen Gedanken an Steve Ryan Herzklopfen, so mies ich mir dabei auch vorkomme. Ich bin derart neben der Kappe und so durcheinander, dass ich nicht mal ansatzweise zu irgendwelchen Schlüssen komme. Nachdem ich einige Male heißes Wasser nachgefüllt habe, bin ich noch genauso verwirrt wie zuvor. Ich lasse das Wasser raus, wickele mich in ein Handtuch und gehe in mein Zimmer. Steves Shirt liegt immer noch gefaltet auf meinem Nachttisch. Ich ziehe es an. Es ist lang genug, um es als Nachthemd zu benutzen. Dann knipse ich das Licht aus und gehe ins Bett. Vielleicht sieht morgen ja alles schon ganz anders aus.

Wogen der Ratlosigkeit

Doch am nächsten Morgen sieht alles noch genauso aus. Ich schwindele Mom an und sage, dass es mir nicht gut geht. Und die Wahrheit ist: Ich fühle mich auch nicht gut. Aber es ist nicht die übliche Gravitations-Unpässlichkeit. Meine Gedanken sind völlig durcheinander und ich bekomme sie einfach nicht entwirrt. Je mehr ich versuche, es zu leugnen, desto mehr muss ich zugeben, dass ich mir wirklich Gedanken darüber mache, was aus Mabel wird. Trotzdem bin ich mir nicht ganz sicher, was ich tun soll. Ich meine, es wäre leicht, abzuhauen und den Dingen ihren Lauf zu lassen, wie Mom sagen würde. Aber das kann ich einfach nicht. Ich stecke zu tief drin. Und ich kann die Tatsache nicht leugnen, dass sie mir geholfen hat, als es niemand sonst konnte.

Doch da ist noch etwas, das ich akzeptieren muss: Ich bin in Steve Ryan verliebt. Das alles ist so verwirrend und unerklärlich, dass ich den ganzen Tag müde und matt mit Morta im Bett verbringe und mich von den Wogen der Ratlosigkeit treiben lasse.

Als Mom das nächste Mal hereinkommt, um nach mir zu sehen, lüge ich erneut und sage ihr, dass ich mich immer noch nicht gut genug fühle, um zur Schule zu gehen. Sie schlägt vor, dass ich zum Arzt gehe, aber ich erhebe sofort Einspruch.

Dann bringt sie mir Tee und Toast und stellt das Ganze auf

den Nachttisch. Sharon ruft mich mehrmals auf dem Handy an. Ich antworte nicht und schließlich schalte ich das Handy ganz aus. Ich verbringe ein bisschen Zeit damit, im Netz zu surfen und nach *Alfie*, Mabels Song, zu suchen. Als ich das Lied finde, höre ich es wieder und wieder. Ich verstehe, warum sie es so mag. Es ist wunderschön und traurig zugleich. Ich lade es auf meinen MP3-Player, damit ich es immer hören kann, wenn ich will.

Mom macht Gemüsebrühe zum Mittag und rügt mich, als sie sieht, dass ich Tee und Toast habe kalt werden lassen. Sie sagt, dass sie zum Unterricht muss, und fragt mich, ob es okay ist, wenn ich allein bleibe. Ich sage Ja.

Als ich Mittwochmorgen aufwache, bin ich allein zu Hause. Mom und Dad sind bei einer Versammlung und Peggy ist in der Schule. Ich quäle mich aus dem Bett und ziehe mich an. Ich habe beschlossen, Mabel zu besuchen.

Da ich mich nach wie vor weigere, den Bus zu nehmen, bestelle ich ein Taxi. Der Taxifahrer entpuppt sich als alter Glam-Rocker, für den die Zeit anscheinend irgendwann in den Achtzigern stehen geblieben zu sein scheint. Er bemüht sich nicht um Small Talk, sondern grunzt nur, als ich ihm sage, wohin ich möchte, und tritt aufs Gaspedal.

Bevor ich Mabel besuche, will ich noch beim kleinen Jimmy vorbeischauen. Aber als ich in sein Zimmer komme, ist das Bett neu bezogen und alle seine Stofftiere sind verschwunden. Es ist, als wäre er nie da gewesen.

Als eine Schwester vorbeikommt, halte ich sie an.

»Entschuldigen Sie, vor zwei Tagen war hier so ein kleines Kind ... Jimmy ... Wissen Sie, wo er ist?«

»Sind Sie eine Verwandte?«

»Nein.«

»Tut mir leid. Das ist eine vertrauliche Information.«

»Ich will ja nicht seine Telefonnummer. Ich möchte nur wissen, ob es ihm gut geht.«

»Ich kann keine Informationen über Patienten rausgeben.«

»Ist ihm etwas passiert?«

Die Schwester sieht mich an, als wäre ich plemplem. »Wir dürfen keine Informationen über Patienten weitergeben.« Sie schiebt ihre Hände in die Taschen und zieht ab.

Also werde ich nie erfahren, was mit Jimmy passiert ist. Ich hoffe, es geht ihm gut.

Als ich Mabels Zimmer erreiche, ist es fast das Gleiche. Sie ist auch weg. Aber an ihrer Stelle liegt eine andere alte Frau im Bett. Panik steigt in mir auf. Sind Mabel und Jimmy beide tot? Ich renne zum Schwesternzimmer.

»Entschuldigen Sie, ich bin hier, um Mabel Wilson zu besuchen.«

»Sind Sie eine Verwandte?«

»Ja ... ich bin ihre Tochter ... Marie.«

Ich weiß, was als Nächstes kommt. Also komme ich ihr zuvor.

»Ich bin das Nesthäkchen.«

Sie hebt verwundert die Augenbrauen und kontrolliert dann ein paar Papiere.

»Mrs Wilson wurde verlegt.«

»Wohin?«

»Ins Rosewood.«

Ins Rosewood? Warum sollte man sie dahin bringen? Das ist doch ein Reha-Zentrum. »Ist das nicht für Alkoholiker und Drogenabhängige?«

Die Schwester nickt. »Ja, es ist eine Reha-Klinik. Aber sie nehmen auch pflegeintensive Patienten auf.«

»Was bedeutet das?«

»Ihre Mutter hatte einen Schlaganfall, Miss Wilson. Es ist unwahrscheinlich, dass sie wieder nach Hause kann. Im Rosewood wird sie nur vorübergehend untergebracht, bis sie einen Platz in einer geeigneten Einrichtung bekommt.«

»Kann ich sie dort besuchen?«

»Natürlich.«

Sie nennt mir die Station und den Namen von Mabels zuständigem Arzt (Dr. Hackes – ich schwöre, das ist kein Quatsch). Dann gibt sie mir eine Wegbeschreibung, obwohl ich weiß, wo das Rosewood ist. Jeder weiß das. Solange ich denken kann, haben wir Witze darüber gerissen. »Halt die Klappe oder du landest im Rosewood« und so was in der Art. Es ist nicht so, dass dort alles ganz entsetzlich aussieht. Mit den weiten Feldern drum herum und dem plätschernden Bach, der mitten durch das Gelände fließt, sieht das Anwesen sogar ganz nett aus. Ohne Zweifel hat der Bau des Rosewood eine schöne Stange Geld gekostet. Aber so hübsch es von außen auch aussieht, bin ich mir doch sicher, dass man sich wie in einem Gefängnis vorkommt, wenn man einmal drin ist.

Der ganze Komplex ist ein wahres Labyrinth aus Gebäuden, doch irgendwie schaffe ich es, das richtige zu finden. Als ich durch die Eingangstür trete, werde ich von einem Typen

begrüßt, der in einem futuristischen Glaskasten sitzt und mich nach Strich und Faden ausquetscht.
Name?
Alkohol dabei?
Irgendwelche Drogen? Legale oder illegale?
Hustensaft, Mundspülung, Erkältungsmedizin, verschreibungspflichtige Medikamente?
Nachdem er mich zurechtgewiesen hat, eröffnet er mir noch, dass Rauchen erlaubt ist, allerdings nur in den gekennzeichneten Bereichen. Als er den Türsummer betätigt, bin ich mir gar nicht mehr so sicher, ob ich wirklich da rein will.
Drinnen geht es zu wie in einer Szene aus *Dawn of the Dead*. Zombies haben das Gebäude übernommen und eiern ziellos durch die Flure. Einer versucht zu flüchten und steuert in langsamen Bewegungen auf die Tür zu, durch die ich gerade eintrete. Ich stelle mich ihm in den Weg, aber er schiebt sich an mir vorbei und krallt sich mit aller Macht am Türrahmen fest. Dann bemerkt eine Schwester, was da vor sich geht, und eilt herbei, um mich zu retten.
»Nun aber da lang, Mr Horton ...«, sagt sie und dreht den alten Mann auf seinen Fersen wieder in die richtige Richtung.
Ein anderer kommt mit einer Art Edelstahlwägelchen auf mich zugeschoben. Er ist nicht schnell, dafür ziemlich konzentriert. Also gehe ich ihm lieber aus dem Weg.
»Kann ich Ihnen etwas anbieten?«, fragt er, als er sich vorbeischiebt, obwohl das Wägelchen leer ist.
Ich muss Mabel finden. Und zwar schnell!
Ich schaue im Fernsehzimmer nach. Noch mehr Zombies. Aber diese hier sitzen an Tischen, sind an ihren Stühlen fest-

gebunden und sabbern auf ihr Hemd. Der Raum riecht fürchterlich. Im Fernseher läuft ein körniges Video, in dem Mädchen in Bikinis zu sehen sind. Es sieht aus, als hätte jemand einen Amateurfilm aus den Fünfzigern mitgebracht. Plötzlich schmettert Musik los, und ein Ansager verkündet mit lauter und affektiert gedehnter Stimme: »Mmmmäääädel-Schauuuuu!« Das Ganze wirkt wie eine bizarre Folter: Man zeigt alten Menschen, die kaum gehen, geschweige denn »Mädels« nachstellen können, neckische Frauen in Bikinis. Auf jeden Fall überlasse ich sie ihrem Vergnügen, damit ich mit der Schwester über Mabel sprechen kann. Wenigstens glaube ich, dass sie eine Schwester ist. Sie hat nicht die normale gestärkte Schwesterntracht an, sondern trägt eine Strickjacke und eine Hose, die meine Mutter als »bequem« bezeichnen würde.

Sie schenkt mir ein breites Lächeln, als ich Mabels Namen nenne. Ich weiß nicht, wie man so fröhlich sein kann, wenn man an so einem Ort arbeiten muss.

»Bist du eine Verwandte?«, fragt sie. »Wir haben versucht, ihre Familie zu erreichen.«

»Äh … ja, sozusagen.«

»Oh, gut! Kannst du uns eine Kontaktadresse geben?«

»Nicht wirklich.«

Sie sieht mich irgendwie komisch an. »Bist du eine Enkelin?«

»Ähm … ja.«

»Gut, Dr. Hackes wird mit dir sprechen wollen.«

»Okay … Kann ich zuerst zu Mabel?«

»Natürlich. Du kannst in ihrem Zimmer nachsehen. Aber eventuell schlendert sie auch ein wenig durch die Gegend.«

»Draußen?«

»Nein, Liebes. Mabel darf nicht unbeaufsichtigt nach draußen. Wenn du sie auf einen Spaziergang mitnehmen möchtest, kannst du sie hier austragen lassen.«

»Wie ein Buch in der Bücherei?«

»Was?«

»Nichts. Welche Zimmernummer, sagten Sie?«

»Zimmer 213.«

»Danke.«

Genau wie die Schwester gesagt hat, finde ich Mabel in Raum 213. Sie trägt ihre Handtasche, hat eine große dunkle Sonnenbrille auf und untersucht die Wände mit einem Vergrößerungsglas.

Ich könnte laut lachen, wenn die ganze Szene nicht so surreal wäre. Denn jetzt sieht sie wirklich wie Miss Marple aus. Und woher hat sie bloß das Vergrößerungsglas? Zumindest macht sie einen besseren Eindruck als im Krankenhaus.

Ein orangefarbenes Seil versperrt den Türeingang und ich schlüpfe darunter hindurch. Als sie mich hereinkommen hört, dreht sich Mabel wütend um. Dann hellt sich ihr Gesicht vor Überraschung auf.

»Oh, Gott sei Dank, Kind. Ich suche nach dem Ausgang, aber ich kann ihn nirgends finden. Komm, hilf mir.«

Sie nimmt mich bei der Hand und zieht mich zur Wand hinüber. Sie scheint sehr viel wacher als beim letzten Mal zu sein und ihre Worte kommen nicht mehr so gedämpft und lallend.

»Dieser Ort ist furchtbar«, flüstert sie. »Einfach furchtbar. Ich war hier im Urlaub. Aber nun habe ich genug und will nach Hause. Ich bin so froh, dass du da bist, Liebes. Komm, lass uns gehen.«

Kaum hat sie das gesagt, als ein alter Typ zur Tür hereingetrottet kommt. Langsam biegt er seinen Oberkörper so weit nach hinten, dass er unter der Seilsperre hindurchkommt. Da er aussieht wie der riesige Lurch aus der *Addams Family*, bin ich zutiefst fasziniert, wie gut er den Limbo kann. Als er die Barriere überwunden hat, steuert er wie ein Roboter auf Mabels Bett zu und lässt sich so selbstverständlich darauf nieder, als würde es ihm gehören.

»Wer ist das?«, frage ich.

Mabel eilt hinüber und packt Lurch an den Armen. Während sie versucht, ihn vom Bett zu zerren, schimpft sie mit ihm, als wäre er ein ungezogener Hund. »Nein! Lass das. Das ist nicht dein Bett. Verschwinde. Weg!«

Lurch sieht verwirrt aus. Ich hole Hilfe.

»Entschuldigung, da ist ein Mann in Mabels Zimmer.«

»Das wird Tom sein«, erwidert die Schwester.

»Hat Tom die Angewohnheit, in die Betten von alten Damen zu steigen?«

»Nun ja ... Er ist harmlos. Wir versuchen, ihn mit dem Seil draußen zu halten.«

»Das scheint nicht zu funktionieren.«

Sie kommt hinter ihrem Schreibtisch hervorgeeilt, hakt das Seil in Mabels Tür aus und hievt Tom aus dem Bett, während sie mit lauter Stimme auf ihn einredet.

»Das ist nicht deins, Tom. Du hast doch dein eigenes Bett.«

Sie begleitet Tom aus dem Zimmer und lächelt Mabel an.

»Machen Sie einen Spaziergang, meine Liebe?«

Mabel dreht sich mit verbitterter Miene zu mir um. »Ich hasse es, wenn sie mich so nennen.«

»Woher hast du den Teddybären?«, frage ich und greife nach einem kleinen roten Bären, der auf ihrem Kopfkissen liegt.

»Ach, der.« Mabel macht eine wegwerfende Handbewegung. »Der singt.«

Ich drücke auf den Bären und es ertönt eine Musikboxversion von *Let Me Call You Sweetheart*.

»Wer hat ihn dir gegeben?«

»Eine von den Schwestern«, sagt sie abweisend.

»Das war doch nett.«

»Ich will ihn nicht. Ich will nach Hause.« Sie setzt den Bären auf das leere Nachbarbett. »Da, sie kann ihn wiederhaben. Bitte, Liebes, lass uns gehen.«

Sie packt mich am Arm und zerrt mich zur Tür. Dort stoßen wir mit dem Arzt zusammen, der gerade hereinkommt. Mabel schreckt zurück, als hätte der Lord der Finsternis gerade den Raum betreten.

»Oh nein! Das ist dieser furchtbare Mensch.«

Ich blicke den Arzt an. Seine spärlichen, penibel gekämmten Haarsträhnen betonen seine Glatze eher, als dass sie sie verdecken. Er hat dünne graue Lippen und trägt eine Drahtgestellbrille. Schlaff streckt er mir die Hand entgegen. Ich schüttele sie nicht.

»Ich bin Dr. Hackes«, sagt er. Er zieht die Hand zurück und lässt sie in die Tasche gleiten. »Und Sie sind ...?«

»Äh ... Marie.«

»Enkelin?«

Ich schaue zu Mabel. »Tochter«, sage ich, und Mabel lächelt.

»Ja, ja. Sie ist das ...« Ihre Stimme verstummt langsam, als suche sie nach dem richtigen Wort.

»Nesthäkchen«, vollende ich den Satz.

»Ja, das Nesthäkchen.«

Hackes ignoriert sie völlig. »Sind Sie sich über den Zustand Ihrer Mutter im Klaren?«, fragt er.

Ich bin fassungslos, dass er in Gegenwart von Mabel so redet, und blicke ihn einfach nur verständnislos an. Er nimmt das als ein Nein.

»Wir vermuten, dass sie einen Schlaganfall in einem ziemlich tiefen Bereich ihres Gehirns erlitten hat. Außerdem glauben wir, dass sie bereits mehrmals kleinere Schlaganfälle hatte. Es besteht keine Chance, dass sich ihr Zustand wesentlich bessern wird.«

Was ist nur aus den Umgangsformen am Krankenbett geworden? Ich meine, ich weiß, dass Mabel mit ihrer Sonnenbrille und dem Vergrößerungsglas gerade wie eine Undercoveragentin im Zimmer herumgetapert ist, aber so weit weg ist sie nun auch wieder nicht. »Ich finde, wir sollten in ihrer Gegenwart nicht so reden.«

Schlagartig sinkt die Temperatur im Raum.

Hackes schürzt seine Papierlippen.

»Wo möchten Sie denn darüber reden?«

»Ich weiß nicht ... irgendwo anders.«

»Wir möchten die Patienten gern in das Vorgehen mit einbeziehen.«

»Der Name der Patientin ist Mabel«, stelle ich klar.

Hackes Augen verdunkeln sich. Jetzt hasst er mich wirklich abgrundtief.

Aber er fährt fort, meine Nerven zu strapazieren, und redet stakkatohaft auf mich ein.

»Die Tests sind noch nicht abgeschlossen. Doch ich bin schon lange genug im Geschäft, und ich kann Ihnen sagen, dass sich der Zustand eines Patienten nicht wesentlich bessert, wenn er schon so lange in einer solchen Verfassung ist.«

»Ja, das habe ich alles schon gehört.«

»Es wird ihr nicht besser gehen, wenn es das ist, was Sie sich erhoffen.«

»Ich erhoffe mir überhaupt nichts.«

In diesem Moment beginnt das Quecksilber zu gefrieren.

»Das Ganze läuft folgendermaßen ab«, sagt Hackes. »Ihre Mutter wird nicht entlassen, solange Sie ihr nicht eine Rund-um-die-Uhr-Betreuung besorgt haben, die von uns dann noch gebilligt werden muss. Ich habe die Papiere unterschrieben, die sie für geschäftsunfähig erklären. Sie darf nicht einmal eine Minute lang allein gelassen werden.«

Mabel sieht mich mit schreckgeweiteten Augen an. Ich will diesem Dr. Jekyll gerade sagen, was ich von ihm halte, als eine Schwester hereinkommt.

»Es ist wunderschön draußen«, sagt sie zu Mabel. »Gehen Sie mit Ihrer Enkelin spazieren?«

Das scheint irgendwie ein kleines Glühbirnchen in Mabels Kopf zum Leuchten zu bringen.

»Ja, lass uns einen Spaziergang machen«, fleht sie. Dann wendet sie sich dem Arzt zu und spricht ihn in dem herablassendsten Ton an, den ich jemals in meinem Leben gehört habe. »Es war nett, Sie kennenzulernen.«

Sie hakt sich bei mir unter und bugsiert mich durch die Tür.

»Sie müssen sich austragen, bevor Sie gehen«, erinnert uns die Schwester. Ich setze meine Unterschrift in das Buch, während sich Mabel wie ein verängstigtes Kind an mich klammert. Wir gehen zusammen zum Haupteingang und warten auf das Summen des Türöffners. Mabel versucht wegzulaufen.

»Los, komm!«, fordert sie mich auf.

»Wir können nicht weglaufen, Mabel. Du musst hierbleiben.«

»Aber warum? Mir geht's gut ... Das siehst du doch!«

Ich führe sie auf dem Weg zum Bach entlang. Wir gehen durch das Gehölz, und Mabel redet darüber, wie schön es sein wird, endlich wieder nach Hause zu kommen.

»Ich muss zu dem Ort, zu dem ich so gern gehe. Weißt du? Da, wo sie singen.«

»Zur Kirche?«

»Ja, genau. Ich bin seit Jahren nicht mehr da gewesen! Sie werden sich bestimmt schon fragen, was mir zugestoßen ist.«

»Hm ...«

»Wie bin ich überhaupt hierhergekommen? Ich dachte, ich würde sterben. Ach, aber was spielt das noch für eine Rolle? Jetzt sind wir ja draußen.«

»Ja.«

Nach einer Weile scheint Mabel völlig vergessen zu haben, dass sie im Rosewood ist. Sie sieht sich die Bäume an, betrachtet Steine und spricht zu Vögeln und Blumen. Wie es aussieht, ist sie klar genug im Kopf, um sich an einige Worte und Begriffe zu erinnern, während sie andere hingegen völlig vergessen hat. Es ist, als wären ihre Gedanken und Erinnerungen auf einem Band gespeichert, auf dem jemand manche Abschnitte gelöscht, andere jedoch intakt gelassen hat.

Schließlich führe ich sie klammheimlich zurück und hoffe, dass sie es gar nicht merkt. Es geht gut. Bis wir den Gehweg erreichen.

»Wir gehen doch nicht zurück, oder?«

»Wir müssen zurück.«

Mabel fängt an, auszurasten. »Nein, nein, nein ... Ich kann nicht, ich kann nicht, ich kann nicht!«

Sie bricht in Tränen aus und fängt an zu betteln, wie sie es bereits im Krankenhaus getan hat. »Bitte, ich möchte doch nur nach Hause. Es geht mir gut, wirklich. Ich möchte bloß meine Sachen wiedersehen. Und zum Singen gehen. Das ist doch nicht so schlimm, oder? Ich habe es nicht verdient, hier zu sein. Alles war gut, bis die gekommen sind. Jetzt ist es furchtbar ... ganz furchtbar. Ich muss ein schrecklicher Mensch sein.«

»Sag so was nicht.«

»Es ist wahr. Gott muss mich hassen.«

»Mabel ... bitte.«

»Ich möchte doch nur nach Hause, Liebes! Kannst du dafür sorgen?«

Ich starre auf den Boden. Ich bin völlig ratlos. Ich ramme meine Fäuste in die Jackentaschen und spüre, wie sich die scharfen Kanten von Mabels Schlüsseln in meine Finger bohren. Was könnte es schon groß schaden, wenn ich sie nach Hause bringe? Nur für kurze Zeit. Welchen Unterschied würde es wirklich machen? Ich könnte sie kurz zu ihrem Apartment begleiten und sie wieder zurückbringen, bevor es irgendjemand merkt ...

Der Gefängnisausbruch

Ich bin gerade im Begriff, ein Taxi zu rufen, als ein BMW mit getönten Scheiben neben uns am Bordstein hält. Das Fenster auf der Fahrerseite gleitet hinunter und Steve Ryan lächelt mich an.

»Soll ich euch mitnehmen?«

Ich glotze ihn blöd an.

Aber Mabels Gesicht hellt sich auf. »Oh ja, vielen Dank.«

Bevor ich wieder zu mir komme, hat Steve die Tür schon geöffnet und Mabel sitzt auf der Beifahrerseite.

Dann hält Steve mir die hintere Wagentür auf und blickt mich an. »Willst du nicht einsteigen?«

»Wem gehört der Wagen?«

»Meinem Vater. Komm schon. Ich fahre dich und deine Großmutter, wohin ihr wollt.«

»Sie ist nur eine Freundin«, fange ich an zu erklären. Aber egal! Ich klettere auf den Rücksitz, während Steve Mabel mit dem Gurt hilft.

Mabel deutet mit einem Nicken in meine Richtung. »Ist sie dein Schatz?«

»Nein, Mabel«, schalte ich mich ein. Doch Steve lacht nur.

Plötzlich bin ich völlig durcheinander. Steve schnallt sich an und richtet den Rückspiegel so ein, dass er mich beim Fahren sehen kann. Ich hoffe nur, dass meine Frisur sitzt.

»Wohin?«, fragt er.

Ich nenne ihm Mabels Adresse, und während er uns dorthin chauffiert, schaut er bei jeder sich bietenden Gelegenheit in den Rückspiegel und lächelt mich an. Mabel hingegen plaudert abwesend über dieses und jenes, und Steve ist so gutmütig, dass er das Gespräch in Gang hält. Ich bin derart neben der Spur, dass ich die meiste Zeit so tue, als ob ich aus dem Fenster schaue.

Als wir bei Mabel zu Hause ankommen, springt Steve aus dem Wagen und hält uns die Türen auf.

»Ladys ...«

»Danke«, sage ich. Aber dabei belässt er es nicht. Er öffnet die Tür zum Apartmentgebäude und geleitet uns hinein, als wären wir berühmte Persönlichkeiten. Mabel genießt es in vollen Zügen. Sie klimpert mit den Wimpern und kokettiert herum, was das Zeug hält. Steve scheint das allerdings nichts auszumachen. Er spielt einfach weiter und Mabel fühlt sich wie eine Prinzessin.

Als wir ins Foyer kommen, sind die alten Grazien auch schon da und tratschen wie gewöhnlich herum. Doch als sie Mabel sehen, hören sie plötzlich auf.

»Geht es ihr gut?«, fragt eine von ihnen.

»Was war denn mit ihr?«

Ich habe nicht vor, ihnen irgendetwas zu erzählen, und bedenke sie mit einem schmallippigen Lächeln. Mabel würde es hassen, wenn über sie getratscht wird.

Steve, Mabel und ich fahren mit dem Fahrstuhl in den vierzehnten Stock. Als ich den Schlüssel im Schloss drehe, höre ich durch die Tür, dass Mabels Telefon klingelt. Sobald wir reinkommen, hört es auf, beginnt aber gleich von Neuem.

Meiner Vermutung nach muss das eine von den Schwestern aus dem Krankenhaus sein. Bestimmt wundern sie sich schon, wo Mabel ist.

»Ignorier es einfach, Liebes«, sagt Mabel.

Steve ist ein Gentleman durch und durch und hilft Mabel sogar aus dem Mantel. »Gibt's noch irgendwas, das ich für euch tun kann, bevor ich gehe?«

»Oh, nein, geh nicht«, schmollt Mabel. »Der Spaß hat doch gerade erst begonnen.«

Ich rette Steve. Ich möchte nicht, dass er sich unter Druck gesetzt fühlt. »Er muss los, Mabel. Ich bin sicher, dass er noch eine Menge zu erledigen hat.«

»Dann lasst uns das doch zusammen erledigen!«, jubelt sie.

Steve lacht. Mabel greift nach den Fotos ihrer Kinder und reicht sie ihm.

»Hier, mein Lieber. Nimm die mit.«

Wieder beginnt das Telefon zu klingeln. Mabel wird immer aufgeregter.

»Ich weiß was«, sagt sie. »Lasst uns einen Einkaufsbummel machen. Ich habe jede Menge Geld.« Sie kramt einen dicken braunen Umschlag unter dem Couchkissen hervor und gibt ihn mir. »Hier, Liebes.«

Es sieht so aus, als wären über fünftausend Dollar darin.

»Das sollte wirklich auf die Bank, Mabel.«

»Oh, sei nicht böse, Liebes! Komm! Lass uns etwas Wildes machen!«

»Mabel …«

»Komm schon …«

»Wir können nicht einfach dein Geld ausgeben. Du

brauchst es noch. Außerdem sollten wir nicht einmal hier sein.«

Mabel macht eine abfällige Handbewegung. »Ach, sei doch keine Spielverderbin. Dieser junge Mann hier wird uns eine schöne Zeit bereiten.«

Ich blicke Steve beschämt an. »Tut mir leid.«

»Es macht mir echt nichts aus.«

»Siehst du?«, sagt Mabel.

Ich schüttele den Kopf. »Nein, Mabel, heute nicht.«

Mabel schmollt. »Du bist genauso wie ... *all die anderen.* So ernst. Ich will Spaß. Verstehst du das nicht? Was macht das alles schon für einen Unterschied? Ich möchte mein eigenes Geld ausgeben. Ist das ein Verbrechen?«

»Aber es ist nicht richtig. Ich fühle mich nicht wohl dabei, dein Geld auszugeben. Was werden die Leute sagen? Was werden sie denken?«

»Wen kümmert es schon, was sie denken? Aber wenn du dich wirklich um mich sorgen würdest, würdest du es tun.«

»Mabel, bitte ...«

»Nur dieses eine Mal.«

Oh, Mann. Sie ist wirklich hartnäckig. Ich starre auf das Geld. Wer bin ich eigentlich, dass ich Mabel etwas verweigere? Ich meine, das könnte ihr letztes großes Abenteuer sein. Die letzte echte Entscheidung, die sie selber trifft, bevor man sie für immer wegsperrt. Sie starrt mich so hoffnungsvoll an. Ich blicke zu Steve. Er lächelt nur. Ihm scheint alles recht zu sein.

»Äh, also gut.«

»Hurra!«, ruft Mabel und klatscht in die Hände. »Du wirst sehen ... wir werden eine Menge Spaß haben!«

Ich gebe mich geschlagen und stecke das Geld in Mabels

Handtasche. Auf dem Weg zum Fahrstuhl hakt sie sich bei Steve unter. Er geht völlig locker damit um. Aber den alten Grazien im Foyer bleibt die Spucke weg, als wir wiederauftauchen.

»Wir gehen aus und hauen richtig auf den Putz«, ruft Mabel hämisch grinsend im Vorbeigehen, woraufhin die Schar in lebhaftes Geschnatter ausbricht.

»Also, wohin?«, fragt Steve, als wir es uns im Auto bequem machen.

Ich wende mich an Mabel. »Wohin möchtest du?«

»Irgendwohin, wo es wunderschön ist«, antwortete sie. »An einen ganz besonderen Ort.«

»Zum Einkaufszentrum?«

»Ist das etwas Besonderes?«

»Nicht wirklich.«

»Dann lass uns woanders hin! Irgendwo, wo es wirklich toll ist.«

»Okay.« Ich wende mich an Steve. »Den einzigen fabelhaften Ort, den ich kenne und den wir in kurzer Zeit erreichen, ist Toronto.«

»Dann lasst uns fahren.«

»Wirklich? Und was ist mit deinen Eltern? Ist es okay für sie, wenn du ihr Auto nimmst?«

»Das stört sie nicht.«

»Worauf warten wir?«, sagt Mabel.

Steve tritt aufs Gas und braust um die Ecke. Wir flitzen die Straße hinunter und Mabel genießt alles in vollen Zügen. Und auch ich muss zugeben, dass es irgendwie Spaß macht. Jedenfalls so lange, bis wir unsere Schule erreichen.

»Oh, Scheiße.«

Steve schüttelt den Kopf. »Ich hätte den anderen Weg nehmen sollen.«

Auf der Straße wimmelt es nur so von Schülern, die darauf warten, dass in wenigen Minuten die Schulglocke das Ende der Mittagspause verkünden wird.

Steve bremst und fährt vorsichtig im Schritttempo weiter, um niemanden anzufahren. Sharon und die PIBs stehen rauchend auf dem Gehweg. Ich tauche in meinem Sitz ab, aber vergebens. Ich bin schon aufgeflogen.

»Könnten wir mal kurz anhalten?«

»Sind wir da?«, fragt Mabel.

Steve lässt die Fenster runter. Sharons Gesicht verdunkelt sich, als sie Mabel sieht. Doch dann fällt ihr Blick auf Steve und schlagartig ändert sich ihr Verhalten.

»Netter Wagen.«

»Wir fahren nach Toronto. Kommst du mit?«, frage ich.

Da taucht Todd auf und steckt den Kopf zum Fenster hinein. »Sie haben heute deinen Namen über Lautsprecher zum Nachsitzen aufgerufen. Wem gehört das Auto?«

Mabel wedelt mit einem Bündel Geld in Sharons Richtung.

»Komm!«, fordert sie sie auf. »Wir geben Geld aus!«

In diesem Moment stürmt Chocko aus dem Schulgebäude und kommt auf das Auto zugelaufen. Der Irre muss uns von drinnen beobachtet haben.

»Raus aus dem Wagen! Sofort!«

»Wie können Sie es wagen, so mit meiner Tochter zu reden?«, schimpft Mabel.

»Tochter ...?« Chocko zeigt auf mich. »Was für eine Scheiße versuchst du hier abzuziehen?«

Mabel wird wütend. »Ich zeig's dir, du Rüpel!« Sie schlägt mit der Handtasche durch das offene Fenster nach Chocko und trifft ihn am Arm.

Ich wende mich zu Sharon, die nur starr vor Schreck aus der Wäsche guckt. »Wenn du mit willst, solltest du besser einsteigen.«

Sharon schiebt Todd aus dem Weg und springt auf den Rücksitz. Chocko schreit, als Steve aufs Gas tritt.

»Dafür wird Chocko uns umbringen«, sagt Sharon.

»Ist das nicht ein Spaß?!«, ruft Mabel aus. Sie dreht sich um und drückt Sharon eine Handvoll Dollarnoten in die Hand.

»Meine Güte, Mabel«, sage ich. Ich nehme Sharon das Geld aus der Hand und stopfe es zurück in Mabels Handtasche. »Also, darf ich vorstellen: Sharon, das ist Mabel ... Mabel, Sharon.«

»Wir fahren an einen ganz besonderen Ort!«, erklärt Mabel.

Sharon sieht mich fragend an und zeigt verstohlen auf Steve. »Also ... was geht hier ab?«

In diesem Moment sehe ich etwas Silbernes an ihrer Hand blitzen.

Sie wackelt stolz mit den Fingern vor meiner Nase herum. »Gus hat mir einen Ring geschenkt.«

»Oh mein Gott. Ihr beide meint es wirklich ernst.«

»Ja!«, sprudelt es aus ihr hervor.

»Das ist cool«, sage ich und meine es auch so. Vielleicht, weil ich wegen Steve so aufgeregt bin. Keine Ahnung. Aber ich freue mich wirklich für sie.

Wir rasen über den Highway, während Mabel den Leuten, an denen wir vorbeifahren, zuwinkt. Steve, Sharon und ich unterhalten uns nebenbei über die Schule und andere unwichtige Dinge. Niemand von uns verliert ein Wort über Chocko oder über das, was unserer Befürchtung nach mit uns passieren wird, wenn wir zurück sind.

Normalerweise kommt es einem bis Toronto sonst immer so weit vor. Aber heute scheinen nur Minuten zu vergehen, ehe der CN-Tower zwischen den Wolken am Horizont auftaucht.

»Toronto, the Big Smoke«, sagt Steve, als wir vom Highway abfahren. »Wo soll es hingehen, Ladys?«

Erster Halt: Queen Street West, das Modeviertel.

Steve findet einen Parkplatz und wir stürzen hinaus.

»Los, lassen wir uns zuerst die Haare machen«, schlägt Mabel vor.

»Hast du sie dir nicht gerade erst machen lassen?«, frage ich.

»Sei doch keine Spielverderberin.«

Das bringt Sharon zum Lachen.

»Okay, gut.«

Wir finden einen dieser hippen In-Salons, bei denen man sich fragt, wie die Stylisten mit ihrem Riesen-Ego überhaupt noch durch die Eingangstür passen. Mabel scheint sie zunächst zu verwirren, aber sie ist so freundlich und lieb, dass ein Typ sozusagen darum bettelt, ihr die Haare machen zu dürfen. Vor Eifer überschlägt er sich förmlich, scharwenzelt mit großem Trara um sie herum und kreiert eine Art moderne Queen-Elizabeth-Frisur. Sharon entscheidet sich für einen Retro-Punk-Stil: superkurz und komplett weiß gebleicht. Abgesehen von ein paar rot gefärbten Strähnchen, die nach vorne in die Stirn fallen, kriege ich das Übliche. Steve bekommt einen dieser schicken Wusellooks verpasst, was ihn richtig heiß aussehen lässt. Nachdem wir alle fertig sind, ist der ganze Salon in Mabel verliebt. Ich gebe ihnen ein extragroßes Trinkgeld.

»Auf Wiedersehen«, rufen sie uns wie die Munchkins in *Der Zauberer von Oz* zu, als wir gehen. »Auf Wiedersehen, auf Wiedersehen, auf Wiedersehen.«

»Was jetzt?«, frage ich

»Einkaufsbummel«, antwortet Mabel.

In dieser Gegend gibt es nicht viel Interessantes für Mabel zu sehen. Aber sie ist wirklich geduldig und lässt Sharon und mir genug Zeit, um uns ein komplettes Outfit inklusive Ohrringe, Taschen und passender Stiefel auszusuchen. Wir sträuben uns zunächst, Mabels Geld auszugeben. Doch sie besteht darauf. Schließlich wird sie sogar richtig sauer und nennt uns wieder Spielverderber, sodass wir schließlich nachgeben. Wir ziehen eine kleine Modenschau ab und stolzieren vor den Umkleidekabinen umher, während Steve und Mabel begeistert klatschen.

Ich finde das perfekte Kleid: lang, schwarz und mit Federbesatz entlang der Ärmel.

»Du siehst hinreißend aus«, sagt Steve, und ich glaube, dahinzuschmelzen. »Ich würde gern mit dir tanzen gehen.«

»Tanzen?«, platzt Mabel begeistert heraus. »Dafür brauchst du einen Anzug, mein Lieber.«

Also zwingt sie Steve dazu, einen Anzug zu kaufen. Ich versuche, ihr zu erklären, dass wir gar nicht tanzen gehen. Aber das bringt nichts. Stur besteht sie darauf, Steve komplett mit allem Drum und Dran auszustatten. Einschließlich Schuhe, Hemd und Krawatte. Als er aus der Umkleidekabine tritt, erkenne ich ihn kaum wieder. Er sieht einfach umwerfend aus. Lächelnd wirft er sich in Pose und legt einen kleinen Catwalk-Gang hin.

»Was jetzt?«, fragt er anschließend.

»Yorkville«, erwidere ich. »Wir müssen auch für Mabel ein Outfit finden.«

Unter normalen Umständen würde man mich nicht einmal tot in diesen Teil der Stadt kriegen. Aber die Frauen in den Läden sind wirklich nett und sehr hilfsbereit. Sie behandeln Mabel wie eine Königin und gehen auf jede ihrer Launen ein. Sie halten uns offensichtlich für Mabels Kinder, da sie bei jeder Entscheidung auf unser Okay warten. Am meisten überrascht es mich, dass Sharon das Ganze überhaupt nichts auszumachen scheint.

Die Frauen statten Mabel mit einer moosgrünen Kostümjacke, einem gleichfarbigen Rock und einer cremefarbenen Bluse aus. Dazu gibt es dann noch eine passende Handtasche und Schuhe. Eine funkelnde Brosche und ein goldfarbenes Tuch runden das Ganze schließlich ab.

»Du siehst wunderhübsch aus«, sage ich.

»Ich habe Hunger«, erwidert sie.

»Wonach ist euch denn?«, fragt Steve.

»Nach was Feinem.«

»Ich kenne da ein nettes Plätzchen«, sagt er.

Also fahren wir zu einem dieser schicken Restaurants. Es ist eines von denen, die mit einer offenen Küche aufwarten und mit einer Weinkarte, die länger ist als die Speisekarte. Steve erklärt, dass ihn seine Eltern immer mit hierher nehmen. Ich frage mich, was seine Eltern so machen, dass ihr Sohn es sich erlauben kann, in einem BMW durch die Gegend zu fahren und in einem schicken Restaurant essen zu gehen. Aber offen gestanden ist es mir auch egal. Ich habe so viel Spaß wie noch nie zuvor in meinem Leben, und ich bin mir sicher, dass es Mabel und Sharon genauso geht.

Steve nimmt Mabels Arm. Dann begleitet er sie zum Tisch und hilft ihr mit dem Stuhl. Er bestellt Hors d'œuvres und macht uns Vorschläge fürs Dinner. Ich entscheide mich für gegrillte Polenta mit Pilzroulade. Sharon bekommt Filet Mignon und Mabel die gefüllte Rinderbrust mit Gemüse der Saison. Zu meinem großen Erstaunen bestellt Steve ebenfalls Polenta für sich. Ich weiß nicht, ob er wirklich Vegetarier ist oder ob er nur versucht, mich zu beeindrucken. Auf jeden Fall funktioniert's. Mabel bestellt Wein zu ihrer Rinderbrust. Da niemand fragt, wie alt wir sind, trinken Sharon und ich ebenfalls Wein. Nur Steve nicht, da er ja unser Fahrer ist. Aber dafür langt Mabel beim Wein zu, als ob sie am Verdursten wäre, und als die erste Flasche leer ist, bestellt sie noch eine.

Nachdem wir reichlich gegessen und getrunken haben, frage ich, ob wir noch was unternehmen wollen, bevor es wieder nach Hause geht. Steve bittet den Maître um Rat, der uns *Les Misérables* empfiehlt.

Wir fahren ins Theaterviertel. *Les Misérables* ist ausverkauft, doch es gibt eine *Cats*-Vorstellung, für die noch Karten zu haben sind. Wir ergattern ein paar ziemlich noble Plätze, für die anscheinend niemand sonst so viel Geld ausgeben wollte. Wir verheizen Mabels fünftausend Dollar wie nichts Gutes, aber in diesem Moment scheint sich keiner von uns darüber Gedanken zu machen. Da die Show gleich anfängt, kommt es zu einem kleinen Durcheinander, als wir über die Beine der Leute hinwegklettern, um zu unseren Plätzen zu gelangen. Steve wartet, bis Sharon und Mabel Platz genommen haben, bevor er sich neben mich setzt.

Als wir es uns auf den Plätzen bequem gemacht haben, sehe ich zwei Reihen weiter vorne ein Gesicht, das mir bekannt vorkommt. Ich schaue ein zweites Mal hin und stelle fest, dass es der kleine Jimmy aus dem Krankenhaus ist! Ich bin so erstaunt, ihn hier zu sehen, dass ich über die Sitzreihen hinweg rufe.

»Hey, Jimmy!«

Er erkennt mich augenblicklich wieder und winkt aufgeregt.

»Das ist die Frau von *Make a Wish*«, erklärt er seinem Vater.

»Ich sehe, es geht dir besser«, sage ich.

Sein Vater beugt sich über die Sitzlehne zurück. »Es war nur ein Asthmaanfall. Nichts, worüber man sich Sorgen machen muss.«

Ich drohe Jimmy mit dem Finger, um ihm zu demonstrieren, dass ich ihm auf die Schliche gekommen bin. Ich sollte eigentlich ziemlich sauer auf den kleinen Witzbold sein, stattdessen bin nur froh, dass er doch nicht tot ist.

»Du schuldest mir immer noch einen Wunsch«, sagt er.
»Wer ist das?«, fragt Steve.
»Oh, nur ein Freund von mir.«
Als das Licht im Theater langsam dunkler wird, ergreift Steve sanft meine Hand. Ich spüre förmlich, wie es zwischen uns knistert. Der Vorhang öffnet sich mit sanftem Rauschen. Ich bin so aufgeregt, dass es mir irgendwie schwerfällt, der Handlung zu folgen. Ich kann fühlen, dass er mich immer wieder ansieht. Ich möchte ihn auch ansehen, habe aber einfach nicht den Mut. Also tue ich einfach so, als würde ich die schönen Kostüme und den Tanz bewundern. Als ich dann doch Steve anschaue, scheint er völlig von der Show verzückt zu sein. Sharon schläft, während Mabel auf alles Mögliche achtet, nur nicht auf die Vorstellung. Auf einmal wendet sie sich zu mir und spricht mit lauter Stimme.

»Ich dachte, wir gehen in die Kirche.«

Ich presse meine Finger an die Lippen, damit sie leiser spricht. »Das hier ist so was wie eine Kirche«, flüstere ich.

»Das ist nicht *meine* Kirche«, erwidert sie.

Mabel beäugt das Theater, als erwartete sie, jemanden zu sehen, den sie kennt. »Ich dachte, wir gehen in die Kirche«, fängt sie wieder an. »Was sind das alles für Leute hier? Ich muss auf die Toilette.«

Der Typ vor mir flippt aus. »Schschschschschschschschschhhhhhhhhhhh!!!!«

»Was ist los?«, fragt Steve.

»Mabel möchte in die Kirche.«

»Dann sollten wir gehen.«

Er benimmt sich so toll bei der ganzen Aktion. Falls das

überhaupt möglich ist, mag ich ihn dafür noch mehr. Ich wecke Sharon.

»Was ist?«, murmelt sie.

»Wir müssen gehen.«

»Ist die Show vorbei?«

Unter erneuten Entschuldigungen bei den verärgerten Leuten in unserer Reihe klettern wir wieder über etliche Beine hinweg. Ich begleite Mabel zur Toilette. Sie braucht so lange, dass ich schon glaube, sie hat sich selbst runtergespült. Beim Rauskommen hält sie sich den Rock in Taillenhöhe fest. Reißverschluss und Knopf sind offen. Ich helfe Mabel, sich anzuziehen. »Du brauchst ihn nicht aufmachen, wenn du mal musst«, versuche ich ihr so taktvoll wie möglich zu erklären, ohne sie zu verwirren. Aber an der Art, wie sie mich ansieht, kann ich erkennen, dass sie mich nicht versteht.

Wieder zurück im Auto, schlägt Steve vor, Mabel zu einer Kirche in Toronto zu chauffieren, in der Hoffnung, dass sie das vielleicht beruhigen könnte. Mit ihren gigantischen Kirchturmspitzen und großen Holztüren ist die Kirche, zu der wir dann fahren, wunderschön, und im Vergleich dazu wirkt »Our Lady Immaculate« geradezu ärmlich. Aber Mabel kauft uns das Ganze nicht ab. Sie weiß sofort, dass es nicht »ihre« Kirche ist.

»Warum möchtest du denn dorthin zurück?«, frage ich. »Sie waren doch gemein zu dir, erinnerst du dich?«

Mabel beruhigt sich und sagt dann mit sanfter Stimme: »Mir gefällt es dort.«

»Aber es ist spät. Die Kirche wird zu sein, wenn wir zu Hause sind.«

Mabel antwortet nicht.

Ich merke, dass sie sich durch nichts anderes überzeugen lassen wird.

Mabel und Sharon schlafen während der Rückfahrt. Ich sitze hinten und fange Steves Blicke im Rückspiegel auf. Seine Aufmerksamkeit macht mich schwindelig und innerlich leicht zugleich. So habe ich mich gefühlt, als ich auf dem Damm stand und ins Wasser gestarrt habe. Nur anders. Da geht etwas so Gewaltiges und Unaussprechliches vor, dass ich keine Kraft habe, mich dem zu widersetzen. Wir reden nicht. Wir genießen einfach nur die Fahrt.

Als wir die Vororte von Sunnyview erreichen, kommt Sharon kerzengerade hochgeschossen und jammert, dass ihr schlecht sei.

Steve fährt rechts ran und reißt die Tür auf. Nach langem Würgen und Gehuste informiert uns Sharon dann, dass sie nicht mit zur Kirche kommt. Sie fragt, ob wir sie ins *Tip* fahren, damit sie noch ausnüchtern kann, bevor sie nach Hause geht.

»Bist du sicher, dass du allein klarkommst?«, frage ich, als wie sie rauslassen.

»Mir geht's gut.« Sie langt durchs Fenster und gibt Mabel die Hand. »Das hat echt Spaß gemacht«, sagt sie. Dann reicht sie Steve die Hand, wobei sie sich gleichzeitig umdreht und mir zublinzelt. »Pass auf dich auf«, sagt sie anzüglich. Sie hebt ihre Tasche zu einem trunkenen Salut und eiert schwankend durch die Eingangstür des *Tip*.

An der Kirche hilft Steve Mabel die lange Treppenflucht hinauf. Oben angekommen, stehen wir vor verschlossenen Türen.

»Siehst du, es ist niemand da«, sage ich zu Mabel. »Es ist fast zehn Uhr abends.«

»Schhh ... Warte.« Mabel neigt ihren Kopf zur Seite. »Ich höre Musik.«

Wir neigen ebenfalls die Köpfe und lauschen.

»Sie hat recht«, meint Steve. »Ich höre es auch.«

»Vielleicht spielt ein Geist auf der Orgel«, sage ich, um witzig zu sein.

»Es muss noch eine andere Tür geben.« Ich seufze und spüre bereits die Kräfte wieder stärker werden. »Um die Ecke und dann die Treppe hoch.«

»Das ist der richtige Ort«, murmelt Mabel, als wir den Vorraum betreten. Sie schlendert zu dem kleinen Steinbecken, tunkt ihren Finger ins Wasser und bekreuzigt sich. Dann verschwindet sie durch die Tür mit dem Zierschnitzwerk. Steve und ich folgen ihr.

Tief in die Musik versunken und mit verzücktem Gesichtsausdruck steht Mabel im hinteren Bereich der Kirche.

»Ist das nicht wundervoll?«, seufzt sie.

Plötzlich verstummt die Orgel. Man hört Fußgescharre, während der Chorleiter noch ein paar letzte Weisheiten von sich gibt, gefolgt von Tritten harter Schuhsohlen, die auf den metallenen Treppenstufen wie Gewehrschüsse klingen.

»Da sind sie«, sagt Mabel, als die ersten Chormitglieder auftauchen. »Ich muss singen gehen.«

Ich versuche, sie aufzuhalten. »Mabel ... Nein!«

Sie runzelt die Stirn. »Aber das mache ich doch immer. Hallo!«, ruft sie und winkt.

Die Chormitglieder erstarren. Sie drängen sich zu einem nervösen Haufen am Fuß der Treppe zusammen und bewegen sich gerade so viel, um den Chorleiter durchzulassen. Sein Gesicht verhärtet sich vor Verachtung, als er uns sieht. Augenblicklich jagt er die Maschine auf volle Kraft hoch. Jeder noch so kleine Schein von Geduld ist verschwunden.

»Kann ich euch helfen?«

Mit fest umklammerter Handtasche nähert sich Mabel ihm. »Bin ich zu spät?«

Der Leiter durchbohrt mich mit seinen Blicken. Steve studiert mein Gesicht und versucht, die Situation einzuschätzen. Die Chormitglieder starren auf ihre Füße.

»Ich war krank, aber jetzt bin ich wieder da«, erklärt Mabel. »Ich werde nicht wieder zu spät kommen, ich schwöre es.«

Keiner sagt was. Mabel fasst den Chorleiter am Ärmel.

»Bitte ... geben Sie mir nur noch eine Chance.«

Der Chorleiter explodiert. »Das ist lächerlich!« Er zieht seinen Arm zurück und stürmt durch die Tür hinaus, durch die wir gekommen sind.

Mabel dreht sich zu den Chormitgliedern um. Sie wenden ihre Blicke ab und treten verlegen von einem Fuß auf den anderen.

»Mabel, bitte«, sage ich. Aber sie ist schon nicht mehr bei uns.

Es ist, als wäre ein Schalter in Mabels Kopf umgelegt worden und als hätte sie vergessen, wo sie ist. Sie hat die Hände in ihrer Bluse verkrallt und schlendert murmelnd und ziellos den Mittelgang hinunter, bevor sie schließlich in eine der Bankreihen entschwindet.

Die Kräfte nageln mich fest. Meine Beine sind mit nassem Zement gefüllt. Ich sammle mich und lass mich auf der Bank neben ihr nieder.

»Mabel ...«

Sie antwortet nicht, sondern murmelt nur etwas vor sich hin, als ob ich gar nicht da wäre. Ich greife nach ihrer Hand.

»Mabel ...«

Sie sieht mich ängstlich an. »Was willst du?«

»Wir sollten gehen«, versuche ich es noch einmal.

»Wer bist du?«

»Ich bin's, Mabel ... Marie ...«

Sie denkt ein bisschen darüber nach, und ich glaube, ich kann so was wie einen Funken des Wiedererkennens in ihren Augen sehen. Ich nutze die Gelegenheit und ziehe ein Foto aus meiner Tasche. Das, auf dem sie zusammen mit V. und der kleinen Marie zu sehen ist. Ich gebe es ihr. Mabel nimmt das Foto und studiert es eine Weile. Dann presst sie es an ihre Brust. Sie beginnt, sich hin und her zu wiegen und verträumt vor sich hin zu summen. Ich erkenne das Lied sofort. Sie summt *Alfie*.

Ich lasse sie eine Weile in Ruhe, bis ich ihr die Hand auf den Arm lege.

»Mabel ...«

»Wir hätten mit dem Baby weglaufen sollen. Aber ich bin geblieben. Ich hätte niemals bleiben sollen.«

»Es tut mir so leid, Mabel.«

Mabel vergräbt ihr Gesicht in den Händen. Dann hebt sie mit einem Ruck den Kopf und sieht mich mit irrem Blick an.

»Ich halte das alles nicht mehr aus.«

»Das meinst du nicht so.«

»Doch. Tue ich. Ich habe genug.«

»Der Chor ist nicht alles, Mabel.«

»Gott hat mich vergessen.«

»Sag doch so was nicht. Das ist nicht wahr.«

Ihre Augen werden sanfter, als sie meine Hand berührt und ganz nah an mich heranrückt. »Bitte, Liebes ... es gibt Mittel und Wege. Ich brauche nur deine Hilfe.«

»Was meinst du?«

»Mir beim Sterben zu helfen.«

Die Maschine dröhnt und flutet mein Hirn, während sich Übelkeit in meinem Magen breitmacht. War es nicht Mabel, die mir gesagt hat, dass ich aushalten soll? War sie es nicht, die meinte, dass es immer einen Hoffnungsschimmer gibt?

»Das kann ich nicht!«

Plötzlich fliegen die Holztüren der Kirche auf und die Cops stürzen herein. Sie packen Steve und schwärmen dann nach Mabel und mir aus.

»Wir haben Anweisung, Mabel Wilson sicher und unversehrt wieder ins Rosewood-Gesundheitszentrum zurückzubringen.«

Mit andächtigem Unschuldsblick schleicht sich der Chorleiter neben den Cop, der vor mir steht. Der Rest des Chors ist schon weg. Ein anderer Cop führt Mabel den Gang hinunter.

»Bitte ... das ist nicht nötig«, sage ich.

Der Cop ignoriert mich. Mabel sieht erschrocken aus.

»Aber sie hat nichts Unrechtes getan, Officer«, flehe ich. »Ich bin an allem schuld.«

»Wir müssen sie ins Rosewood zurückbringen«, sagt der Cop nur.

»Aber Sie können sie doch nicht wie eine Kriminelle behandeln.«

Tränen steigen in mir auf. Steve mischt sich ein.

»Bitte, lassen Sie mich sie zurückbringen. Ich verspreche, dass ich sie auf direktem Weg dorthin bringe.«
»Wer sind Sie?«, will einer der Cops wissen.
Steve sieht mich an. »Ein Freund.«
Die Cops tauschen Blicke aus. Schließlich nickt der leitende Officer zustimmend.
»Okay. Aber wir fahren hinter Ihnen her.«
»In Ordnung«, erwidert Steve.
Er nimmt Mabels Arm. Dann bringt er sie vorsichtig aus der Kirche und geleitet sie die Treppe hinunter zum Wagen. Ich nehme auf dem Rücksitz Platz.
»Wohin fahren wir?«, fragt Mabel.
»Wir müssen zurück«, antworte ich.
Mabel schlägt die Augen nieder, aber sie protestiert nicht. Schweigend fahren wir zum Roosewood zurück, während uns die Cops mit Blaulicht folgen. Ich spüre, wie Steve mich aus dem Rückspiegel ansieht. Doch ich kann den Blick nicht erwidern, da ich sicher bin, dass ich sonst zu heulen anfange.

Als wir das Rosewood erreichen, warten dort schon mehrere Schwestern und Pfleger unruhig in der Lobby. Wie es aussieht, waren sie eher auf so was wie eine handfeste Auseinandersetzung eingestellt. Sie begrüßen Mabel freundlich und erleichtert.

»Haben Sie meine Tochter Marie kennengelernt?«, sagt Mabel, als sie sie durch die Tür bugsieren. »Sie ist mein Nesthäkchen.« Sie streckt die Hand nach mir aus, aber eine der Schwestern hält sie zurück.

»Die Besuchszeit ist vorbei.«

Unter gutem Zureden komplimentieren sie sie in die Lobby. Mabel starrt mich über die Schulter hinweg an wie ein

Welpe, der ins Tierheim abgeschoben wird. Die Tür schließt sich und dann ist sie verschwunden. Steve und ich bleiben allein auf der Straße zurück. Die Kräfte sind so stark, dass ich kaum Luft kriege, und von Gefühlen überwältigt, kann ich mich nur noch umdrehen und gehen.

»Warte«, ruft Steve und rennt hinter mir her. »Ich fahr dich nach Hause.«

»Nein, ich möchte laufen.« Ich halte den Kopf gesenkt, da ich Angst habe, sonst loszuheulen. Ich fühle mich wegen allem so schuldig und einfach nur schrecklich und traurig. Was wird jetzt mit Mabel passieren?

»Es ist nicht deine Schuld«, sagt Steve. »Du hast dein Bestes getan.«

Er langt nach meiner Hand, aber ich gehe weiter. Ich will nicht, dass er sieht, was für ein Wrack ich bin.

Während ich mich nach Hause schleppe, schwirren mir Rachegedanken im Kopf herum. Ich möchte etwas ganz Drastisches, Schreckliches tun und es diesem Chorleiter ein für alle Mal zeigen.

Aber als ich nach Hause komme, sitzen Mom und Dad schon auf der Veranda und warten auf mich.

»Wo warst du?!« Mom schreit beinahe. »Die Schule hat angerufen! Wir sind vor Angst fast gestorben!« Sie rennt die Stufen hinunter, um mich zu packen. Doch als sie mein Gesicht sieht, hält sie inne. »Oh mein Gott, was ist los?«

Mein Mund bewegt sich, aber ich finde keine Worte. Und dann strömen die Tränen nur so aus mir heraus. »Es ist so unfair ... so schrecklich ...«

»Was ist schrecklich? Was ist passiert?« Sie ist kurz vor einem Nervenzusammenbruch.

In diesem Moment kommt Dad die Stufen heruntergelaufen. Er nimmt mich in die Arme und schluchzend lege ich meinen Kopf auf seine Brust. Er tröstet mich und geleitet mich behutsam ins Haus.

Und drinnen erzähle ich ihnen dann alles. Die Worte sprudeln jetzt nur so aus mir heraus, und es scheint, als könnte ich sie gar nicht stoppen. Als ich mit dem Erzählen fertig bin, bringt Mom mich nach oben. Sie lässt heißes Wasser in die Wanne und sagt, ich solle erst einmal ein Bad nehmen. Wenig später bringt sie Tee und einen frischen Schlafanzug und versichert, dass alles in Ordnung kommen wird. Als wäre ich drei Jahre alt, bringt Mom mich nach dem Bad ins Bett. Sie beugt sich über mich und streicht mir mit den Fingern die Haare aus den Augen.

»Was wird mit Mabel geschehen?«, frage ich.

»Ich weiß es nicht, Liebes. Aber ich bin sicher, dass sie die Betreuung bekommt, die sie braucht.«

Als sie geht, macht Mom das Licht aus und bleibt in der Türöffnung stehen. Eine ganze Weile sieht sie mich noch durch die Dunkelheit hindurch an, bevor sie die Tür schließt. Ich liege im Bett und kann hören, wie sich Mom und Dad in ihrem Schlafzimmer mit ernster Stimme unterhalten. Ich starre an die Decke und bekomme Mabels Gesicht einfach nicht aus dem Kopf. Wie sie aussah, als sie mich darum bat, ihr bei dem zu helfen, was sie vorhatte. Die Vorstellung, dass sie in irgendeinem Altersheim vor sich hin vegetiert, ist so entsetzlich. Aber ich könnte ihr niemals so helfen, wie sie es gern gehabt hätte. Ich würde es einfach nicht fertigbringen. Vielleicht bin ich ja ein Feigling. Man muss allerdings zugeben, dass darüber nachzudenken eine Sache ist, es jedoch wirklich zu tun, eine ganz andere. Außerdem hat jede Aktion eine Reaktion zur Folge. Das hat uns Dr. Armstrong schließlich in Physik beigebracht. Du kannst dir nicht selbst wehtun, ohne auch anderen Schmerz zuzufügen. Plötzlich schäme ich mich. Ich möchte mich nicht mehr ärgern und wütend sein. Ich möchte nicht einmal mehr Chocko bekämpfen.

Ich möchte mich okay fühlen. In diesem Moment beschließe ich, alles zu ändern und mich über das Leben zu freuen.

In der Sekunde, in der ich den Entschluss fasse, geschieht etwas Seltsames: Die unsichtbaren Kräfte lösen ihre Umklammerung. Ich bin immer noch todunglücklich wegen Mabel. Und ich bin mir sicher, dass die Kräfte nicht für immer verschwunden sind. Aber ich fühle etwas, das ich vorher nicht gefühlt habe. Ich spüre ein winziges Saatkorn der Hoffnung in mir aufkeimen. Es war Mabel, die dieses Saatkorn gelegt hat. Sie hat mir gezeigt, dass es immer einen Hoffnungsschimmer in der Dunkelheit gibt. Und so klein er auch ist, ich muss trotzdem zugeben, dass es ihn gibt.

Als ich im Bett liege, beginnt die Saat langsam aufzugehen. Vielleicht werden die Dinge für Mabel ja doch nicht so schlecht laufen. Vielleicht sind die Leute, die im Altersheim arbeiten, ganz nett. Vielleicht kommen sogar ihre Kinder zu Besuch. Und vielleicht – nur vielleicht – vergisst Mabel gerade nur so viel, dass sie wieder glücklich sein kann.

Ich glaube an die Liebe

Am nächsten Morgen lassen mich Mom and Dad ausschlafen. Als ich aufwache, leuchtet die Sonne durch die Vorhänge. Ich sehe zu, wie das Licht über meine Bettdecke tanzt und Muster auf dem Stoff bildet. Plötzlich habe ich wieder die Bilder vom letzten Abend vor mir. Von Mabel, Steve, Sharon und sogar von Chocko. Ist es wirklich erst zwei Wochen her, dass ich Mabel zum ersten Mal begegnet bin? Ich kann einfach nicht fassen, wie viel seitdem passiert ist.

Mom und Dad müssen auch Peggy länger haben schlafen lassen, denn schließlich kommt sie und klopft vorsichtig an meine Tür.

»Sue …?« Sie öffnet zaghaft die Tür und lugt um die Ecke. »Kann ich reinkommen?«

Das ist das erste Mal, dass Peggy um Erlaubnis fragt, bevor sie in mein Zimmer kommt. Ich nicke, ohne den Kopf vom Kopfkissen zu heben. Peggy schließt die Tür und setzt sich auf den Bettrand. Ihr Total-Motion-T-Shirt glitzert in der Sonne. Sie runzelt besorgt die Stirn und umschlingt ihre Knie mit den Armen.

»Ich hab gehört, was passiert ist.«

»Ja.«

»Sie sind nicht sauer auf dich, weißt du. Ich meine, jedenfalls nicht so doll, wie du wahrscheinlich denkst. Mom sagt, dass sie stolz auf dich ist, weil du der alten Frau geholfen hast. Trotzdem wünscht sie sich, du hättest eher mit ihr darüber gesprochen. Bevor du da so richtig reingeschlittert bist.«

»Ja, ich weiß.«

»Steve Ryans Eltern haben heute Morgen angerufen.«

Ich komme hoch und stütze mich auf einem Ellenbogen ab. »Was? Warum?«

»Ich nehme an, dass sie ziemlich angepisst waren, weil ihr so lange mit dem Auto unterwegs wart. Aber Dad hat mit ihnen gesprochen, und ich glaube, es ist alles in Ordnung.«

»Wie peinlich!«

»Ja. Doch einmal abgesehen davon ist Steve Ryan richtig süß. Ich bin so neidisch auf dich. Aber ich kann es dir nicht wirklich übel nehmen, dass du ihn magst.«

»Wer sagt, dass ich ihn mag?«

Peggy schüttelt lächelnd ihren Kopf. »Wer mag ihn nicht? Du hast so ein Schwein.« Sie sitzt noch ein bisschen an meinem Bett. Dann steht sie auf und tätschelt mein Bein, so wie Mom es sonst immer tut. »Na, egal … ich lass dich jetzt mal allein.«

»Okay … danke.«

Sie geht zur Tür und öffnet sie.

»Hey, Peggy …«

»Ja?«

»Ich hab es nicht so gemeint, was ich da geschrieben habe … dass du blöd bist und das alles. Du bist nicht blöd … ich war nur sauer.«

Sie sieht mich an und schenkt mir ein Lächeln. »Ich weiß. Mir tut es leid wegen deiner Engelsflügel.«

»Ich weiß.«

Als ich schließlich aufstehe, schlurfe ich in Schlafanzug und Hausschuhen nach unten, um etwas zu essen. Dad sitzt am Tisch und ich setze mich mit meiner Schüssel *Gorilla-Munch* neben ihn. Ich habe noch nicht einmal zwei Löffel gegessen, als das Telefon klingelt. Dad geht ran.

Mom erscheint an der Tür. »Wer ist es, Rob?«

»Ein Anwalt. Er vertritt Mabels Familie.«

Mom umklammert ihren Blusenkragen mit der Hand und lässt sich auf einen Stuhl am Tisch sinken.

Ich bekomme natürlich nur Dads Beitrag an dem folgenden Gespräch mit. Aber an der Art, wie es verläuft, ist mir völlig klar, dass Mabels Familie über das Vorgefallene nicht gerade sehr erfreut ist.

Sie wollen mich wegen Entführung und Diebstahl anzeigen und behaupten, dass ich Mabels Geld geklaut, sie übervorteilt habe und so weiter und so weiter. Außerdem wollen sie auch Steve und Sharon ans Leder, die sie für meine Komplizen bei der ganzen Sache halten.

Dad springt ziemlich schnell vom Stuhl und fängt an, laut zu sprechen. Er gebraucht sein ganzes Juristen-Kung-Fu, um den anderen Anwalt auszumanövrieren, und kontert mit Vernachlässigung, Verletzung der Aufsichtspflicht und dem ganzen Programm. Mom hasst es, wenn er so den Anwalt raushängen lässt. Aber ich bin gerade dermaßen stolz auf ihn, dass ich das, was er für mich macht, nie wieder als selbstverständlich nehmen werde. Als er auflegt, kann ich sehen, dass er mit dem Ergebnis zufrieden ist.

In Moms Gesicht spiegelt sich Besorgnis wider. »Was hat er gesagt?«

»Es kommt alles in Ordnung. Sie sind bereit, die Anklage unter einer Voraussetzung fallen zu lassen: dass wir einer einstweiligen Verfügung zustimmen.«

»Einer einstweiligen Verfügung?« Mom schnappt nach Luft.

»Reg dich nicht auf, Katherine. Das heißt nur, dass Sue zu Mrs. Wilson ... ähm, Mabel ... keinen Kontakt mehr aufnehmen darf.«

Ich starre in mein *Gorilla-Munch.* »Also ... kann ich ihr nicht mehr schreiben?«

»Ich fürchte, nein«, erwidert Dad. »Keine Briefe, keine Besuche, keine Anrufe. Die Familie war in der Beziehung ziemlich unerbittlich.«

Ich wirbele den *Gorilla-Munch* mit dem Löffel in der Schüssel herum. »Hat der Anwalt gesagt, wer die einstweilige Verfügung gewollt hat?«

»Nun, Mitglieder der Familie.«

»Ich meine, welche Mitglieder? Denn ich glaube nicht, dass Marie so etwas wollen würde.«

»Wer ist Marie?«, fragt Mom.

»Sie ist das Nesthäkchen.«

Mom wirft Dad einen beunruhigten Blick zu.

»Du musst dich an die Anordnung halten, Sue«, sagt Dad. »Versprich mir, dass du es tun wirst.«

Mom legt sanft ihre Hand auf meine. »Du hältst dich doch dran ... oder?«

»Ja ... natürlich. Darf ich gehen?«

Mom springt auf und nimmt meine Schüssel. Sie blickt mich an, als würde mit mir gleich was Schlimmes passieren, obwohl sie diejenige ist, die aussieht, als würde sie jeden Moment losheulen. Ich kann spüren, wie sie und Dad mich beobachten, als ich die Küche verlasse. Es tut mir leid, dass ich ihnen so viel Kummer bereitet habe. Bevor ich nach oben gehe, bleibe ich stehen. Ich drehe ich mich um und sehe sie an.

»Mom ... Dad ... wisst ihr, wie es ist, wenn man denkt, man hat voll den Durchblick, und stellt dann fest, dass man überhaupt nichts kapiert hat ...?«

Sie nicken, obwohl ich sicher bin, dass sie keinen Schimmer haben, wovon ich rede, denn nicht einmal ich verstehe, was ich da zu sagen versuche. Ich werfe ihnen ein mattes Lächeln zu und sie lächeln tapfer zurück. Nie habe ich sie mehr geliebt als in diesem Augenblick.

Als ich in meinem Zimmer bin, rufe ich Sharon an und erzähle ihr alles. Schweigend hört sie am anderen Ende der Leitung zu.

»Wow«, sagt sie, als ich schließlich fertig bin.

»Ja.«

»Sollen wir uns im *Tip* treffen?«

»Nein, lieber nicht ... ich fühl mich nicht so gut.«

»Ja, geht mir genauso.«

»Wir sehen uns morgen in der Schule, okay?«

»Ja, okay.« Aber sie legt nicht auf. Es dauert lange, bis sie wieder spricht. Ihre Stimme ist ganz sanft. »Es tut mir leid wegen Mabel.«

Ich schniefe ins Telefon.

»Ich meine es ernst. Es tut mir wirklich leid.«

»Danke.«

Da ich am nächsten Tag früh aufwache, kann ich mir Zeit lassen, um mich für die Schule fertig zu machen. Peggy und ich haben eine Terminabsprache für das Bad getroffen. So können wir es beide benutzen, ohne uns zu streiten.

In der Schule ist alles wie immer. Die Gänge quellen über vor Schülern, die lachen und sich lauthals unterhalten. Nach allem, was ich erlebt habe, ist das sogar befreiend. Ich deponiere meine Sachen in meinem Spind und gehe dann zu Miss B. ins Büro. Sie sitzt an ihrem Schreibtisch und korrigiert ein paar Arbeiten. Leise klopfe ich an den Türrahmen.

»Oh, Sue. Komm rein!«, sagt sie so fröhlich, dass ich sicher bin, sie weiß alles.

»Ich wollte mit Ihnen über mein SKA-Projekt sprechen.«

»Ja, natürlich. Setz dich.«

Sie zieht einen Stuhl an den Schreibtisch heran und fordert mich mit einer Geste auf, Platz zu nehmen.

»Ich weiß, dass es schon sehr spät im Semester ist. Aber ich hatte gehofft, dass ich vielleicht noch mein Thema ändern kann.«

»Klar«, stimmt Miss B. zu, ohne überhaupt zu wissen, welches Thema mir vorschwebt.

»Ich möchte gern etwas über Ältere schreiben, wissen Sie. Wie sie praktisch unsichtbar in unserer Gesellschaft leben und von niemandem richtig beachtet werden.«

Miss B. nickt.

»Es ist, weil … in der letzten Zeit ein paar Dinge passiert sind … und das andere Thema … nun ja … Ich kann das einfach nicht mehr, verstehen Sie?«

Wieder nickt Miss B. »Ja, klar, natürlich.«

Sie ist so verständnisvoll, und ich komme mir voll mies

vor, wenn ich an all die Male denke, die ich sie ausgenutzt habe.

»Das ist ein gutes Thema«, sagt sie. »Nimm dir Zeit, um es sorgfältig zu machen. Wer weiß, vielleicht können wir die Arbeit sogar bei ein oder zwei Wettbewerben einreichen.« Sie schenkt mir ein breites Lächeln.

»Danke, Miss B.«

»Du weißt, dass du jederzeit mit mir reden kannst, Sue.«

»Ja, danke.«

Dann mache ich mich auf in Chockos Unterricht, bewaffnet mit meiner neuen, vorurteilsfreien Philosophie. Zum ersten Mal überhaupt störe ich mich nicht an der Tatsache, dass ich ihm gleich gegenübertreten muss. Außerdem würde Mabel wollen, dass ich um meiner selbst willen auch die andere Wange hinhalte, selbst wenn sonst nichts dabei herauskommt. Das weiß ich einfach.

Steve Ryan betritt den Unterrichtsraum und lächelt mich schüchtern an. Ich denke schon, dass er gleich zu mir an den Tisch kommt, um mit mir zu reden, aber dann stürmen bereits die anderen Schüler herein, inklusive Biff und Todd. Nur Sharon lässt sich nicht blicken. Ihr muss es wirklich noch dreckig gehen. Todd sitzt vor mir. Steve hat seinen üblichen Platz eingenommen. Biff jedoch sitzt nicht mehr neben ihm. Ich schätze mal, es wird lange dauern, bis diese Wunde heilt. Schließlich kommt Chocko hereingehastet.

Er sieht aus, als wäre er völlig von der Rolle. Er schmeißt die Bücher auf den Tisch, schnipst mit den Fingern und zeigt auf mich.

»Smith! Semesterarbeit! Welches Thema?«

Ich bin völlig überrascht. »Was? Tut mir leid, ich ...?«

Er schnipst ungeduldig weiter und hebt die Stimme. »Dein Thema ... komm schon ... worüber schreibst du?«

»Ich ... ähm ... ich weiß es noch nicht.«

Chocko stemmt die Hände in die Hüften. »Du weißt es nicht.«

»Nein ... ich hab noch nicht richtig darüber nachgedacht.«

»Du hast nicht darüber nachgedacht.«

»Nein, noch nicht richtig.«

Ich sehe, dass er denkt, ich versuche, ihn zu provozieren. Doch das tue ich nicht. Ich will mich nicht mehr mit ihm streiten. Aber er lässt einfach nicht locker. Er stürmt auf mich zu und haut mit den Händen auf den Tisch.

»Hast du irgendeine Ahnung, was hier vorgeht? Hast du irgendeinen Schimmer?«

»Um ehrlich zu sein ... nein, hab ich nicht.«

»Du gibst einfach nicht auf, was?«

»Wie bitte?«

Das bringt das Fass zum Überlaufen. Er schreit und brüllt was von wegen all der Scheiße hier und so, bis er Schaum vorm Mund hat. Dann rennt er nach vorne, zerreißt seine Bücher und schmeißt sie durch den Raum. Steve sieht mich nur geschockt an. Die ganze Klasse sitzt wie gelähmt auf ihren Stühlen, während Chocko rast und tobt. Das Verrückte daran ist, dass er mir sogar leidtut. Offensichtlich hat er einen Punkt überschritten, ab dem es kein Zurück mehr gibt – ein weiteres Opfer der Maschine. Jemand sollte loslaufen und Hilfe holen. Aber wir sind viel zu geschockt, um uns zu rühren.

Da steckt Miss B. ihren Kopf zur Tür herein, um zu sehen, was der Radau soll. Sie rennt davon und kommt mit Mr

Ricketts zurück, der uns zu verstehen gibt, dass wir rausgehen sollen. Wir schnappen uns unsere Bücher und rennen aus der Klasse, während Mr Chocko weiter rumbrüllt.

Im Korridor erwachen wir wieder zum Leben. Aufgeregt fragen wir uns, was passiert ist. Ich suche nach Steve, kann ihn aber nirgendwo entdecken. Stattdessen taucht Todd neben mir auf.

»Wow«, sagt er.

»Ja, aber echt.«

»Ich frage mich, was jetzt passieren wird.«

»Keine Ahnung. Das war ziemlich gruselig.«

»Wir könnten Kaffee trinken gehen ... jetzt, wo wir 'ne Freistunde haben.«

Ich sehe ihn an. Er trägt immer noch diese goldenen Ohrringe und seine Ohrläppchen sind ganz rot und gereizt. Aber er hat ein neues Hemd an. Man kann sogar noch die Falten aus der Verpackung sehen. Kein Zweifel, er meint es todernst. Das muss ich ihm anrechnen.

»Ähm ... vielleicht ist das keine so gute Idee, Todd. Ich meine, Mr Chocko macht da drin gerade eine private Krise durch. Es könnte unhöflich sein, einfach Kaffee trinken zu gehen.«

»Ist es Steve Ryan?«, fragt er nur.

»Was?«

»Die Person, die du liebst.«

»Todd ... spielt das eine Rolle?«

Er zuckt die Achseln.

»Ja, okay, es ist Steve. Aber das bedeutet nicht, dass wir keine Freunde mehr sein können.«

»Okay.«

Es bricht ihm offensichtlich das Herz. Doch versucht er sein Bestes, es sich nicht anmerken zu lassen. Er tut mir so leid, dass ich mich sogar zu ihm hinüberbeuge und ihn auf die Wange küsse. Er ist so überrascht, dass er sprachlos davongeht.

Ich lege meine Bücher in den Spind und beschließe, einen Spaziergang in die Stadt zu machen. Ich könnte wirklich etwas frische Luft gebrauchen. Zugegebenermaßen wird es noch einige Anstrengung erfordern, mich an meine neue, vorurteilsfreie Philosophie zu gewöhnen. Bin ich doch so ziemlich darauf gepolt, gleich wieder auszuteilen, wenn man mich anschreit.

Als ich die Schule verlasse, laufe ich Steve Ryan in die Arme, der auf den Eingangsstufen sitzt. Ich werde schlagartig rot im Gesicht und mein Herz hüpft wie ein Flummi in der Brust. Ich versuche, mich zu beruhigen und cool zu bleiben.

»Hey«, sagt er, als er aufgestanden ist.

»Hey.« Ich sehe, wie die PIBs mich von der anderen Straßenseite aus beobachten. Bestimmt zerbrechen sie sich gerade die Köpfe, was jetzt hier abgeht.

»Was war denn das gerade da drinnen?«, fragt Steve.

»Ich habe keine Ahnung.«

»Ich schätze, wir werden Chocko für eine Weile nicht sehen.«

»Ja, das schätze ich auch.«

»Geht es dir gut?«

»Ja ... mir geht's gut.«

»Ich meine, wegen allem so. Wegen letzter Nacht und deiner Freundin.«

»Ja ... ich glaube schon ... aber ich bin mir noch nicht

so sicher. Wie geht's deinen Eltern? Ich habe gehört, dass sie ziemlich sauer waren.«

»Oh, sie sind okay. Ich werde nur den BMW dieses Wochenende nicht kriegen.«

»Das tut mir leid.«

»Muss es nicht.«

»Ich fühle mich mitschuldig.«

»Es ist okay, ehrlich. Spätestens nächste Woche bin ich wieder im Geschäft. Sie können nie lange sauer auf mich sein.« Er wirft mir sein umwerfendstes Lächeln zu und ich muss lachen.

»Also ... äh ... ich habe mich gefragt, ob du wohl noch einmal mit mir ausgehen würdest?«, sagt er.

Mein Herz beginnt heftig zu hämmern. »Ausgehen?«

»Ja ... nach der Schule oder so.«

»Du meinst ein Date?«

Er lacht. »Na ja, schon.«

»Was ist mit Biff?«

Steve kratzt sich am Nacken. »Oh, mach dir wegen Biff keine Gedanken. Er ist ein großer Junge.«

»Okay ... gut ... dann ja, das wäre schön. Aber ich muss meine Eltern fragen. Sie sind in Alarmbereitschaft. Wenn du weißt, was ich meine.«

»Ja, klar, natürlich.«

»Ich hab immer noch dein Shirt«, sage ich.

»Behalt es ... wenn du möchtest.«

Ich sehe ihn an und unsere Blicke treffen sich. Er hat die tollsten Augen, die ich je in meinem Leben gesehen habe. Das gibt mir den Mut, die Frage zu stellen, die mir schon länger auf den Nägeln brennt.

»Also … weißt du, als ich da so in der Toilette praktisch in dich reingelaufen bin, ähm …«

Er lacht nervös. »Ja. Ich hab herausgefunden, was du da wolltest …«

»Also warst du derjenige, der das weggemacht hat …«

»Ja.«

»Danke. Das war ziemlich cool.«

»Kein Problem. Also, sollen wir uns nach der Schule hier treffen?«

»Klar. Aber zieh deinen Anzug an.«

Steve lacht wieder. »Okay, aber nur, wenn du dein Kleid anziehst.«

»Perfekt.«

Er winkt und trottet die Stufen hinauf. Ich beobachte noch, wie er durch die Tür geht, und atme aus, als ich mich umdrehe, um zu gehen. Man kann nicht leugnen, wie süß er ist.

Ich gehe die Treppe hinunter und komme an den Kiffern und Sportlern vorbei. Ich nicke den PIBs zu, als ich die Straße betrete. Das Wetter ist wunderbar warm, und es ist ein tolles Gefühl, draußen zu sein. Ich überquere den Platz, passiere den Brunnen mit der nackten Familie und gehe dann weiter an Sitzbänken und Fast-Food-Läden vorbei. Ich nehme mir ausgiebig Zeit, die Sonne zu genießen, den Vögeln zu lauschen und die Leute dabei zu beobachten, wie sie ihren Tag verbringen. In diesem Moment kann man sich gar nicht vorstellen, dass Chocko gerade in der Schule völlig entgleist ist oder dass Mabel in ein Heim gesperrt worden ist. Trotz allem fühle ich mich jedoch okay. Ich bin mir sicher, dass das zum großen Teil mit Steve zusammenhängt. Aber ich mache mir nicht die Mühe, das zu analysieren oder irgendwelche Rückschlüsse zu ziehen. Das erste Mal in meinem Leben genieße ich einfach nur den Augenblick.

Nach einer Weile ertappe ich mich dabei, wie ich auf dem Weg zum Rosewood bin. Ich weiß, ich darf Mabel weder schreiben noch anrufen oder sie besuchen. Aber ich muss einfach dort vorbeigehen. Ich bleibe vor dem Gebäude stehen und blicke zu dem Stockwerk hoch, in dem Mabels Zimmer liegt. Ich frage mich, was sie gerade da drinnen macht und ob sie wohl an mich denkt. Ich wünschte, wir könnten zusammen einen Spaziergang in der Sonne machen. Ich wünschte, ich könnte ihr helfen und ihr die Dinge erklären, damit sie sie verstehen kann. Ich möchte ihr sagen, dass sie nicht vergessen ist und dass sie recht hat: Es gibt immer einen Hoffnungsschimmer, egal, wie dunkel die Dinge auch erscheinen. Aber nichts davon kann ich ihr mitteilen. Stattdessen finde ich ihr Lied *Alfie* auf meinem MP3-Player und höre es mir an. Ich stehe einfach nur da, bis das Lied zu Ende ist, und dann sage ich Lebewohl.

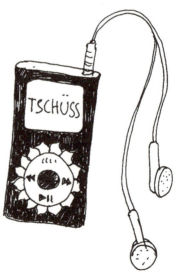

Danksagungen

Ich danke meiner Familie und Freunden, vor allem Doug, Svetlana, Cath, Dom, Akka, George, Eva, Chris und Richard für ihre unverbrüchliche Liebe und dauerhafte Unterstützung. Ein großes und aus tiefstem Herzen kommendes Dankeschön an meine Agentin, Marie Campbell, für ihren Enthusiasmus und ihr unglaubliches Verständnis. Vielen Dank an die gesamte Doubleday-Mannschaft, insbesondere an meine Lektorin Amy Black für ihre grenzenlose Wertschätzung, ihren Zuspruch und feinen Sinn für Humor, die das Projekt während der ganzen Zeit zu einem spannenden Vergnügen gemacht haben. In ewiger Liebe bin ich Brian und Wes verbunden, die immer für mich da sind, sowie nicht zu vergessen Michio wegen seiner speziellen Gravitation. Dank an all die wunderbaren Leser, die mir über all die Jahre geschrieben haben. Und nicht zuletzt gilt meine tiefe Zuneigung meiner gleichgesinnten Schwester im Geiste, Naomi, deren unerschütterlicher Glaube an mich und dieses Projekt dafür sorgte, dass selbst in den dunkelsten Stunden das Feuer in mir nicht verlosch.